UN FURIEUX SILENCE

DE LA MÊME AUTRICE

Le Retour de Janvier, Julliard, 2023

CHARLOTTE DORDOR

UN FURIEUX SILENCE

roman

julliard

Conception graphique de la couverture : Valérie Gautier
Illustration de la couverture : sans titre (série *eyeless girls*)

ISBN : 978-2-260-05644-7
Éditions Julliard – 31, rue Étienne Marcel 75001 Paris

Telle est la vie des hommes. Quelques joies,
très vite effacées par d'inoubliables chagrins.
Il n'est pas nécessaire de le dire aux enfants.

Marcel Pagnol, *Le Château de ma mère*

1

Huguette

Pourquoi j'aurais dit quelque chose ? C'était pas mes affaires. Huguette ne s'occupe que de ses affaires, désolée messieurs dames. J'avais ma ration à moi. Je venais d'arriver en service dans la maison. Deux mois, à peine. Quelques semaines. Il y avait déjà Henri, qui devait avoir dans les sept ans, à l'époque, et Françoise, toute petite. Paul, il n'était pas encore né, bien sûr, le pauvre. Ça faisait beaucoup de travail. Le temps de s'y faire, ça va vite, on ne comprend pas ce qui se passe. On ne connaît pas les gens.

Pas que je l'aie jamais vue avant, la petite. Elle était là depuis toujours, à faire les allers-retours, à pas choisir où elle habite. Enfin la petite… Si, quand même, à l'époque, elle était petite. Elle avait de ces airs. Il faut dire qu'elle en a bien rabattu, après cet été-là. Mais gamine, elle courait vite, les bonnes jambes et la bonne mine, c'était tout. Elle était toujours fourrée là où il fallait pas, c'est sûr. Ça lui est bien passé. Pas tout de suite, quand elle est revenue cinq ans plus tard, j'ai bien cru que. Mais ça lui est passé.

Maintenant de nos jours, je ne dis pas, peut-être qu'on ne peut plus. Peut-être que j'aurais dit quelque chose. Avec les temps qui changent, et puis les événements de mai il y a deux ans. Mais à l'époque, non. On a beau dire, les années 50 : c'est pas si loin, mais c'était le temps d'avant. Je n'ai rien dit parce qu'il n'y avait rien à dire, voilà. Et puis la bonne mine et les bonnes jambes, ça sert à courir vite, à cet âge, et puis un matin, on se réveille et on s'en sert pour autre chose. Elle s'en est pas privée, faut dire. Elle savait plus où courir.

Monsieur aurait pu se mettre dans les ennuis, avec cette histoire. Déjà qu'il en avait. Avec moi, il a toujours été très correct. Plus que correct : honnête. Parce que la mort de mon Jean-Marc, ça m'aurait laissée presque au ruisseau, et sans l'embauche, j'étais cuite. Qui a encore besoin d'une couturière ? Avec le prêt-à-porter. Ça a eu payé, mais ça paie plus, de brocheter. Fallait bien que je fasse quelque chose. Monsieur a pas réfléchi deux fois avant de me prendre, et sans références, encore. Et puis sans compter. J'ai jamais eu à me plaindre de ça. Toujours les bons comptes. Même dans les ennuis qu'il avait, il a pas réfléchi longtemps. J'oublie pas.

Les hommes ont des besoins : c'est pas la nouveauté, ça. On veut nous faire croire que c'est plus compliqué.

Mais je connais mon alphabet, moi. En ville peut-être, c'est différent. Mais ici, c'est le grand air, on fait pas de manières. Alors faut pas faire l'étonnée. Toujours avec sa robe blanche, cet été-là. Trop courte, que tu vois tout à travers, et que quand tu vois pas, tu devines. Quand on grandit, on doit faire attention. Et personne pour lui dire ça : on fait attention. J'étais pas sa mère, moi. Ou sa sœur.

Comme si j'avais pas eu assez de travail. Il y a la poussière à tous les étages, et sur les tapisseries, tiens, et le linge de tout le monde, les cendres même dans les chambres, et Madame qui veut que l'argenterie brille, que l'on entretienne la moire des rideaux, et il aurait fallu que je joue les chaperons. Non merci. Je découvrais la maison, c'est un monde qui marche pas tout seul. Avec leurs habitudes. Et les Pardieu, c'est pas des n'importe qui. On fait lustrer, on ne mange pas en cuisine. Même les enfants, quand je suis arrivée, c'était le service à la salle à manger. J'avais jamais vu du thé, avant cet été-là. Qu'ils en boivent tous des litres. La mère de Madame, la Rebeyrol, des théières. Ça se fait pas tout seul, ça se rajoute en plus du reste.

Et puis c'est pas tout le monde à qui ça arrive. Est-ce que j'aguichais, moi, quand j'étais gamine ? Non.

J'avais la connaissance des choses.

2

Paul

Émilia et Paul marchent côte à côte dans la nuit finissante, et il se demande – intérieurement, car elle a le nez dans son écharpe pour se protéger du froid et de la possibilité même d'une conversation avec son père – depuis combien de temps cela ne leur est pas arrivé : sa fille et lui, seuls dans la rue, le jour à peine levé. Elles étaient finalement passées vite, ces interminables années d'école primaire qui les avaient réunis chaque matin. Il avait cru que cela ne s'arrêterait jamais. C'est maintenant son petit garçon, Léonard, qu'il emmène le matin à l'école, et Paul sait désormais, puisque c'est fini pour Émilia, que cela aussi aura une fin avec Léonard, cette petite transhumance quotidienne qui les fait appartenir à la société pressée, joviale ou hurlante, extraordinairement vivante, des jeunes enfants qui envahissent les trottoirs par grappes remuantes, des parents qui les accompagnent, ces parents souriants ou excédés, préservés en tout cas de l'indifférence ou de l'ennui, pris en otage par l'humeur aléatoire de leur progéniture et qui tentent malgré tout de contrôler l'image qu'ils renvoient d'eux-mêmes, de leur cellule familiale, et dont on peut observer ce qu'il leur importe le plus de montrer – joie, désinvolture, cohésion, ou rigueur, discipline, efficacité –, quand ils parviennent à être conformes à ce qu'ils veulent refléter, et même quand ils n'y parviennent pas, dans cette deuxième enfance qui leur est offerte et par laquelle, eux aussi, regagnent le chemin de l'école, petite société bavarde, avide de contacts. Paul s'est longtemps trouvé hors du monde, enfant, puis étudiant, et enfin dans son milieu professionnel, constellation d'individualités juxtaposées. Pour lui, cette plongée dans une petite communauté où il a sa place, où il échange quelques mots distraits avec les autres parents d'élèves, a constitué une nouveauté presque agréable, malgré la violence que ces échanges anodins infligent à sa nature taciturne : on est parfois plus tranquille dans un groupe vivant, bruyant et évaporé que dans la solitude exposée du statut d'avocat.

Dans quelques années, Léonard ira lui aussi tout seul au collège. Paul rejoindra bientôt l'autre clan, de ceux qui partent directement au travail, qui n'ont pas d'enfant à réveiller, qui n'ont pas échangé trois mots depuis la veille, qui marchent vite, fermés au monde, encore engourdis de leur univers intime, le seul dont ils aient à se soucier avant leur premier contact avec l'autre. Sa femme Cléo a toujours été plus matinale que lui.

Il goûte les prémices de ces prochains matins silencieux aux côtés de son adolescente muette, dont il aurait aimé renouer quelques instants avec l'enfance légère et bavarde. Et bien que côte à côte, le pas à l'unisson, chacun est tassé, comprimé dans son monde intérieur.

Au coin de la rue de Tolbiac, ils passent devant une vitrine. Paul aperçoit dans le reflet, aux côtés de sa fille, un homme mince, de grande taille, légèrement voûté. Comme d'habitude, il a besoin d'un instant pour se rendre compte qu'il s'agit de sa propre image. Il sait pourtant à quoi il ressemble, de quoi il a l'air, mais c'est comme ça, il ne se *voit* pas, même s'il s'observe attentivement dans un miroir. C'est seulement la surprise des reflets à l'improviste, parfois des photographies, qui le renseigne sur son apparence. Dans le minuscule sursis où il ne s'est pas encore identifié, il se perçoit alors réellement – tel que les autres le perçoivent : sec, sombre, grand. Comme s'il voyait quelqu'un d'autre, un étranger. Un peu de son père, peut-être ? En est-il de même pour Émilia ? Sait-elle seulement ce qu'elle traverse, peut-elle mettre des mots sur son état ? Se *voit*-elle ?

Depuis qu'il a des enfants, Paul redécouvre l'intimité trop forte, qui éblouit : on ne remarque pas bien les changements quand on s'observe de si près. Il a tardé à prendre conscience de la maladie d'Émilia. Il lui a fallu beaucoup de temps, beaucoup de regards de passants, dans la rue, portés sur le corps de l'adolescente, un premier sur ses jambes fines comme des roseaux, puis immédiatement sur son visage, comme pour y lire la cause secrète de ce qu'on venait de repérer, et enfin un coup d'œil sur ses parents, un coup d'œil dans lequel Cléo croyait lire des reproches, coup d'œil qui, selon elle, les désignait comme complices coupables ou témoins aveugles, et c'était presque la même chose. Il avait fallu toutes ces alertes, toutes ces assiettes à peine touchées, ces rendez-vous, d'infirmières en psychologues, avant que l'on ose mettre un mot sur le mal qui rongeait leur fille de quinze ans et pour lequel on ne trouvait pas de solution ni d'explication convaincante. Émilia se consumait d'un feu secret et délétère. Mais c'était si difficile à appréhender – même en sachant, on ne comprenait pas. Paul se sent coupable de n'avoir pas vu, bien sûr. Et puis d'un autre poids, lourd et dense comme un caillou dans le cœur, celui de porter et d'avoir transmis le malheur en même temps que l'ADN, d'avoir tenu le fil du destin bien tendu entre le passé et l'avenir. Dans le désarroi de Cléo, parfois, il croit percevoir ce doute, cette charge. *Pas étonnant, avec une famille qui.* Qui quoi, au juste ? Paul ne sait pas formuler les choses.

Au début de l'automne, c'est allé très vite. Les médecins ont tout envisagé, même un protocole d'hospitalisation à temps plein. Quand on s'est orienté vers la solution de l'hôpital de jour, ce fut un soulagement pour Cléo qui se voyait déjà séparée de sa fille pour de longs mois durant lesquels on aurait à peine eu le droit de communiquer. Impensable. Passé le premier soulagement, la douche froide : à peine la rentrée était-elle derrière eux, il fallait déscolariser Émilia. On devait sortir du cadre.

À la première mention de l'hôpital, Paul s'était raidi, réminiscence des troubles de son frère Henri, avec leur lot de peur, d'incompréhension, de honte. Mais les temps ont changé. Émilia a un suivi psychologique solide et régulier, des médecins bienveillants à son chevet, des ateliers de cuisine, de couture, des copains pour déjeuner à midi. Paul mesure le chemin parcouru par la médecine, par les mentalités.

Est-ce qu'Émilia est aussi taciturne avec sa mère quand c'est elle qui l'accompagne le matin ? Paul les imagine assez bien discuter de tout et de rien, faire mine de ne pas avoir conscience de l'endroit où elles vont, faire contre mauvaise fortune bonne figure. Paul n'a jamais su faire ça. Il a le mutisme contagieux, les gens se crispent à son contact.

En arrivant à l'hôpital, Émilia lui glisse un baiser rapide sur la joue, comme pour l'empêcher de parler, et file par une porte laissée entrouverte. Il reste quelques instants les bras ballants, désorienté. Son bras droit frotte sa veste, le geste incontrôlé, familier. À travers la vitre, il voit sa fille qui revient. Elle passe une tête souriante :

— J'avais oublié que je ne te voyais pas ce soir. Bon voyage ! Amuse-toi bien.

La dernière phrase le réconforte. Non, il ne va pas *bien s'amuser* en allant à La Boissonnière. Mais le fait même que sa fille le croie, c'est déjà pas mal. Elle n'a pas conscience de ce que ça représente pour lui de retourner dans cette maison, après tout ce temps, de renouer avec cette enfance-là, les restes de cette famille-là. Elle pense avec simplicité, elle ne va pas plus loin que les mots dans sa tête. *Mon père retourne dans la maison de son enfance*, et elle passe à autre chose. Un peu de légèreté chez Émilia, ces jours-ci, c'est toujours bon à prendre.

3

Huguette

Cette pitié que ça fait. Un gosse qui voit jamais la lumière du jour. Je ne sais pas s'il est déjà sorti de là. Alors c'est sûr, il a la grande chambre, et les jouets. Mais les jouets il y touche pas. Et Madame qui le porte comme s'il pouvait pas marcher. Elle-même qui tient debout Dieu sait comment. Enfin, « dieu »... Je me comprends.

La première fois que je l'ai vu, le Paul, je me suis il vivra pas. Déplumé, pâle presque gris, l'œil grand et creux, que les autres bébés ont des bras comme des cuisses et lui, des joues qu'il remplit pas.

Ça fait bien quatre ans, et il a vécu. Mais pour finir, c'est pas une vie quand même.

Parfois, quand je le trouve dans son lit, je lui glisse du sirop, des sucres, et il les mange. Je dis bien il les mange. Il ne chipote pas, il ne détourne pas la tête, il les mange. Sa grande sœur Françoise, en cachette, elle fait la même chose. Elle prend des morceaux de fruit, de la confiture, je l'ai vue la semaine dernière, elle montait vite l'escalier pour aller se glisser dans sa chambre et lui donner. J'ai rien dit, je me suis approchée de la porte. J'entendais *Vas-y Paul, c'est bon, mange* et après *Voilà, c'est bien.* Preuve qu'elle a réussi. Henri y arriverait aussi pour sûr, s'il avait envie d'essayer. C'est Madame, tout le problème.

Je me retiens de dire, évidemment. On ne pourra pas dire qu'Huguette est une commère, très peu pour moi. Même si les gens demandent. Au marché : *Tiens, vous êtes venue avec Henri et Françoise. Et le petit Paul, il sort, des fois ? Il a pas l'air d'avoir la santé.*

Je reste de pierre. La carpe. La figure droite, les yeux devant. C'est par loyauté, surtout envers Monsieur, à qui je dois ma place. La bonne de La Boissonnière, on a beau dire, c'est pas rien non plus. Qu'est-ce que j'aurais fait moi, à mon âge, et veuve, s'il n'était pas venu me chercher. L'hospice, peut-être. J'aurais fait mon tricot sur un banc, avec les moins-que-rien, une maille l'envers, une maille l'endroit, de plus en plus lâches, les mailles – on connaît ses mauvaises pentes, à force – à mendier ma laine jusqu'à la fin. Peut-être même à faire et défaire parce qu'il n'y aurait personne pour porter le tricot.

Je les vois, les regards, à la sortie de l'école. Quand c'est moi qui vais chercher la petite – et le diable sait comme c'est plus souvent qu'à mon tour, que j'y vais – ils se demandent tous où est la mère, et le petit. L'institutrice qui me tourne comme autour d'un pot, pour savoir quand c'est qu'on le mettra à l'école, le Paul. Madame lui a déjà dit que ce serait pas avant la 11e, mais l'autre fait comme si elle le savait pas. Pour poser des questions. *Mais alors, le petit Paul, quand est-ce que.* Et moi : la carpe.

Ce gosse, faut dire qu'il a pas la santé, c'est certain. Mais enfin un peu de soleil ne lui ferait pas de mal. Je ne dis rien. Mais Madame, c'est comme si ça l'arrangeait de le garder au lit. Il mange comme un moineau, ça lui fait les bras et les jambes comme des baguettes, le pauvre ranou. Chez moi, on m'aurait talochée, c'est bien sûr. Que là, ça ne finit jamais son assiette, quand ça y a seulement touché, et puis que Madame quitte la table pour aller le mettre au lit, parce qu'il est trop faible. Je brûle de dire qu'il serait moins faible s'il touchait sa viande. Mais je dis rien. Le temps est déjà assez à l'orage.

Quand Monsieur est là, c'est la scène assurée au moment où Madame revient à table. Faut dire qu'elle revient de moins en moins. Parfois elle ne redescend pas du tout. Et puis il est occupé, Monsieur, il n'est pas toujours là pour veiller.

Madame qui ne touche à rien, qui ne touche pas terre, maigre à faire peur, comme le Paul, tiens, et Henri qui fait ses frasques. Y a que Françoise, grasse comme un moine et les bons sourires. Elle voudrait bien faire, la petiote, à dévorer son petit frère des yeux comme si c'était une image pieuse. Elle en est folle. Et rien à faire : elle n'a pas le droit de jouer avec lui. Ça le fatigue, Madame dit. Alors la petite le guigne sans rien faire.

Il n'a pas de chance, Monsieur. Un bel homme, et de sa condition, se retrouver avec un ménage pareil. C'est bien la peine d'être les gens du château et de vivre comme chez les fous.

4

Françoise

Je marche à côté de Maman. J'essaie d'aller vite pour ne pas la ralentir. Ses talons claquent par terre, j'adore ça. C'est comme une musique, mais pas seulement, ou plutôt si : une musique, une musique militaire, de parade, de défilé.

Maman est une dame. Dans la rue, on se retourne sur son passage. C'est parce qu'elle est très, très belle. Et très élégante.

Je glisse ma main dans la sienne, elle est douce, chaude malgré l'hiver. Je sens le froid de sa bague. Elle repousse ma main, au bout de quelques instants « attends, deux secondes » pour regarder l'heure. Ensuite, elle ne la reprend pas.

Maman sent bon. Papa ne sent que l'eau de Cologne. Mais elle, elle sent le parfum, et puis ses odeurs cachées : le rouge à lèvres, la crème, l'huile, le savon, le vernis, la poudre. La lavande, parfois, à cause des petits sacs qu'Huguette met dans le linge.

Maman me demande si l'école s'est bien passée. Je ne sais jamais quoi lui dire. Elle me dit « Ça s'est bien passé, à l'école ? », ou « Tu me racontes, ta journée ? », ou simplement « Tu as fait quoi, en classe ? », et je réponds « oui », ou « c'était bien », ou « je ne sais pas ».

Elle a toujours l'air un peu déçu. Je cherche. Qu'est-ce que j'ai fait aujourd'hui ? Je suis allée déjeuner chez Sophie. Je trouve : « Frédéric, le frère de Sophie, il n'était pas là, aujourd'hui. »

— Ah bon, pourquoi ?

— Sa maman nous a pas dit.

— « Ne nous a pas dit ».

— Ne nous a pas dit. Mais je l'ai entendue expliquer à Mlle Joie qu'il devait se faire recoller les oreilles. Ça veut dire quoi ?

— Ah oui, il fait ça ? Ça veut dire qu'il a les oreilles comme ça (elle se tourne vers moi en faisant un petit geste rigolo, en écartant chaque oreille avec son index). Comme ce n'est pas très joli, on lui fait une petite opération pour que les oreilles soient bien collées au crâne.

— Ah bon ?

Je suis horrifiée. J'imagine de la colle, je ne sais pas ce que j'imagine, je ne veux pas bien savoir. Allez si, je veux savoir :

— Avec de la colle ?

On passe devant une vitrine, Maman ne m'écoute

pas, elle est absorbée par des chapeaux. J'observe mes oreilles dans le reflet, je me demande si elles sont décollées. Maman finit par me répondre, sans me regarder :

— Non, avec des points de suture.

C'est encore pire que ce que je pensais.

— Mais c'est horrible !

— Non, ça va, tu sais, il est endormi, il ne sent rien. Tiens-toi droite, Françoise. Si tu veux savoir un jour danser, il faut commencer par se tenir droite.

Elle ne dit plus rien. Moi non plus, on réfléchit en silence. C'est elle qui le brise, au bout d'un moment :

— Cela dit, c'est bizarre, de faire ça. Ce n'est pas très grave d'avoir les oreilles décollées. Surtout pour un garçon. C'est quand même une opération, il faut avoir une bonne raison de faire une opération. Pour un garçon, c'est bizarre.

J'aime bien quand Maman vient me chercher. Ça n'arrive pas souvent. La plupart du temps, c'est Huguette. Mais Huguette se plaint qu'elle a mal aux reins, que ce n'est pas son travail de venir à l'école en pleine journée et qu'elle a déjà beaucoup à faire avec la couture, les lessives, la cuisine, le ménage, les feux. Elle n'oserait jamais le dire à Maman, alors je n'aime pas qu'elle me le dise à moi non plus. Maman ne serait pas contente si elle savait qu'Huguette se plaint.

Ce que je n'aime vraiment pas, c'est quand c'est mon frère Henri qui vient me chercher. Ça arrive très peu, presque jamais, mais assez pour que j'aie peur, le matin, quand je pose la question à Huguette. *C'est qui qui vient me chercher, tout à l'heure ? — C'est ton frère, aujourd'hui. — Non ? Non ! — Si. Allez ne t'inquiète pas, ça va vite passer. Il n'aura pas le temps de te faire grand mal, va.*

Je ne peux pas dire qu'Henri me fasse mal. Ce n'est pas ça. C'est autre chose.

Quand Maman vient me chercher, je me sens importante. Je sais que les autres mamans, ou les bonnes, à la sortie, la regardent toutes. Même les enfants. Même ma maîtresse, Mlle Joie. D'abord parce que Maman est belle et élégante, et puis parce que c'est la femme du professeur Pardieu. Tout le monde le sait, ici. Je ne sais pas pourquoi on dit professeur, alors qu'il est docteur, mais ça donne encore plus d'importance. Quand c'est Maman, j'ai le droit de sortir en premier, on ne le dit pas vraiment, mais Mlle Joie dit *Françoise, ta maman est là*, avec les yeux braqués sur Maman dès qu'elle ouvre le portail, et tout le monde me laisse passer.

Maman ne remarque pas tout cela. Je pense qu'elle est habituée. Et puis elle n'a pas envie de parler avec la maîtresse, ou les autres mères, ni de savoir qui sont mes amies. Quand je lui montre quelqu'un, de loin, elle commence par me dire de ne pas montrer du doigt – mais comment faire, alors ?

Là où Maman vient toujours me chercher, c'est au conservatoire, le jeudi et le samedi, à Marande.

Là, c'est pareil et différent à la fois. Tout le monde connaît Maman, mais pas à cause du métier de Papa. C'est parce qu'elle a été une grande danseuse. À Bordeaux, à l'opéra. Pendant assez longtemps. Puis elle s'est arrêtée. *Avec les enfants...*, elle dit dans un soupir sans terminer sa phrase, quand on lui demande. Elle prend un air entendu. Henri dit que quand il est né, elle continuait à danser, que c'est à ma naissance qu'elle a dû s'arrêter. Il m'a dit que j'étais trop grosse, si grosse que je ne passais pas, et qu'on a dû lui casser les os du bassin, à Maman, pour que je passe. Quand il raconte ça, il fait ce geste que je déteste, il lève les mains comme s'il tenait une brique et il les laisse retomber violemment de chaque côté de sa cuisse. Henri aime me faire peur, c'est peut-être ce qu'il préfère faire, donc je ne sais pas si c'est vrai ou s'il a inventé.

En tout cas, après la danse, Papa et Maman sont retournés vivre à Saint-Germain avec la mère de Maman, Grand-mère, qui est morte l'année dernière. Saint-Germain, c'est assez petit, et tout le monde se connaît. Et surtout, tout le monde connaît Maman, et Papa, et toute la famille. C'est parce qu'on habite dans la plus grosse maison, que beaucoup de gens ici appellent « le château » (mais Papa et Maman ne veulent pas qu'Henri et moi disions « château », ils disent « la maison », ou « La Boissonnière » – c'est le nom de la maison). La propriété est immense, parce qu'il y a aussi une grosse ferme qui appartient à Maman, dans un hameau qu'on appelle Sarget. Moi je n'y vais jamais, mais les enfants du hameau sont dans la même école que moi. Ils ouvrent toujours des yeux grands comme des soucoupes quand Maman est à la sortie.

Au conservatoire, Mme Chantal, ma professeure de danse, s'illumine quand Maman arrive et elle lui tourne autour pour essayer de lui parler pendant que je me rhabille.

— Françoise a bien travaillé aujourd'hui.

Maman fait une petite grimace et ne dit rien. Mme Chantal insiste :

— On sent qu'elle fait des progrès. Elle a beaucoup de grâce.

— Il ne faudrait pas qu'elle soit gênée par son poids. On fait attention. Je trouve que ses gestes s'empâtent.

Mme Chantal tourne la tête :

— Oh, pensez-vous !

— Enfin, je la trouve un peu raide.

— Ah non, non, non, non, non (Mme Chantal a des petits mouvements de tête de gauche à droite, comme une grosse poule qui cherche à manger). C'est très bien. Vous l'avez fait travailler, n'est-ce pas ? C'est beaucoup mieux. J'imagine que vous lui montrez comment se tenir. Dans votre salle de danse, chez vous ? Il paraît que vous avez une salle. C'est très bien. C'est ce qu'il faut. Vous devez être heureuse de pouvoir danser chez vous. Ça doit vous manquer. Après la vie que vous avez eue. Forcément. C'est une grande pièce, n'est-ce pas ?

Maman ne répond pas. Papa lui a fait arranger une pièce spéciale au dernier étage de la maison, avec des miroirs et des barres au mur, mais elle n'y danse jamais. Elle n'y va qu'avec moi, tous les jours parce qu'elle veut que je m'entraîne tout le temps. Elle, elle ne danse pas. Elle reste assise sur un tabouret, toute droite. J'ai l'impression qu'elle n'aime plus la danse depuis qu'elle n'est plus danseuse. Mme Chantal adore parler de la salle de danse de la maison, elle fait comme si elle venait d'apprendre qu'on en avait une pour pouvoir poser des questions. Mais Maman a arrêté de répondre depuis longtemps.

— C'est bien, mais il faut qu'elle s'entraîne, n'est-ce pas ? Chaque jour. Mais enfin vous le savez. Ce n'est pas à vous que je vais apprendre ça. À son âge, vous vous entraîniez quotidiennement, n'est-ce pas ? Ça doit être pratique, cette salle de danse. Même pour vous, n'est-ce pas. Françoise m'a dit que vous aviez de belles boiseries. Enfin, je devine. Ça doit être très beau.

Maman ne répond toujours pas. Elle a les yeux posés sur Mme Chantal, mais comme s'ils passaient à travers. Elle a le même regard que Paul quand Papa lui parle.

Paul, c'est mon petit frère. Lui, il ne va pas à l'école. Il va avoir quatre ans, et même s'il n'était pas tout le temps malade, je crois qu'il n'irait pas. C'est encore un bébé. Pas vraiment, parce qu'il est grand, mais disons que je ne l'imagine pas à l'école. Il ne parle pas, ou pas beaucoup. Il sait appeler Maman, et puis moi aussi, il dit « Fanfan ». Pour Huguette, il dit « Guette ». Henri et Papa, il ne les appelle pas. Il ne les regarde pas non plus. Henri s'en fiche. Papa ne s'en fiche pas du tout.

5

Paul

— Je ne pense pas que ce soit celle-là. Vous pouvez essayer, mais ça m'étonnerait que ça marche.

La vieille femme enfonce la clé dans la serrure, la fait jouer vers la droite, vers la gauche, la recule légèrement, l'enfonce davantage. Elle relève son visage fripé vers Paul, avance le menton, les commissures de ses lèvres s'abaissent, elle fait des yeux ronds, elle a l'air de trouver la situation plutôt amusante. Elle remet la clé dans son sac en toile et en reprend une autre sans regarder, comme on tirerait un jeton pour le loto, qu'elle lève devant la tête de Paul. Il soupire :

— Non.

— Faut voir, répond-elle.

Elle place son oreille près de la porte, à l'écoute d'un cliquetis de bon augure. Paul soupire.

— Faut pas être pressé, dit-elle.

— En effet.

La tonnelle les protège de la pluie, mais le froid humide saisit Paul à travers son costume. Il aurait dû se changer avant de partir. Il ne s'était pas rendu compte pendant le voyage. Il avait oublié les automnes du coin. Et puis on n'a jamais froid quand on est enfant.

Il piétine pour se réchauffer, fait quelques pas sur le perron pour s'éloigner de la vieille qui continue ses recherches. Franchement, elle aurait pu… Cela fait une semaine qu'il l'a prévenue. Pas sûr qu'elle ait autre chose à faire. Il passe la main sur le mur ocre, le regard sur le parc, ce qu'on peut en voir dans l'obscurité. Il distingue la silhouette des platanes, derrière l'allée. *Il en manque un. Il a dû tomber en 82, ou en 99. Françoise avait dû me le dire.*

— N'auriez pas une lampe, par hasard ? Avec la nuit qui tombe.

— Non.

Il ne lui dit pas que son téléphone pourrait faire office de. Elle va expier, la vieille. Ça ne changerait rien que la serrure soit éclairée. Elle fait exprès, de toute façon. Elle fait durer. Elle s'occupe.

Paul descend l'escalier du perron, comme la pluie se calme. Il essaie de ne pas voir les marches, de ne pas entendre le bruit familier du gravier de la cour qui crisse sous ses pas. Dans son souvenir, le portail était plus clair.

— Ah ! entend-il, en même temps que la porte qui

cède. Puis : C'était une des grosses. C'est ce que m'avait dit André, mais moi je ne le croyais pas. Il a plus toute sa tête, alors je l'écoute plus. Mais parfois ça fait tort. Il serait bien venu lui-même, tenez. Mais sa jambe. Ça dépend des jours.

Elle sourit, bras ballants devant la porte ouverte, bien droite dans ses sabots en plastique. Elle attend qu'il entre le premier. Il est chez lui, après tout. Il se presse pour remonter l'escalier du perron, attrape sa valise en passant devant la vieille et entre dans la maison.

Il fait sombre, plus encore qu'au-dehors. L'odeur le happe, avant même l'image de la console de l'entrée, le dessin des carreaux de ciment, le beige des murs. Ça sent l'humidité, du salpêtre peut-être, de la poussière, mais sous les relents ordinaires d'une demeure fermée depuis plusieurs années, le parfum unique de la maison dans laquelle on a grandi. S'il fermait les yeux, il serait projeté quarante ans en arrière et sa sœur Françoise l'appellerait depuis la cuisine pour lui dire que Béatrice a préparé de la soupe au lait pour le goûter. Paul ne les ferme pas. On dit parfois que les choses et les lieux apparaissent toujours plus petits que dans nos souvenirs. Mais des dizaines d'années d'exiguïté urbaine ont fait oublier à Paul l'immensité des pièces, la hauteur des plafonds, la stabilité consistante des murs. Il a quitté une maison, il retrouve un château. La Boissonnière, manoir de Saint-Germain, citadelle imprenable.

— Fait pas plus chaud dedans que dehors, hein. Je vais vous allumer le chauffage. Avec de la chance, dans deux heures, vous serez confortable.

La vieille trottine directement jusqu'à la porte de la cave. Il lui faut à peine quelques secondes pour remettre l'électricité, allumer autour de Paul, et un peu partout, des lampes qui éclairent une à une les pièces du rez-de-chaussée et des souvenirs qu'il faut s'empresser d'étouffer. Elle s'échappe de nouveau au premier étage, *je vais m'occuper des radiateurs là-haut.* Paul reste debout à côté de sa valise, il n'ose pas s'avancer, tout peut lui sauter à la figure. Le parquet grince au-dessus de sa tête, et la voix de la vieille qui se parle à elle-même.

Quand elle revient, il n'a pas bougé. Elle s'arrête devant lui :

— Vous voulez que je vous pose la valise dans votre chambre ?

— Non, merci.

Il sourit pour la première fois :

— C'est gentil. Vous avez déjà été très aimable.

Elle hésite, elle n'a pas envie de partir. Peut-être qu'elle attend une pièce. Non, c'est autre chose qui la retient :

— C'est bien normal, allez. Après tout…

Ça y est, il la voit venir, les deux mains calées dans les poches de son tablier à fleurs.

— Je vous ai connu si petit. À peine haut comme ça.

Elle fait le geste avec sa main, près de ses cuisses.

— Et après, pas très vaillant, non plus. Et maintenant vous voilà bel homme, un monsieur, bien installé, et tout. Avocat, le dernier des Pardieu. Ça fait drôle.

Il sait l'effet que produit sa profession sur les gens, le contraste qui frappe, à chaque fois, avec son attitude taiseuse et repliée. Il ne lui dit pas que ce n'est pas comme elle pense, que dans sa branche, on peut passer une vie sans lever le nez de ses papiers, et qu'il ne plaide jamais. Il la laisse dans son cliché. La porte est dans le dos de Paul ; il se tourne légèrement pour inciter la vieille à partir.

— Et vous aviez pas la santé… Les premières années, c'est à peine si vous aviez vu le soleil. Je dis ça, j'étais pas là. Il paraît. Mais même après, à quatre, cinq ans, on aurait dit un lapereau de trois semaines. Ça, je me souviens, c'est quand je suis arrivée à Sarget. On vous voyait battre la campagne avec votre sœur Françoise. Qui n'oubliait pas de manger, elle. Et vous, déplumé comme un coucou, toujours derrière. Que maintenant, voyez ! On dit que l'air de la capitale est pas bon, mais vous, on a beau dire, ça vous a réussi. Même mon pauvre André, qu'a passé sa vie dehors et qu'était fort comme un Turc, il avait pas la même mine que vous à… Quel âge ça vous fait, maintenant ?

— Cinquante et un.

— Fichtre. Vous les faites pas. Ça conserve, la justice, peut-être. Que mon André, à cinquante ans, c'était déjà un vieil homme. Et les enfants, ça va ? Ça vous en fait combien ?

— Deux. Émilia et Léonard.

Ça brûle, de dire le nom d'Émilia comme si tout allait bien.

— Ça leur fait quel âge, maintenant ?

— Quinze et dix.

— Vous avez pas une photo, des fois ?

— Non.

La vieille ne se démonte pas :

— Hé ben. Quinze et dix ans, ça fait drôle. Une vraie famille alors. Vous avez bien tracé votre route.

Paul tend une main qu'elle ignore. Elle est lancée :

— J'aurais pas dit, quand je pense à vous petit. Comme ça, pardonnez-moi, je sais bien que. Mais vous me rappelez Monsieur Jean votre père. Qui était bel homme lui aussi. Mais vous savez. Vous êtes le portrait de votre papa. Quelque chose dans la bouche, le bas de la figure. Enfin je l'ai peu connu jeune. Mais même sur la fin. Il n'y avait plus que moi, et mon pauvre André. Moi évidemment, quand vous étiez petit je voyais surtout votre mère. Madame Irène. Et puis la vieille bonne, vous savez, comment vous l'appeliez, déjà ? Avant Béatrice.

— Huguette.

Le bras droit de Paul se frotte à sa veste, les tics reviennent quand il est troublé. Mais la vieille n'a pas l'air de le remarquer :

— C'est ça, Huguette. Une brave femme. Très méritante. C'était la sœur de notre voisine. Elle était d'ici.

— Au revoir, madame Saure. Merci de vous être dérangée.

— Je vous prépare un petit quelque chose, quand même, pour le dîner ?

— Je vous remercie. Je pense que j'irai en ville.

— Vous ne trouverez pas grand-chose, je crains. Les Tourelles, peut-être ? C'est très correct. Mais un mardi.

— Ne vous en faites pas.

Il lui pose la main sur l'épaule pour la diriger vers la porte. La chair sous la chemise est plus ferme qu'il n'aurait cru, dense comme de la viande empaquetée. Il retire ses doigts.

— À bientôt, madame Saure.

Elle le scrute. La bouche est pincée, l'œil pas si engageant. Il sait bien ce qu'elle se raconte. *Il n'est même pas venu à l'enterrement de sa mère. Celui de son père, encore, avec ce qu'on dit. Mais sa mère.* Il était là, pourtant. La cérémonie avait été courte. Personne ne l'avait vu. Il s'était tenu dans le fond de l'église, il était arrivé après le début, s'était esquivé au moment de l'encensement. Tous les yeux étaient braqués sur la famille, au premier rang. Il n'était pas allé au cimetière. La vieille dit seulement :

— De toute façon, si vous avez besoin de quoi que ce soit, vous passez. Vous viendrez bien voir la ferme, non ? Vous verrez, ça a bien changé. Les bâtiments. C'est tout moderne, vous allez pas le croire. C'est égal, vous venez quand vous voulez, on est là, on ne bouge pas. Vous connaissez le chemin. Vous pouvez vous garer dans la cour. On a l'allée goudronnée.

Elle se retourne une dernière fois, après la porte :

— Ou bien vous appelez et je passe vous chercher. Avec le Peugeot j'en ai pour deux minutes. Que ça ne vous fasse pas rouler sous la pluie.

Elle médite quelques instants en regardant la Mercedes :

— Que vous alliez pas salir votre voiture, qui est toute propre.

— Merci, madame Saure. Je pense que je n'aurai pas le temps.

— Sinon à pied par le parc. Mais attention. Si vous ne vous souvenez pas : vous prenez le pont. Ensuite franchement c'est tout droit. Vous tomberez sur le nouveau bâtiment, vous verrez, avec les tôles. On dit « nouveau », mais il a bien sept ans. Ce sera à droite au premier chemin que vous croisez. La région a mis des panneaux pour les randonneurs, mais ne les suivez pas, ils disent n'importe quoi. Au bout, c'est la ferme. Vous reconnaîtrez. André sera content.

Alors ça transperce Paul d'un coup, le fond du parc, le mur, le pont sur la Vézère, Béatrice les pieds dans l'eau, les platanes. Ça ne dure qu'un instant, ça s'efface.

La vieille se demande pourquoi il ne répond pas. Elle enchaîne après une hésitation :

— Je vous ai mis l'eau chaude. Et puis vous m'envoyez un message quand vous partez.

— Demain matin, sans aucun doute. Bonne soirée, madame Saure.

Paul est soulagé un instant, après le claquement de la porte. Puis il faut se retourner, rester seul. La grille du portail cogne à son tour. La vieille ne reviendra pas pour un assaut ultime, une question, une curiosité qui lui resterait, un conseil.

Comme il avance dans l'entrée, son corps se raidit, en défense, prêt à se protéger des assauts du passé. Au moins la vieille comblait le silence. Les pas de Paul résonnent sur les carreaux de ciment. Cinq minutes plus tôt, il n'aurait pu se souvenir de leur motif, s'il y avait pensé. Il le connaît par cœur, pourtant, il était caché quelque part en lui et n'aspirait qu'à sortir.

Au bas de l'escalier, Paul pose ses doigts sur la boule en cristal, retrouve le contact froid et familier. Les marches grincent, chantent leur refrain intime et secret, connu de lui seul désormais. Plus personne pour lui tenir la main, lui dire de ralentir. Béatrice avait toujours peur qu'il ne glisse. Et sa mère avait horreur du bruit.

Paul est seul au monde du passé.

Il n'a pas insisté pour déplacer le rendez-vous.

C'était Coussirat qui l'avait pressé. *Il vaut mieux régler l'affaire au plus vite. Ne tardez pas. Je connais des acheteurs. On peut contourner la Safer sans problème, et faire cesser le bail en fermage plus vite que prévu.* André Saure doit partir à la retraite dans les trois prochaines années. On ne ferait qu'accélérer un dénouement incontournable, puisque les Saure n'ont pas d'enfants pour reprendre la ferme.

Paul n'avait pas eu le courage de lui dire que c'était compliqué, qu'il n'était pas retourné chez lui depuis plus de trente ans. Coussirat doit bien le savoir, comme la vieille Saure. Tout le monde le sait, à Saint-Germain. Trente-trois ans. Pour l'enterrement de sa mère il y a cinq ans, il n'avait été qu'à l'église, de l'autre côté : il n'avait même pas aperçu les toits de La Boissonnière. Il s'était garé à l'extérieur du village, et puis il était reparti pour Paris aussi sec.

Ça tombe pourtant mal, ce rendez-vous, il n'a guère le temps. Il ne touche plus terre, ces jours-ci. Les voyages au cabinet du Luxembourg lui prennent un temps fou. Il fait des apparitions mutiques, pressées. Un de ses associés lui a dit qu'on le trouvait nerveux, a demandé si tout allait bien, avec Cléo. Pas de divorce dans l'air ? À son âge, les crises de couple étaient fréquentes. Il fallait s'accrocher.

Paul connaît sa réputation d'écorché. Il doit dégager un supplément de mal-être, d'agitation, pour que quelqu'un se risque à venir gratter à la surface. Mais c'est bien la dernière chose qu'ils feraient, Cléo et lui, en ce moment. Ils ont d'autres chats à fouetter.

Toute leur attention se concentre sur Émilia, Cléo ne se laisse pas distraire. Le reste leur parvient comme atténué. La rumeur du monde s'assourdit quand ce sont les murs de son propre foyer qui s'effondrent.

Cléo n'a pas insisté pour accompagner Paul. Il ne l'aurait pas laissé venir, de toute façon. Qui aurait veillé sur Émilia, Léonard ? Paul avait aussi des motifs plus intimes à sa réticence : Cléo a l'habitude de poser des jugements rapides et définitifs, une tendance à classer, à étiqueter. Elle aurait eu vite fait d'évaluer la maison dans laquelle il avait grandi, de donner son avis. La plupart du temps, il aime que sa femme prenne les choses en main. Mais La Boissonnière est à lui, une crypte close depuis trente-trois ans qu'il veut desceller lui-même. Il désire revoir les lieux une fois avant de les lui montrer.

Il avait toujours connu La Boissonnière habitée, vivante de gens qui le choyaient, le précédaient, l'accompagnaient, l'enfant adoré et fragile qui requérait toutes les attentions. Ensuite, la passion avait changé de nature, et il était parti. Ça ne lui était jamais arrivé d'y être seul, pas même quelques instants. Il n'en aura peut-être plus l'occasion avant la vente. Il a une curiosité de la maison. Est-ce qu'elle a changé ? Est-ce que ses souvenirs sont conformes ? Comment ont-ils vécu ? Quand il pense à son père, Paul l'imagine encore dans son décor des années 60, son foulard du dimanche, sa DS dont il ne faisait pas le plein lui-même. Qu'est-ce que ça donnait, Jean dans un supermarché, dans les toilettes d'une station-service, sur le site internet des impôts ? *Tu peux parler*, dirait Cléo, qui trouve toujours que Paul a du mal à s'ajuster à la modernité. En marge, voilà où il se situe, solitaire et décalé. Il n'y a que sa famille pour le tirer vers le monde. S'il n'avait pas son travail, une pratique minutieuse et pointue du droit dans laquelle il excelle, Paul serait probablement ce qu'on appelle un *paumé*.

Il se retourne sur l'entrée, après quelques marches. Les Saure ont dû faire passer une société de ménage. L'ensemble est plutôt propre, si l'on considère que personne n'a habité la maison depuis la mort de son père, deux ans plus tôt. Triste et terni, évidemment, mais rien ne traîne dans l'entrée, pas de manteau, pas de papiers, de journaux. Lisaient-ils des magazines ? Est-ce que cela existe encore, *Le Quotidien du médecin* ? Est-ce qu'on reçoit du courrier, quand on est mort ? Est-ce que la vieille l'a posé quelque part ? Elle lui aurait dit, sans doute. Et puis on s'était bien occupé de tout, il y a deux ans. La vieille avait dû résilier les abonnements.

Il monte directement à sa chambre, sans passer par les autres pièces.

6

Françoise

C'est le jour du bonnet, je pense, que ça a commencé à aller plus mal pour Paul.

C'était un dimanche matin. Nous étions dans la cour, prêts à partir à la messe. J'avais mon manteau en laine, le bleu, avec les gros boutons. Il y avait Papa, Henri, Paul et moi. Huguette était partie chez sa sœur, elle n'est jamais là le dimanche matin parce qu'elle n'est pas catholique. Elle, ça ne la dérange pas, de ne pas être catholique, mais Maman, ça la dérange énormément, et elle n'aime pas voir Huguette à la maison quand on part tous, ou quand on revient de la messe. Elle a fini par décider que ce serait bien qu'Huguette prenne du repos, parce qu'elle travaille déjà beaucoup, et que le dimanche matin, elle irait rendre visite à sa sœur à Sarget. Ou à ses cousins, à Marande, si quelqu'un pouvait l'emmener. Ou qu'elle irait se promener. Mais qu'elle ne resterait pas à la maison pendant la messe.

On attendait sans bouger, en silence. Paul grattait le gravier de la cour avec la pointe de sa chaussure, Papa lui a dit d'arrêter. Comme Paul continuait, je lui ai posé une main sur l'épaule, puis je lui ai chatouillé le lobe des oreilles pour le distraire, pour qu'il obéisse à Papa sans y penser. Papa est très sévère. Il faut obéir, sinon il a sa ceinture. Il n'aime pas que l'on bouge sans raison, que l'on parle inutilement. De toute façon, quand il est là, je n'ai pas grand-chose à dire. Paul ne parle pas. Il ne reste qu'Henri, qui est le préféré de Papa, mais qui ne parle pas beaucoup non plus. Pourtant Papa adore discuter avec Henri. Il lui pose beaucoup de questions, sur l'école, sur ce qu'il pense, même de la politique, des choses comme ça. Il écoute la réponse d'Henri, il a un sourire très fier, il se tourne vers Maman, et lui dit des choses comme *Ah, tu vois ?* ou *Il ira très loin, ce garçon.* Quand il dit *ce garçon*, ça me fait toujours bizarre, comme si ce n'était pas vraiment son fils. Alors qu'ils se ressemblent, avec le même regard bleu et pourtant noir, le même nez un peu long, cette façon qu'ils ont de toujours prendre un temps de silence avant de répondre, qui fait que les autres se taisent et se concentrent pour écouter.

Ce dimanche, il ne manquait que Maman, que l'on attendait pour partir. Papa a ouvert la portière de la DS pour nous faire rentrer, sans dire un mot, car on lui obéit toujours sans qu'il ait besoin de donner des ordres. Henri est entré le premier, puis moi. En voyant Paul qui s'apprêtait à monter aussi, Papa s'est rendu compte qu'Huguette, avant de partir, ne lui avait pas mis son bonnet. Ça a fait toute une histoire. Ça fait toujours une histoire quand Paul sort de la maison (ça fait toujours une histoire dès que l'on parle de Paul de toute façon).

— Ça n'est pas possible, elle ne s'y prendrait pas autrement si elle voulait qu'il tombe malade. Tout le monde le fait exprès dans cette maison. Paul, va voir ta maman et demande-lui un bonnet.

Dans la voiture, Henri me pinçait les cuisses avec le bout de ses ongles (il adore faire ça parce que Papa a horreur que l'on se dispute et qu'il punit toujours celui qu'il entend en premier). Au début, comme Henri continuait à me faire mal, je n'ai pas fait attention à ce qui se passait dehors. Et puis j'ai fini par lever la tête, Henri aussi, parce qu'on n'entendait plus rien qu'un silence qui sonnait bizarrement. Et la voix de Papa qui disait plus fort, mais sans crier, simplement : *Paul.* Papa est toujours très calme. Il ne s'énerve jamais. Cela ne veut pas dire qu'il est toujours gentil, et d'ailleurs, la plupart du temps il me fait peur, mais il ne s'énerve pas. Il n'a pas besoin. Tout le monde lui obéit au doigt et à l'œil, même Maman – surtout Maman.

Paul se tenait à côté de la voiture. Droit comme un *i*, et le regard qui passait au travers de Papa. Il m'a fait penser un instant aux petits soldats de plomb d'Henri. Un soldat avec une culotte courte et des chaussettes de laine.

— Regarde-moi, Paul. Je sais que tu m'entends.

Ça a duré assez longtemps. Papa disait *regarde-moi*, et Paul fixait un point au loin, au-delà de Papa. Puis il a voulu rentrer dans la voiture. Pas comme un enfant qui fait une bêtise et qui se faufile, non, plutôt comme s'il n'avait tout simplement pas entendu, il a tourné la tête, a vu la portière de la voiture ouverte et s'en est approché. Alors Papa s'est mis en travers de son chemin pour l'empêcher de passer. Paul s'est presque cogné sur les jambes de Papa et s'est arrêté, surpris. Il avait buté sur un obstacle invisible.

— Paul. Va dans la maison et demande à Maman ton bonnet. Maintenant.

Je ne sais pas combien de temps ça a duré. Même Henri retenait son souffle. Papa a passé sa main sur sa figure en respirant très fort.

— Regarde-moi.

Papa continuait à lui demander des choses, parfois de le regarder, parfois d'aller voir Maman. J'ai cru à un moment qu'il allait le supplier, ou le frapper. Paul n'a pas bougé.

Alors Papa a serré les dents, et il a comme hurlé, la bouche fermée, un grand cri à l'intérieur de lui-même, un cri bizarre, long, et il a saisi Paul avec les deux mains et c'était étrange parce qu'on voyait qu'il l'avait attrapé fort, entre ses doigts, sous les épaules, et pourtant il l'a posé doucement dans la voiture, doucement, il l'a jeté doucement voilà, comme s'il se retenait de toutes ses forces de lui faire mal. Ensuite il s'est penché, les mains sur les genoux, le visage si près de Paul, les pupilles en feu, et il a hurlé de nouveau, sans rien dire et sans ouvrir la bouche, long, fort, la mâchoire en avant. Et Paul ne bougeait toujours pas, n'a même pas cligné, rien. Maman a descendu le perron avec un air affolé, alors Papa est allé vers elle, l'a attrapée par le coude et l'a entraînée dans la maison.

Paul était par terre devant le siège, il s'est relevé lentement, comme s'il avait trébuché tout seul, et s'est assis à côté de moi, les yeux toujours ailleurs. J'ai posé ma main sur la sienne, il n'a pas bougé, n'a pas enlevé son bras. C'était comme des petits doigts morts sous les miens. Henri s'est penché pour dire à Paul :

— T'as peur de rien, toi.

Et il y avait une pointe d'admiration dans sa voix. Et c'est vrai qu'on voyait que Paul n'avait même pas peur, alors que moi je tremblais. Pour lui, c'était comme s'il ne s'était rien passé. Il a tourné la tête vers moi, délicatement, comme s'il se réveillait. Il a commencé à fredonner, avec son bon sourire et sa mine d'oiseau. En général, il fait ça pour que je chante. Mais je n'avais pas le cœur à chanter.

Papa et Maman sont revenus cinq minutes plus

tard. Maman a mis un bonnet à Paul et on est parti en silence.

La route est longue parce qu'on va jusqu'à la cathédrale de Marande – c'est là que vont tous les gens comme il faut à la messe. Nous sommes des gens comme il faut, c'est Huguette qui le dit. On a roulé en silence pendant un petit moment, personne n'osait parler. Il n'y avait que la voix de Paul qui fredonnait parfois, pour moi, pour que je chante, et chaque fois, j'avais un nœud dans le ventre qui se resserrait. Je ne lui répondais pas, je pressais simplement sa main pour qu'il ne soit pas triste, et la voiture retombait dans le silence.

À un moment, Papa a dit à Maman :

— Je ne comprends pas comment tu as pu laisser les choses en arriver là. Est-ce que tu te rends seulement compte de la situation ?

Je pense qu'il trouve que Maman en passe beaucoup à Paul, et qu'il est trop gâté.

Pourtant, Paul ne demande jamais rien.

Après le dimanche du bonnet, Paul est encore tombé malade. Ça ne s'est plus arrêté. Je vais le voir dans sa chambre, le matin, avant de partir à l'école.

C'est presque toujours là qu'on trouve Paul, dans sa chambre. Maman n'est jamais loin, parce qu'elle ne veut pas qu'Huguette s'en occupe. Il est dans son lit, la plupart du temps, parce qu'il est trop souvent malade. Même quand il n'est pas malade, il n'a pas l'air d'avoir très envie de sortir non plus. Il reste couché, il ne bouge pas, il fixe le plafond, ou le mur, le papier peint avec les petites bergères rouges sur la frise. Son regard est posé dessus, mais je ne sais pas s'il les voit. L'été dernier, il sortait parfois de la maison, il passait l'après-midi sur la terrasse à jouer avec moi et on avait même le droit d'aller dans le parc, et aux poules.

Est-ce qu'Henri et moi étions comme ça à quatre ans ? Ça m'étonnerait. Paul est comme le petit chat perdu dans l'histoire du Père Castor. Il vient se frotter à vous, avec ses petits yeux gentils, et on a tout de suite envie de lui donner quelque chose, mais quoi qu'on lui donne, ça ne va jamais, ce n'était pas ça qu'il voulait, alors il garde son air triste. Peut-être qu'il demande quelque chose, mais c'est comme une langue qu'on ne comprendrait pas.

Je suis entrée dans sa chambre. Il était dans son lit, la tête vers le mur.

— Tu dors ?

Je ne sais pas pourquoi j'ai posé la question, il ne dort jamais. Il s'est tourné vers moi pour me répondre avec les yeux, qui brillaient de fièvre et de larmes. J'ai joué à le chatouiller un peu, à faire l'araignée qui monte sur son bras maigre, mais il s'est blotti contre moi, le visage dans le creux de mon coude. Alors je l'ai bercé doucement en lui chantant la chanson qu'il aime. Il a pris ma main. On est resté longtemps comme ça.

— Qu'est-ce que tu fais là ?

Maman m'a fait sursauter. Elle avait l'air hors d'elle-même, debout devant la porte. J'ai reculé net, laissant Paul retomber sur l'oreiller comme une poupée de chiffons, et me suis vite levée :

— Je lui chante une berceuse.

— Tu vas le fatiguer. Sors d'ici.

Sur le palier, Huguette était là qui nous observait. Elle m'a dit *viens* et je l'ai suivie dans la lingerie. On entendait Maman qui disait *avec toutes les maladies de l'école, ils sont tous inconscients, ça n'est pas possible*, des choses comme cela. On ne savait pas bien à qui elle s'adressait.

7

Paul

En posant la main sur la poignée de la porte de sa chambre, Paul se prépare à retrouver l'endroit intact, il se le figure à l'avance pour ne pas être saisi par l'émotion. Un lit simple, le bureau, les livres aux murs. Il se concentre, il se tient sur ses gardes. Lorsqu'il ouvre la porte et allume la lumière, il ferme les yeux par réflexe. Quand il les rouvre, il recommence à respirer.

Il fait quelques pas et du regard un rapide tour de la pièce. Il n'y a pas de drap sur le lit, c'est la première chose qui le frappe. Le reste, c'est bien comme il se l'était imaginé. Mais c'était sans compter ce qu'il avait oublié et qui revient d'un seul coup : le cannage de la petite chaise, ses initiales qu'il avait gravées en énorme sur le bureau avec la mine de son compas, la teinte si sombre du bois de son lit, le papier peint rayé, oui, il se le rappelait bien, quand il s'aventurait dans sa mémoire, mais la frise rouge, en haut, celle-ci revient de loin. Sur les étagères, des livres, oui, mais pas simplement des livres, *ses* livres, celui des tigres, avec la couverture bleue, ses bibliothèques vertes, *Les Six Compagnons*, des mécanos sur les étagères, une mappemonde, tous les objets qui composent une chambre d'enfant typique des années 60, et qui en Paul se refondent dans la substance singulière, unique, de son enfance. Il y a sur le bureau une figurine de soldat en plomb qui ne lui appartient pas, qui était à son grand frère, Henri, il en est certain ; mais elle le frappe du même choc.

Il essaie de se fermer, de ne penser à rien qu'au présent, qu'à son rendez-vous du lendemain, mais il sait bien que c'est trop tard. Il y a des vieux démons avec lesquels il va falloir discuter. Il a beau les repousser par réflexe, il est un peu venu pour ça, après tout. Il sort ses affaires de sa valise et les pose sur son bureau, poussant les quelques stylos, une pile de cahiers qu'il résiste à la tentation d'ouvrir. Il étale devant lui sa trousse de toilette, une chemise propre, un pantalon, son ordinateur, quelques dossiers, des chaussettes, un caleçon, un rasoir électrique. Tout son petit bazar se déploie avec la neutralité rassurante du présent. Paul ne possède pas grand-chose, il passe son temps à jeter, il n'achète rien de superflu. L'appartement de Luxembourg s'est vidé depuis qu'il y va seul. Les affaires qu'il a apportées constituent presque son unique bien. Il vit léger. Ses vêtements jurent avec le reste de la chambre.

La cohabitation des deux univers a quelque chose de gênant, d'obscène. Il faut qu'il travaille ce soir. Il vérifie que la 4G fonctionne.

Dans sa valise, sur le bord, Cléo a glissé un sac plastique, dans lequel il trouve un paquet de chips, deux sandwiches, du pain, du beurre, du café, comme s'il était un enfant. Comme Béatrice le faisait, quand il partait en vacances.

Allons, il n'est pas si fragile. Il savait bien, en venant ici. Il a honte, à cause d'Émilia, de se laisser aller à des émotions qui ne la concernent pas, des réminiscences où elle n'a pas sa part. De la sensiblerie. C'est à cause de cette maison qui le remet au centre du monde, qui diffuse des humeurs pleines de lui-même, des courants d'air qui murmurent son nom. Chacun vivait au rythme de la santé de Paul, et ça palpite encore dans l'air, les murs s'agencent autour de lui. Le retour du fils le ramène à un ordre où il régnait sans le savoir. Pas d'enfant-roi, ça n'était pas l'époque, ni le genre, et encore moins à La Boissonnière, et il s'en est pris, des coups de ceinture, autant qu'Henri et sûrement plus que Françoise, qui ne faisait jamais de vagues ; un enfant-dieu, plutôt, génie inconscient du chaos, petit lare du foyer, pomme de discorde. Celui dont on avait pensé qu'il ne survivrait pas, et maintenant celui qui reste, dernier survivant, comme s'il avait eu raison d'eux. Il retire sa veste mouillée, sa chemise, son pantalon, qu'il pose sur la chaise. En se redressant, il voit son reflet dans le miroir au-dessus de la cheminée. Il se rapproche, scrute son visage, son torse. Pas un cheveu blanc, il porte beau. Mais trente-trois ans de plus. Il voudrait s'étonner de ce reflet adulte dans son miroir d'enfant. Pourtant c'est tout le décor qui lui semble invraisemblable, tandis que lui se trouve bien réel, bien vivant. Il s'accroche à son programme de la soirée, trouver les livrets avant le rendez-vous chez Coussirat, avancer sur le *mark-up* du dossier Greenfield. Et faire son lit, si possible.

Il se retrouve désemparé devant les grands placards de la lingerie, au premier étage, qui étalent leurs secrets indéchiffrables. Il entend la voix de sa mère, *laisse, mon chéri, j'ai demandé à Béatrice de faire ton lit.* Celle d'Huguette, *ah ne va pas me mettre tes pattes là-dedans, hein.* Celle de Cléo : *tu veux prendre des draps, tu crois qu'il y aura ce qu'il faut ?* Il avait souri sans joie : Cléo n'avait jamais mis les pieds à La Boissonnière, elle ne pouvait pas se figurer les hautes piles blanches, identiques, sur six étagères profondes, les draps brodés aux initiales de Marthe Rebeyrol, la mère de sa mère, le linge de maison comme une religion dont Françoise était devenue la dépositaire unique et dévouée. Mais pour Paul – en même temps profane et raison essentielle de toute chose dans cette maison –, impossible de trouver le bon drap. Jésus était bien le premier à ne pas connaître les évangiles. De toute façon, Paul a emporté un sac de couchage.

Les livrets doivent se trouver dans la chambre de ses parents ou dans le bureau de son père. Mais il a encore un peu de temps. Il va poser son dîner dans la cuisine. Il traverse la maison, passe devant les portes closes. Il a peur et envie de tout ouvrir à la fois. L'excitation lui monte du cœur à la tête, elle redescend dans ses mains en tremblements. Il hésite, fuir la maison ou la violer, forcer les portes et sa mémoire. Il sait pourtant qu'il ne peut pas se dérober. Il faudra bien désamorcer ses souvenirs, les regarder en face. Les entendre, surtout. Chaque pièce porte en elle le chant des disparus.

La cuisine est la pièce la plus redoutable, où il a passé tant de temps avec celle qu'il a aimée. Béatrice. On y a refait le carrelage au-dessus de l'évier, la peinture, il y a de nouveaux meubles. Mais les tomettes sont les mêmes, les couleurs, la grande cheminée. L'air y est remué des voix d'Huguette et Béatrice, de leurs humeurs chiffonnées ou joyeuses, vivantes, toujours complices et fâchées à la fois. Elles déployaient des trésors d'humanité et de pugnacité pour se répartir l'espace et le pouvoir dans ce territoire que le destin leur avait donné en partage durant la période où elles avaient cohabité. Un traité implicite avait découpé la fratrie, Françoise dans les jupes d'Huguette, Paul dans celles de Béatrice. Les deux femmes défendaient âprement leurs parts, bien que Paul et Françoise n'aient pas besoin d'arbitre, car ils ne se disputaient jamais. Mais ils étaient la zone de combat des deux femmes.

Henri se situait loin de la lutte. Il avait été envoyé en pension assez tôt, au collège, et quand il revenait, il était trop loin et trop vieux pour y prendre part. Paul n'avait pas de souvenir de son frère quand il vivait à la maison. Henri avait toujours été de passage, sombre et distant, pas méchant, pas gentil non plus, une ombre qui, elle, réconciliait Huguette et Béatrice. Quand Henri revenait pour les vacances, elles communiaient toutes deux autour de ce problème. C'était leur trêve, leur front commun, la relâche de leurs disputes, leur congé, elles avaient toujours quelque chose à en dire, à voix basse. Paul poussait la porte et les trouvait assises dans la cuisine, ce qui arrivait rarement le reste du temps – et jamais ensemble – la vieille Huguette, énorme et fatiguée, mais droite, plantée sur son banc, le menton en avant, la voix basse, solennelle, pontifiante, définitive. Béatrice, la fraîche et jolie Béatrice, joyeuse Béatrice, plus nerveuse, plus mobile, se levant, se rasseyant, penchée pour écouter Huguette, se redressant pour ajouter quelque chose, une hypothèse, pour adoucir la langue de son aînée. Henri inquiétait la vieille domestique et désarçonnait la jeune fille. *Il n'y a rien à tirer d'une graine pareille, ça fait des plantes qu'on ne donnerait même pas aux lièvres. — Paul, va demander à Henri s'il veut déjeuner, mais ne le réveille pas s'il dort, il n'a pas bonne mine depuis qu'il est rentré. — Avec Madame Irène qui ne veut rien voir et rien entendre et qui lui donnerait le bon Dieu sans confession, à cette fripouille.*

— Ne dites pas ça, Huguette, il n'est pas bien. — C'est un arsouille, je te le dis exactement comme je le pense. Et ça ne s'arrange pas. Ça va mal finir, je te le dis. Huguette était partie trop tôt de la maison pour qu'on lui donne raison, elle n'avait pas connu les séjours d'Henri à Paris en hôpital psychiatrique, qu'on appelait encore l'*asile* à mi-voix. Un jour Huguette était partie, et on n'eut plus de nouvelles d'elle qu'une carte postale annuelle depuis la maison de son frère, à Guérande. Elle donnait des nouvelles ; elle n'en prenait jamais. Son départ avait brisé le cœur de Françoise, qui ne chanta plus au coin du feu. La petite fille mangeait désormais la tête baissée, fonçait dans sa chambre pour faire ses devoirs à peine son goûter avalé. Elle sortait de l'enfance, c'était peut-être pour ça. Béatrice la distrayait comme elle pouvait, et Françoise la payait en retour de pauvres sourires, gentiment. On lui sentait un chagrin immense et retenu, comme toujours. La vieille bonne mourut quelques années après son départ. On avait reçu un faire-part la semaine qui avait suivi l'inhumation.

Béatrice, en revanche, était restée jusqu'à la fin de la maladie d'Henri, elle allait lui rendre visite quand ses parents n'y allaient plus, elle était la seule dont il acceptait la présence. Elle en revenait les yeux rougis et égarés. Elle se servait une petite prune, le manteau encore sur le dos, dans le cellier. Elle buvait d'un coup et lavait son verre juste après dans l'évier en pierre, prête à raconter, à répondre à des questions qui pourtant venaient de moins en moins.

Paul la revoit, debout, de dos, reprendre ses esprits en essuyant le verre avec un torchon. Dans ces moments-là, il sentait confusément qu'elle était le seul maître à bord, la véritable âme de la maison, la seule vivante, la courageuse, la plus malmenée mais la plus vivace, une plante qui endurait tout, un tournesol rustique, plus ardent que Jean, l'arbre sec, et plus résistante qu'Irène, coquelicot fragile et instable. Béatrice se tournait, relevait son visage et croisait le regard de Paul. Alors un sourire s'y épanouissait largement, ensoleillait tout le cellier et il n'y avait plus de trace de l'ombre. Elle se remettait à l'ouvrage.

8

Henri

Béatrice vient de partir, l'infirmière l'a mise dehors. Je sais bien qu'elle serait restée, sans les horaires de visite, alors même que l'endroit lui colle un cafard infernal. Je ne lui ai pas dit un mot, à Béatrice. Si un mot sort, elle meurt.

Est-ce que tu n'as pas envie qu'elle meure, abruti ? Qu'est-ce qui l'attend de toute façon ?

Je ne peux pas lui expliquer. Elle n'essaie plus de me faire parler. D'une certaine façon, elle a compris : elle ne dit plus rien non plus. Elle reste là. On joue aux cartes ou aux échecs. J'ai l'impression d'avoir quatre-vingt-dix ans, d'être à l'hospice. Avec les médicaments, je ne peux plus jamais gagner sans qu'elle triche. Elle croit que je ne la vois pas. Mais je vois tout en elle.

Tu vois comme elle est contente de partir ? Tu vois

comme elle a le pas léger quand elle marche vers la porte ?

Je fais le ménage dans ma tête, je démêle. J'essaie de me souvenir de la première fois où je l'ai vue, du moment où elle est entrée dans nos vies. Mais j'ai le cerveau qui flambe. Les murs de ma chambre se resserrent, comme les parois de mon crâne. Si j'étouffe, je peux appeler les infirmières et leur dire de me donner quelque chose. À elles, je peux parler. Au pire, elles crèvent. Qu'elles crèvent donc.

J'aimerais bien demander à Béatrice si elle se souvient de la première fois où elle m'a vu. Mais un mot, et elle tombe. Ça restera dans ma tête.

Demande-lui. Regarde-la tomber. Ce ne sera pas la première fois. Souviens-toi de tout ce que tu as vu, cet été-là.

Il faut que je remonte loin dans les souvenirs. L'année où nous avons quitté Bordeaux. Je devais avoir sept ans, pas plus. Drôle d'année. On y était pourtant bien, à Bordeaux. Je me rappelle la maison de la rue Duluc, l'école Saint-Genès, le parc de la place Simiot : imprimés pour toujours. Même avec les médicaments, ça part pas. On dînait tous les trois, le vieux, Maman et moi, dans la petite salle à manger. Françoise était déjà couchée dans la chambre à côté. Parfois ils recevaient des amis, des collègues du vieux, des copines de Maman. Ces jours-là, je n'étais pas autorisé à dîner avec les adultes, mais je veillais tard sans que personne ne me dise rien.

Depuis ma chambre, j'étais bercé par des rires et des éclats de voix, celle de Maman qui avait bu un verre et qui riait. Parfois, je l'entendais appeler le vieux par son prénom, *Jean*. J'ai l'impression qu'après avoir quitté Bordeaux, ça n'est plus jamais arrivé. C'est impossible, bien sûr. Mais tout de même, si je me concentre, je n'arrive pas à entendre dans ma tête la voix de Maman qui prononce ce nom-là. *Jean*. Pourtant, j'en entends, des voix. Mais pas celle-là.

Ça paraît inconcevable qu'on ait eu cette vie, quand on pense à celle d'après. La Boissonnière, je l'ai détestée tout de suite. Enfin, je pense, mais c'est difficile à dire. Sur le papier, c'était bien, pourtant. *Tu verras, c'est un grand château, tu te souviens, n'est-ce pas, du château, le parc est gigantesque, rien que pour toi, et puis il y aura Grand-mère.*

Celle-là…

Il avait bien déconné, le vieux. Parce que Maman, ça lui a foutu sa carrière en l'air, ça c'est sûr, mais lui aussi, quand on y pense. Et lui, il aurait pu y penser. Il pensait à tout. Encore maintenant, l'animal, il anticipe. Comment a-t-il pu se laisser piéger ?

J'ai encore des souvenirs de Maman joyeuse. À Bordeaux, elle dansait même à la maison. Elle avait cette copine, impossible de me souvenir de son nom, qui vivait dans notre quartier. Une fille très belle aussi, toujours fourrée chez nous. On était souvent tous les trois, avec Françoise ça ne compte pas, qui était si petite. La copine avait les clés, ou bien simplement la porte n'était pas fermée : elle entrait toujours sans crier gare. Je dis sans crier gare : elle faisait un bruit monstre, elle chantait, elle riait. Elle avait énormément de dents, mais c'était joli. La peau très brune. Le vieux ne l'aimait pas beaucoup, évidemment. Mais il avait des horaires contraignants à l'hôpital. Dès qu'il n'était pas là : elle débarquait. Elles faisaient la cuisine ensemble. Maman à la cuisine. Impensable après. J'ai eu deux mères, quand on y pense. La première est morte à Bordeaux ; la seconde n'a jamais été bien vivante.

Le grand scandale, je ne m'en souviens pas. Personne ne me l'a expliqué, à l'époque, j'étais bien trop jeune. Ils m'auraient fait gagner du temps à me parler, pourtant. Et pas que du temps.

Parce que quand même, une maîtresse, ça se dissimule, des enfants illégitimes, ça se planque. Mais une balle dans l'épaule, ça se voit. J'ai vu la cicatrice. Sans ça, peut-être que je n'aurais pas tout compris. Si, tout de même. Ne serait-ce que les bonnes. Ça parle, ces bêtes-là. Même Huguette, qui était venue dans la famille après, elle devait savoir.

Béatrice a toujours fait comme si je savais tout depuis le début, et c'est même comme ça que j'ai réussi à remettre les pièces du puzzle en place.

Elle a fait exprès de tout te raconter pour te faire du mal.

Maman se doutait peut-être de quelque chose avant

l'incident. J'ai du mal à imaginer que le vieux ait rien laissé voir. Mais il est malin. Le jour même, pas de doute possible : *oh ça n'est rien ma chérie, c'est une balle dans l'épaule. C'est un curieux hasard, c'est une infirmière de mon service.* Il pouvait toujours dire qu'elle était folle, mais après les deux procès ? Le premier pour l'agression et le second en reconnaissance de paternité : plus compliqué.

Maman quand elle comprend la vérité, que fait-elle ? Elle appelle sa mère. Vieux réflexe : *qu'est-ce qu'on fait ? Est-ce que je divorce ?* Réponse de la vieille : *je préférerais mourir.* Alors on ne divorce pas.

Parfois j'imagine notre vie, si Maman avait divorcé. En admettant que Maman se soit dit à propos de la menace de Grand-mère : *il faut bien mourir un jour.* De toute façon, elle a claqué deux ans plus tard, la vieille. Ça s'est joué à peu. Je sais qui Maman aurait appelé dans ce cas-là. Et alors : *on divorce, évidemment !* Sa voix vivante et simple : *réfléchis, qui veut rester avec un homme qui a menti depuis le début et qui a déjà fait un enfant avec une infirmière ? Un homme qui a préféré le statut plutôt que le grand amour ? Un homme qui a abandonné son bébé ?* On aurait été riches, avec l'argent de Grand-mère. Maman aurait pu rester seule, continuer sa carrière. C'était possible, il fallait faire un pas de côté. On aurait été gardés par des bonnes, Françoise et moi, pendant que Maman travaillait. Ça n'aurait pas changé grand-chose. Sauf qu'elle serait rentrée avec le sourire, et elle aurait continué à cuisiner avec son amie dans la cuisine de la rue Duluc. J'aurais fait mon école élémentaire à Saint-Genès. Je serais allé en bus au collège. On aurait détesté les médecins, et quand Françoise aurait été en âge de se marier, Maman aurait dit dans un nuage de fumée, au balcon : *je t'en supplie, Françoise, n'importe qui mais pas un cardiologue*. Et on aurait ri : Françoise ne l'aurait même pas envisagé.

Il n'y aurait pas eu Paul. Ta vie aurait été plus simple, n'est-ce pas ? Pas de Paul, pas de Béatrice. Et cet été-là, des jours sans fin au parc de la place Simiot, et rien ne serait arrivé, après.

J'ai toujours été le préféré du vieux. *Il a tout du Pardieu, ce garçon*. Cette façon de m'appeler. Mais moi je suis un Rebeyrol. Et ça n'est même pas pour Maman.

Au lieu de ça, c'est Grand-mère qui a répondu à Maman au téléphone ce jour-là : *pas question. On ne divorce pas, je préférerais mourir*. Et même : *viens quelque temps t'installer à la maison avec les enfants*. Je n'irais pas jusqu'à dire que ça l'arrangeait. Mais elle a dû être satisfaite de récupérer Maman. Non, là, j'invente. En tout cas, quand le vieux a compris que les procès allaient flinguer sa carrière et qu'il valait mieux se mettre à l'ombre, même acquitté, il a rejoint femme, enfants et belle-mère à La Boissonnière et l'affaire était réglée. C'est là qu'on habiterait.

J'aime bien imaginer la scène du scandale. Je la repasse dans ma tête. Je suis presque sûr qu'on me l'a racontée, mais je ne vois pas qui. C'est peut-être moi. De toute façon, je ne peux pas me tromper, je les connais. Maman vient chercher le vieux à l'hôpital. Il s'est déjà changé, il porte son complet bleu, celui qu'il continuera à porter ensuite en sortant de sa clinique crasseuse à Marande, chic jusqu'au bout au milieu des bouseux, au premier rang de l'église, parmi tous ceux qui ne savent pas ce qui s'est passé ce jour-là. Tous ceux qui ne savent pas pourquoi le grand professeur Jean Pardieu est venu s'installer dans le trou du cul du Limousin pour les honorer de sa présence. C'est la toute fin de l'hiver, ils portent un manteau, un petit chapeau pour Maman. Elle met son bras sous le sien, et ils marchent dans la rue, lui un peu voûté, tendu vers son but, elle, droite, puisqu'elle n'a jamais su se tenir autrement, le visage vers lui. Je suis sûr qu'elle l'adorait, même si elle ne l'avait pas choisi. Elle a tellement supporté par la suite. Elle l'aimait follement parce que Grand-mère lui avait dit : *c'est lui, c'est l'homme qu'il te faut. Il est cardiologue, il ira loin. C'est un Pardieu.* Ça ne devait rien dire à Maman, mais elle a répété : *c'est un Pardieu.* Il sait y faire, on l'a vu. Maman est tombée comme les autres.

Alors elle se pend à son bras. Ils avancent vite. Ils doivent dîner en ville. C'est bientôt les vacances, ils ont prévu de passer quelques jours à La Boissonnière. Lui n'a pas envie. Au dernier moment, il se serait arrangé pour être retenu à Bordeaux. Mais pour l'instant ils font le projet de leur départ. *Je prendrai Françoise à l'avant de la DS.* Maman trouve qu'il ressemble à Humphrey Bogart. Je ne peux pas lui donner tort. Juste : pas mon type. Mais à elle, oui. Ça lui apprendra.

Tout bascule soudain. Un claquement qu'elle ne comprend pas, et lui se baisse, il s'attrape l'épaule, il chancelle, les gens crient dans la rue et une voix nette parmi les hurlements, une voix de l'enfer, stridente : *salaud !* Maman se retourne et cherche la voix mais le vieux s'affaisse alors elle crie, elle voit l'épaule rouge, c'est poisseux sous ses doigts qui essaient de le tenir debout, et elle pense vite *ce n'est rien, il ne va pas mourir de ça* mais elle a peur, et elle voit qu'il est terrifié aussi. Il cherche la voix des yeux, comme elle, ils ont l'air de deux fous, absolument pas concentrés sur l'épaule qui rougit. Il n'essaie pas de la protéger, elle y pense : il n'a pas du tout ce réflexe-là. Déjà, des passants ont arrêté une femme et l'ont immobilisée. La femme hurle plus fort. *Salaud.* J'aime bien penser aux modulations de ce mot-là, dans cette gorge-là. Parfois je l'entends sans le vouloir, ça me vient. Ça me fait une présence, entre les quatre murs blancs. Parfois c'est dans ma gorge qu'il sort, je l'essaie, j'imite la femme. C'est mélodieux et infini. Toujours on vient me piquer à ce moment-là. Ils ne comprennent pas.

Ensuite, peut-être que la femme sanglote. D'après ce que j'ai su par la suite, ça n'est pas du tout une folle furieuse, c'était une femme douce et calme, une gentille infirmière qui a pété les plombs, une fois, parce qu'elle avait été trop baladée. Alors elle reprend ses esprits et elle pleure sur ce qu'elle a fait, elle se rend compte. Quelques instants plus tard à peine, elle finira dans le fourgon.

Quittons-la. Le vieux a repris ses esprits, il est revenu sur ses pas pour se rendre à l'hôpital, la police n'a pas le temps de venir, elle viendra plus tard, dans la chambre, mais lui, le monstre de sang-froid, il va se faire soigner directement, tout seul, il marche droit, sa femme marche un peu derrière lui, hagarde, il ne se retourne pas, il va directement au bon service, c'est merveilleux. Je pense souvent à ça, lui qui avance tout seul, comme si les choses ne lui arrivaient qu'à lui, comme si cette balle-là qui avait écorché son épaule n'avait pas pété en milliers de petits ricochets invisibles, comme si la déflagration n'avait touché que sa chair en passant.

Il se soigne lui-même, il donne des ordres pour nettoyer la plaie et il réfléchit. Son épouse l'a suivi dans la petite pièce, mais il lui a dit *ne t'inquiète pas, ce n'est rien, c'est une femme dérangée*. Maman est choquée, elle ne pleure pas, elle respire avec une difficulté bruyante, les yeux égarés, elle se retourne pour voir si la femme ne les a pas suivis, et puis elle fixe l'épaule nue de son mari, le sang lui fait tourner la tête. Elle a envie de vomir, et ça elle ne le supporte pas, Maman, ça la fait paniquer, elle perd le contrôle. On entend des sirènes de police, dehors, alors elle se rassure, elle se dit que c'est fini, elle ne sait pas que ça ne fait que commencer. Elle s'assoit enfin, on s'affaire autour d'elle, on la prend en charge et ils sont séparés. Elle ne veut pas mais c'est lui qui insiste, il la confie à un confrère en lui expliquant brièvement la situation : un coup de feu, dans la rue. Une agression gratuite, anonyme. Elle ne voit pas encore qu'il ment. Elle voudrait appeler sa mère. Peut-être qu'elle pense à nous, ses enfants, je suis encore en train de jouer au parc, avec la bonne qui m'appelle pour me dire qu'il faut rentrer, je dis *non, encore cinq minutes*, j'ai froid et la nuit est presque tombée, on voit encore un peu de lumière à travers les branches mortes, Françoise dort dans sa poussette et on drogue Maman, déjà ça se faisait, je les connais, la moindre sortie de route, on vous pique. Elle s'endort. Quand elle se réveille, elle demande des nouvelles de son mari, *où est-il ?* Elle n'est pas très inquiète pour lui, elle l'a vu marcher jusqu'au service des urgences en pleine possession de ses moyens, mais elle a peur que la femme revienne, elle voudrait qu'il la protège. On lui dit qu'il va bien. Elle se rend compte qu'il y a deux hommes dans la pièce. Ils lui présentent leur carte, *police judiciaire, c'est normal, madame Pardieu, connaissiez-vous la femme qui. — Non, bien sûr que non. Saviez-vous que cette femme entretenait une liaison avec votre mari depuis dix ans, madame Pardieu ? Qu'elle élève un enfant dont elle clame aujourd'hui qu'il est le père ? — Vous devez faire erreur, nous sommes mariés depuis huit ans, le professeur Pardieu et moi.* Elle dit *professeur* pour se donner du courage, pour les faire reculer, aussi, pour qui se prennent-ils. Mais ils insistent.

J'ai du mal à imaginer le vieux et Grand-mère se téléphoner, se mettre d'accord sur le déménagement, le voyage… Mais c'est peut-être ce qui s'est passé, après tout. Maman est hors-service, alors il appelle Grand-mère, lui explique que c'est mieux, qu'ils arriveront quinze jours plus tard, qu'ils s'installeront dans la chambre de Grand-père. Grand-mère qui se tuerait – elle se tuerait souvent – plutôt que de se laisser faire sans prendre les commandes, *c'est bien noté, vous arrivez le 15, et le camion de déménagement le lendemain. Tâchez d'arriver de bonne heure, la bonne part à 19 h 30.*

Les premiers temps à La Boissonnière, on parlait bas dans les pièces, les adultes fermaient les portes sur mon passage. Maman a pris la chambre comme on prend le voile. Le vieux faisait des allers-retours, organisait notre nouvelle vie, soldait l'ancienne. De quelle façon, je ne le sais pas. Il y a eu les procès, par la suite, c'est le moment où dans ma tête il est passé du vieux au salaud. La femme a fait de la prison, c'était inévitable. Mais l'autre procès, pour la reconnaissance de paternité, elle l'a perdu aussi, et pour qu'il ait réussi son coup, c'est qu'il a dû mobiliser ses dernières forces. Des amis qui témoignent, pour dire qu'ils lui étaient tous passés dessus, à cette garce. Qu'on ne pouvait pas la croire. Une femme qui tire à l'aveugle en pleine rue sur des honnêtes gens, monsieur le juge. Qu'est-il arrivé à l'enfant pendant qu'elle était incarcérée ? Quel âge avait-il ?

Salaud.

Je connaissais bien La Boissonnière. J'y passais les vacances, j'y allais à Noël pour ouvrir des cadeaux sous le sapin. L'énorme baraque, dans ma tête, était comme une île en pleine mer : autour, je n'avais jamais rien vu. On arrivait et on partait en voiture, souvent la nuit. La première fois que j'ai passé la grille à pied, après notre emménagement, j'ai découvert Saint-Germain. C'était un lundi, après les vacances, ma grand-mère m'a accompagné jusqu'au portail de l'école communale. D'une grille à l'autre, en silence, dans les rues qui s'éveillaient. Le directeur m'a accueilli avec un sourire, il était très gentil. Ce jour-là, deux phénomènes me sont apparus sous une lumière crue, une vie ne suffirait pas à ce que je m'habitue : la déférence de tout Saint-Germain envers ma famille et l'idée que je ne reverrais plus Bordeaux, mon école, le jardin de la place Simiot. C'était ma nouvelle vie, et personne n'avait jugé utile, dans la panique, de me le dire clairement. Peut-être ne le savaient-ils pas encore, cela dit. Mais moi ce jour-là, j'ai compris. *C'est ta nouvelle vie, maintenant.*

C'est ma grand-mère qui a pris les rênes à notre arrivée. Maman passait ses journées dans sa chambre, avec Françoise. Avait-elle eu le temps de dire au revoir à ses amis ? À sa copine ? Qu'avait-elle dit à l'opéra ? Telle que je la connais, la honte avait dû s'abattre sur elle comme une des dix plaies d'Égypte, elle avait dû disparaître sans explication. Je passais devant la porte fermée de sa chambre, j'hésitais, je n'osais pas la pousser. C'étaient les vacances de Pâques et j'avais des devoirs pour la rentrée, dans mon école de Bordeaux. Je ne me suis jamais autant appliqué que sur ces cahiers que je n'ai pourtant plus jamais ouverts. Je les ai laissés des années sur mon bureau, comme si on allait repartir.

Le vieux nous a volé notre vie. Pour Maman, ça n'est pas passé inaperçu, elle s'est éteinte d'un seul coup. Mais les enfants s'adaptent, il paraît. Pourtant, si personne n'a touché à ma chambre depuis mon départ, mes cahiers du cours préparatoire sont encore en pile sur mon pupitre. Personne ne les a enlevés : Grand-mère aurait pu le faire, mais elle se disait sans doute qu'ils pourraient encore servir. Béatrice, elle, savait qu'ils m'étaient chers. Grand-mère avait un cœur de dimensions très raisonnables. Béatrice a un cœur qui sent les choses qu'elle n'a pas vécues elle-même. Pas de cœur, trop de cœur : ça donne parfois le même désordre sur le pupitre des enfants.

Je suis dur avec Grand-mère. Elle avait un côté peau de vache, mais elle se préoccupait de moi, à sa façon.

C'était une vraie salope.

Elle m'a fait travailler dès la rentrée de Pâques. Tous les soirs, dans son bureau, une page de lecture, une dictée, du calcul. Il fallait s'asseoir droit, bien tenir son crayon, on ne rigolait pas avec les doubles consonnes, et elle ne me demandait pas comment s'était passée ma journée, si mes camarades m'accueillaient correctement. Mais cette petite heure quotidienne était un fil rouge dans le silence de La Boissonnière. Sa voix répondait à la mienne, elle portait une attention intense au petit garçon que j'étais. Elle passait du temps avec Françoise, aussi, mais elle se lassait vite. Pas étonnant que la petite ait fini par passer sa vie accrochée aux jupes des bonnes.

Le reste du temps à La Boissonnière passait dans une sorte de brouillard sonore. J'étais suspendu aux bruits intermittents, la porte de Maman qui s'ouvrait parfois, celle du bas quand le vieux partait ou revenait, les tourterelles, les gazouillis de Françoise, un coup de vent dans les cheminées, la vieille qui tousse, les grenouilles, la nuit, le léger tintement des couverts, à table, qui hurlaient dans le silence. Grand-mère, le vieux et moi, nous prenions nos repas ensemble. La vie nous avait jetés là tous les trois autour de cette table de salle à manger. Je baissais le nez sur mon assiette, les yeux sur la soupière, sur la bonne qui entrait pour débarrasser (laquelle était-ce, à notre arrivée, impossible de me souvenir). Mais le vieux et Grand-mère se fixaient par-dessus les verres et les plats, s'agrippaient l'un à l'autre dans une haine solide et sereine. Aucun des deux ne voulait baisser le front. Le manège a duré longtemps. Je me souviens avoir dit à Béatrice, plus tard, que c'était une prouesse qu'ils ne tachent pas davantage leurs vêtements, à force de manger sans regarder leur assiette. Le rire de Béatrice avait tinté clair :

— Ils font comme les pianistes qui ne surveillent jamais leurs mains et ne font pas une fausse note. Imagine si toi et moi, on faisait la même chose : on aurait de la purée jusque dans la culotte.

Mais pas de Béatrice pour faire diversion, à mon arrivée. La Boissonnière était une grande bâtisse creuse et silencieuse. Si j'avais su ce qui allait se passer l'été suivant, j'aurais peut-être appris à aimer le silence. Si j'avais su quels bruits assourdissants allaient le combler.

9

Françoise

— C'est qui qui vient me chercher ce soir, Maman ?

Il neige ce matin, Maman regarde le parc se couvrir lentement. Elle ne mange jamais rien au petit déjeuner – alors qu'elle me force à avaler du lait et des tartines, tout en surveillant que je n'en mange pas trop, *finis ton bol, ne mange pas trop vite, prends une tartine, ne te jette pas sur le beurre.* Mais elle reste quand même avec nous, Henri et moi, et Paul s'il est levé.

Papa n'est jamais avec nous, le matin. Il se lève beaucoup plus tôt quand il est à la maison.

Papa n'est jamais avec nous, le soir non plus. Ou plutôt, c'est nous qui ne sommes pas avec lui. Il rentre tard, Maman est la seule qui l'attende pour dîner. Nous, nous sommes déjà couchés, en général. En tout cas dans notre chambre. Mais souvent, en semaine, il ne rentre pas du tout à la maison. Il a un appartement, à Marande, à côté de sa clinique, pour les soirs où il travaille vraiment jusqu'à la nuit, et qu'il doit recommencer tôt le lendemain.

J'aime bien ces soirs-là, parce qu'alors Maman dîne avec nous. Évidemment, elle est un peu après nous, elle surveille ce que je mange, mais c'est bon de l'avoir tout de même. Ce sont les seuls moments où elle est gaie.

Maman est à table, les yeux sur la fenêtre de la salle à manger, parfois elle se lève, pour mieux distinguer le parc à travers les vitres. Elle ne parle pas, sauf si on lui demande quelque chose.

Là, elle répond, mais pas tout de suite. Elle prend le temps. Un instant, je pense aux boules à neige, à une princesse derrière une paroi de verre. C'est parce que Maman est tellement belle. Elle contemple les flocons qui tombent, les premiers de l'hiver. Sa tête n'en finit pas de se détourner du paysage vers moi. C'est comme si la neige engourdissait son cerveau.

— « Qui vient me chercher », ma chérie.

— Qui vient me chercher, ce soir ?

— Ma foi (elle réfléchit tout en vérifiant qu'aucune mèche ne s'échappe de son chignon, avec le plat de la main, en effleurant le haut de sa tête), ce sera… Henri, je crois. Huguette doit aller chez sa sœur, aujourd'hui, il me semble. Et moi, je ne peux pas, je serai à Marande, chez le docteur avec Paul.

Coup d'œil vers Henri. Il n'a pas bougé. Il me dévisage sans expression, et, très doucement, il se met à me sourire, d'abord du coin des lèvres, et puis de plus en plus, et il continue à me fixer. Ce qui est terrible, quand il fait ça, c'est qu'il ne sourit jamais avec les yeux. Au fur et à mesure qu'il sourit, c'est comme une épine qui s'enfonce en moi, dans le cœur. Une épine de peur. Je vais être seule avec Henri sur tout le chemin du retour. L'épine s'enfonce. Ça dure longtemps. Maman finit par remarquer le manège d'Henri. Elle lui dit :

— Arrête, Henri.

— Je ne fais rien, répond-il sans bouger.

— Bois ton lait. Françoise, ne te jette pas sur une tranche de pain sans avoir fini de mâcher la précédente, tu ne sais même pas si tu as encore faim.

Elle dit ça sans me prêter attention, par habitude, parce qu'en réalité je n'arrive plus à mâcher. Henri a pris son bol dans ses mains, en continuant à me fixer, mais au moins je ne vois plus son sourire, c'est déjà ça. Je me détourne, je me force à examiner ma tartine. J'ai une boule de mie sucrée coincée au fond de la bouche. Je sens toujours son regard sur moi. Je relève la tête. Il me fait très lentement un clin d'œil par-dessus son bol.

On part à l'école avec Huguette. La neige a déjà recouvert les bords du portail, le mur du parc, les arbres, la voiture de Maman. Le chemin n'est pas long, mais Maman ne veut pas que je le fasse seule, surtout en hiver, parce qu'il fait nuit quand on part. Elle a peur du chemin qui longe le parc, qui n'est pas éclairé. Elle a peur de la Vézère. C'est la rivière qui passe au fond du parc, mais aussi à Saint-Germain sur la route de l'école, et qui fait que la maison est comme sur une île. Et puis Maman craint la route et c'est vrai que les voitures y roulent quelquefois si vite que je préfère aussi ne pas la passer seule. Après, elle a moins peur : il faut traverser tout Saint-Germain, mais ce n'est pas bien grand, et au fur et à mesure que l'on s'approche de l'école, on rencontre de plus en plus de gens qui prennent le même chemin que nous. Quelquefois même, Huguette me confie à la maman de Sophie, qui est gentille et qui est tout le temps là pour accompagner Sophie et son frère, Frédéric. Tout le temps.

On rencontre Sophie, ce matin. Elle doit nous avoir vus de loin, parce que sa maman, son frère et elle nous attendent devant la boulangerie. Sophie et Frédéric se frottent les gants et se tapent les pieds l'un contre l'autre. On voit de la buée qui leur sort de la bouche à intervalles réguliers. Quand on s'approche, Sophie court vers moi et glisse sa main dans la mienne. Frédéric part loin devant. Huguette dit : *je vous les laisse, alors, madame* et elle fait demi-tour. Henri marche devant nous, à côté de la maman de Sophie. Il a un petit bâton, et il tape sur les grilles, les volets et les portes, en passant. Quand il frappe les branches qui dépassent en haut des murs, la neige tombe sur nous par petits paquets. Cela nous fait un peu crier, mais rire aussi, avec Sophie. À chaque fois, on fait semblant d'avoir très peur, surtout Sophie, qui hurle avec un grand sourire et des yeux ronds comme des billes, et on court. J'ai envie de partir loin, mais Sophie s'arrête devant la branche suivante. Je vois que ça embête sa maman mais qu'elle ne veut rien lui dire.

— Alors Henri, il paraît que tu te débrouilles bien, à l'école ?

— Oui, madame.

Il lui répond sans la regarder, en continuant à taper sur les grilles.

— C'est bien. Frédéric m'a dit que tu avais eu le premier prix en mathématiques. Et en composition.

— Oui, madame.

— Tes parents doivent être fiers de toi.

— Je n'en ai rien à foutre, si vous saviez.

La maman de Sophie se fige net, un tout petit moment, c'est à peine visible, tout son corps, un instant comme une photographie, et puis elle recommence à avancer comme si elle n'avait rien entendu. Sophie se tourne vers moi avec l'air de ne pas y croire et je prends le même air qu'elle, alors que pour être honnête, j'étais sûre qu'il dirait quelque chose de ce genre. Quand il a des réactions comme ça, j'ai envie de rentrer sous terre, qu'il n'ait rien dit, que ça s'arrête, que mon grand frère soit quelqu'un qui dise des phrases comme *merci madame, ils sont très contents*. Mais d'un autre côté, je suis soulagée de ne pas être le seul témoin de ces coups-là. Je me sens moins bête, je me dis que je n'ai pas rêvé. Henri continue à taper avec son bâton.

On arrive à l'école. D'abord celle d'Henri. Il court sans un mot vers la porte et au dernier moment, il se retourne, vers moi, et il a encore son sourire sans les yeux, à travers les flocons :

— À tout à l'heure, Françoise.

Sa bouche libère une buée dense et irrégulière. Ça enfonce un peu plus l'épine que j'ai dans le cœur.

Toute la journée, je repense à ce sourire, ça me fait mal. Il faudra attendre Henri devant son école, il sortira le dernier, exprès. Ensuite il faudra le suivre sans savoir ce qu'il va faire. Il pourra accélérer pour me semer, ralentir pour rentrer le plus tard possible et qu'on se fasse gronder, ou aller par la route qui part vers Lachamp, contourner Saint-Germain et passer par les bois. Il peut alors me faire peur comme il veut, me raconter comme il va me laisser, comme je pourrai toujours hurler dans la forêt, comme personne ne m'entendra, ou pire, si j'étais *entendue exactement par la mauvaise personne, Françoise, tu imagines, il vaudrait même mieux ne pas crier.*

J'hésite à dire que je suis malade, à l'heure du goûter, quand on me sert mon lait au réfectoire, pour qu'on appelle à la maison et qu'on vienne me chercher. Mais je sais qu'il n'y a personne à La Boissonnière. Je n'ai pas de solution. Je ne touche pas à mon bol, je reste devant, assise sur le banc, en attendant que la deuxième cloche sonne. Ça y est. Il faut y aller.

Henri sort le dernier. Nos regards se croisent, je le rejoins et je marche à côté de lui. Il me sourit encore, sans doute, mais je garde les yeux fixés devant moi. Il neige toujours, maintenant ce sont des gros tas blancs sur les voitures qui n'ont pas bougé de la journée. On avance en silence. Il prend sans un mot le chemin habituel. C'est déjà bien. Il marche vite, mais il n'essaie pas de me semer.

— Tu sais pourquoi je te fais peur, Françoise ?

— J'ai pas peur.

— Si. Tu as la trouille. Il n'y a aucune raison d'avoir peur. Je ne peux pas te taper, tu sais. Je n'ai pas envie d'avoir des ennuis. Mais tu as peur. Tu sais pourquoi ?

Je ne réponds pas. Si je ne dis rien, il va peut-être finir par se lasser.

— Parce que tu es une fille. Les filles ont toujours peur. Elles se racontent des histoires dans leur tête, et après elles ont peur. Mais tu ne devrais pas. Par exemple, tu as peur que je te laisse au milieu de la route. Je pourrais. Je te frappe, je t'assomme, et je te laisse au milieu.

On s'éloigne. Derrière nous, un groupe d'enfants a tourné pour quitter la rue. On arrive devant l'église. Il y a des plaques de neige sur les ardoises. Henri se penche pour ramasser un gros caillou.

— Ou bien je te jette dans la rivière. Ou bien je te frappe avec cette pierre. Ou je te donne à quelqu'un. Ou bien, quand on passe devant chez le Père Tenard, je te balance par-dessus la grille et le chien te dévore les entrailles. Tu sais ce que c'est, Françoise, les entrailles ? C'est ton ventre. Tes intestins. Tu as appris, les intestins à l'école ? Mais tu n'en as jamais vu. Si le chien te mangeait les entrailles, tu les verrais. Tu n'as pas envie de voir ? Tu n'es pas très curieuse. Moi, je suis curieux. Tu vois, tu as peur. Tu as tout le temps peur. Il ne faut pas. Tu vois, je ne fais rien de tout ça. Ce sont des histoires dans ta tête. On va rentrer à la maison, et tu auras eu peur pour rien. C'est dommage. C'est dommage que les filles aient peur. Elles devraient apprendre à se conduire comme des garçons.

Il s'arrête, pointe un doigt en l'air, comme s'il était frappé par une nouvelle idée. Mais peut-être qu'il l'avait déjà depuis ce matin.

— Enlève ta culotte.

L'épine s'enfonce d'un coup, en entier, dans mon cœur, et mes jambes deviennent molles. Ça y est. Il ne lâchera plus. La rue est déserte. Il a attendu que l'on ait passé l'avenue des Breuils. Nous sommes encore dans le village, mais derrière la halle du marché, il n'y a jamais grand monde l'après-midi, et pas beaucoup de maisons non plus. Des jardins potagers, surtout. Personne pour m'aider.

— Ne t'inquiète pas. Il n'y a personne. Enlève ta culotte.

Je ne bouge pas.

— Tu te demandes pourquoi je dis ça ? C'est simple.

Il s'approche. Il me parle de tout près. Je crois que je ne respire plus.

— C'est parce que tu crains la honte que tu as peur. S'il n'y avait pas la honte, tu n'aurais plus peur du tout. Enlève ta culotte.

Je mets mes mains sous ma jupe, les remonte pour attraper ma culotte. Mes mains sont froides sur mes jambes. La nuit commence à tomber, on ne voit plus tout autour.

— Laisse tomber, il n'y a personne, Françoise. Ne t'inquiète pas. C'est pour t'entraîner à la honte. C'est juste un exercice, Françoise.

Il a une façon de dire mon nom qui me terrifie. Je supplie, les mains toujours sous ma jupe :

— Henri...

— Non, pas comme ça. Relève ta jupe. Je veux tout voir.

J'attrape l'ourlet pour le remonter. Le froid me mord les jambes, les fesses. Maintenant je vérifie les deux coins de la rue parce que je ne veux plus que personne ne vienne. C'est trop tard. C'est toujours trop tard avec Henri.

— Henri.

— Dépêche-toi.

Je baisse ma culotte pendant que je tiens avec mes coudes ma jupe remontée à la taille. Il n'y aurait qu'Huguette pour me tirer de là. Mais par ce temps, même si elle est déjà rentrée à la maison, elle ne ressortira jamais pour venir à notre rencontre.

— C'est bien. Tu vois ? Tu as honte ? Allez, enlève-la. Voilà. Pose-la par terre. C'est bien. Et maintenant tu pisses.

— Henri…

— Ta gueule. Tu pisses. Je veux le voir, je veux l'entendre. Tu pisses dessus. Sur ta culotte.

Il m'agrippe la nuque, me force à m'accroupir. Il me fait tellement peur que ça coule sans que je fasse exprès. Je baisse la tête pour qu'on ne puisse pas distinguer mon visage depuis les fenêtres. Mon pipi mouille et salit ma culotte, puis creuse un ruisseau sur la neige des pavés.

— Voilà. Tu entends la chanson ? La chanson de la pisse ? C'est la chanson de la honte. C'est la honte des filles. Tu es une pisseuse, Françoise. Les hommes pissent debout, tu vois. Relève-toi. Ramasse ta culotte. Voilà. Maintenant tu la mets dans ton cartable.

Quand il pousse le portail de la maison, il me parle de nouveau.

— Tu vois Françoise, si un jour, on ne croit pas à l'histoire que tu racontes, c'est peut-être parce qu'elle n'est jamais arrivée. C'est dans ta tête.

Il ouvre la porte de la maison, on rentre, je tremble encore de partout, mais je me dis, c'est fini, c'est fini, il ne fera plus rien. On va tous les deux jusqu'à l'office pour poser nos manteaux. Celui d'Huguette est déjà là. Elle nous rejoint :

— Venez vous mettre au chaud, on attraperait la mort !

Henri s'approche d'elle et lui fait signe qu'il veut lui parler à l'oreille. Elle l'écoute, les yeux posés sur moi, et acquiesce sans rien dire. Puis elle prend mon cartable et l'emporte.

10

Huguette

Avec les 3, je serai confortable. Les aiguilles, faut pas hésiter si on veut de la maille serrée. C'est plus robuste. J'ai pris trop de laine, mais j'en garderai pour des mitaines. Quatre-vingts mailles en côtes 1/1, pour les poignets du chandail. Elle fait de la bile, la petite. Je vais le faire en point jersey, ma mère m'aurait dit que non, mais je dis : faut bien s'aventurer des fois. Si on faisait tout comme autrefois... Les temps changent, c'est ça, faut s'y faire. Ma pauvre mère l'aurait pas fait parce qu'elle aurait pensé : faut aller au plus commode. Elle dit rien, la petiote, que d'habitude je peux plus la faire taire quand elle me tient mon fil. La mine basse. On a jamais vu une gamine de sept ans faire dans sa culotte, ça dépasse la compréhension, des choses comme ça. C'est le mouron pour son petit frère. Faut dire qu'elle peut. Maigre comme un furet, le ranou, et qu'il ne sort presque plus. Ça fait quatre ans, j'avais dit qu'il passerait pas l'hiver : c'était peut-être pas le bon hiver, mais ça fait rien, il les passera pas tous. Avec le temps qui est bien sévère, ça n'arrange pas. Avec une bande en côtes 2/2, je vais faire. Plus élégant. Et puis dans les soixante centimètres pour le montage. La neige qui n'en finit plus. C'est pas gai. Il y a des enfants que ça amuse, mais ici, rien ne leur tire jamais un sourire, on dirait.

Le nez dans les chaussettes, voilà ce qu'elle a, pauvre petite. Sa mère est à la cuisine, je ne peux même pas lui dire d'aller se chercher un petit quelque chose. Ça lui ferait du bien pourtant. Elle a le bec sucré comme moi. Avec le temps, c'est la tendance, je fais des mailles trop relâchées si je me laisse aller. Jean-Marc qui disait que j'avais toujours un deuxième estomac pour le dessert. Ça fera cinq ans qu'il sera parti, à la Saint-Modeste. Comment c'était déjà qu'on disait, *à la Saint-Modeste...* Je sais plus. Pauvre petite, qu'est déjà pas bien gracieuse. Quelle pitié, avec la mère qu'elle a. Après, il vaut quand même mieux avoir le sourire que la jolie mine. Je pourrais même faire des torsades sur les manches. Elle a pas hérité de la beauté de sa mère : bon. C'est toujours mieux que d'avoir tout pris d'un coup et de garder une araignée au plafond toute la journée. Enfin même comme ça, ça me fera trop de laine. Faut dire que c'est monsieur qui me la paie, la laine. Alors il fait large. Il ne compte jamais. Pas comme la mère de Madame. Celle-là. Elle prenait des grands airs, mais elle attachait pas son chien avec des saucisses. Avec Françoise, je dois faire celle qui sait pas, pour son histoire de culotte. La carpe, Huguette. Faut dire qu'Henri a encore dû lui grimper dans les naseaux. Il fait l'innocence avec moi, à me dire des choses dans l'oreille, mais on va pas m'apprendre à gober des œufs. Je lui vois son œil mauvais avec elle. Plus serré comme ça, avec les torsades, ça ferait joli pour une petite fille. Plus que pour moi, tiens. Surtout que moi, un chandail, est-ce que vraiment. J'ai déjà le nécessaire. Comment qu'on disait, ça me trotte, la Saint-Modeste. Ah oui, je sais : *À la Saint-Modeste, repique tes choux, s'il t'en reste.* Et puis j'ai trop de laine, alors quoi, je lui en fais un, de chandail, à la petite, un peu plus court, soixante mailles, elle est quand même costaud, et puis un manchon. Elle sera bien contente. Ça va lui rendre le sourire. Pauvre petite. Je vais aller lui dire ce que je pense une bonne fois pour toutes, moi, à Monsieur Jean. Madame Irène, quand on lui parle, ça lui fait de l'air entre les deux oreilles. Mais lui il m'entendra. On va pas tous rester là à regarder ce mauvais corbeau lui faire du mal, à cette petite. Il faut lui serrer le bouton dès maintenant. Faudrait même le faire partir. Satané gosse. Mauvaise herbe croît toujours.

Ah ben voilà qu'elle a la larme, maintenant.

11

Paul

Paul allume les lampes sur son passage. Toutes les ampoules fonctionnent encore. La maison est toute prête à se réveiller, elle n'attendait que ça.

À l'étage, c'est la voix de sa sœur Françoise qui domine, fluette et rapide, les comptines de Françoise, les yeux ronds et attentifs s'il toussait, pleins de tendresse maternelle. Quand il mangeait, quand il jouait, quand il respirait, Françoise avait le même air asphyxié que lorsqu'une biche passait la clôture du parc et que la petite fille avait peur de l'effrayer d'un simple souffle. On sait comment finissent ce genre d'histoires sacrificielles. Toute sa vie, sa sœur avait été prête à lui donner n'importe quoi. Toutes les femmes de la maison avaient été maternelles avec lui, c'est ce que Cléo lui avait dit un jour, agacée et amusée à la fois, *combien de mères as-tu eues, mon Dieu, on dirait que tu as été mis au monde pour être un enfant éternel,* c'était un reproche et pourtant elle aussi s'était acquittée de cette tâche qui échoyait à toutes celles qui l'approchaient : prendre soin de Paul. L'épargner. Le sauver. L'adorer. Ça lui était passé quand ils étaient devenus parents à leur tour : Cléo avait eu un vrai morceau à se mettre sous la dent. Mais Françoise, qui ne s'était jamais mariée, avait gardé ce regard inquiet toujours posé sur son petit frère. Paul n'en était pas agacé quand il était enfant, c'était venu plus tard – elle passait à côté de sa vie, à rester dans cette maison avec ses parents, pourquoi s'obstinait-elle, pourquoi fallait-il qu'elle se sacrifie, au nom de quoi, personne ne lui demandait rien, pourquoi se faisait-elle un sang d'encre, et puis un jour, elle avait vraiment fini par le faire, son sang d'encre, la leucémie l'avait tuée.

La chambre de Béatrice, à côté de celle de Paul, est la plus petite. Béatrice avait posé elle-même un tissu jaune, il entend encore le bruit de l'agrafeuse murale, régulier comme une minuterie, cela avait duré des jours parce qu'elle avait d'abord posé une sorte de molleton, et sur les bords un liseré brodé. Paul avait assisté à toute l'opération, il avait observé, commenté, tendu les morceaux d'étoffe pour que Béatrice les fixe correctement. Elle avait une agilité hors du commun, ses petites mains minutieuses et rapides glissaient le long des plinthes, et par-dessus le bruit de l'agrafeuse, la voix de Béatrice, chaude et riante, *tu as vu comme je m'en sors bien, regarde comme ça va être beau, toi aussi tu te débrouilles comme un tapissier, on pourrait refaire toutes les pièces de la maison, je vais demander à ta mère si on peut faire ta chambre, tu voudrais quoi comme couleur, ah oui, rouge, c'est joli, et aussi tu sais, on pourrait avoir un tissu avec des motifs, ça veut dire des dessins, oui, attends tiens bien, là, avec tes deux mains, je vais demander à ta mère.*

Mais Irène avait refusé. Seule la chambre de Béatrice avait été changée. La poussière désormais en a terni le tissu, bien plus rapidement que les papiers peints du reste de la maison. La petite chambre du deuxième étage avait été pour Paul le noyau étincelant du foyer, et c'en est maintenant la pièce la plus sombre, la plus désolée. Un courant d'air froid passe par la cheminée, en fait claquer le volet en métal dont la peinture noire craquelle.

Paul hésite à sortir, à aller respirer l'air du dehors, à chercher un restaurant qui le noierait dans le bruit, la lumière, les odeurs du présent. Mais l'heure tourne, il doit absolument trouver les livrets avant le rendez-vous du lendemain. Et il a encore du travail. Il sait aussi qu'il doit aller au bout de cette soirée, de cette nuit, s'enfoncer dans le silence et la solitude une dernière fois. Expier sa chance d'être l'unique survivant. Il n'est pas sûr de revenir, après tout. Il s'assoit sur le lit, sur le matelas nu et jauni.

Quand Béatrice était entrée dans les ordres, peu après le départ de Paul, Irène avait engagé une bonne, une jeune femme du coin qui était restée plusieurs semaines, mais elle avait fini par s'en séparer, parce qu'ils n'étaient plus que trois, et qu'elle n'en voyait finalement pas l'utilité. Françoise avait pris le relais et s'était mise à faire la cuisine. Ensuite, quand elle était tombée malade, Irène avait demandé à Luce Saure, de Sarget, de venir trois fois par semaine pour faire le ménage dans la grande maison, leur préparer les repas à l'avance, faire les courses, accomplir tous les gestes qu'Irène avait toujours été incapable de faire par elle-même. Paul revoit sa mère errer au rez-de-chaussée, dans les pièces où elle avait vécu presque toute sa vie et qu'elle avait pourtant à peine habitées. La vieillesse avait fini par donner des raisons légitimes à cet engourdissement global que Paul avait toujours connu chez sa mère et qu'elle prenait soin de camoufler, quand elle était jeune, sous une attitude de maîtresse de maison calme et mesurée.

Elle avait été danseuse, elle ne l'avait plus été. Elle en gardait la silhouette et la discipline, ça la tenait debout. Se serait-elle levée chaque matin sans cette armature ? Paul avait un souvenir en creux de la danse : il n'avait connu sa mère qu'ancienne danseuse, c'était comme si elle avait arrêté de danser depuis toujours. Il savait qu'elle avait eu un début de gloire fulgurant à Bordeaux. Elle était promise à un avenir stellaire. Le mal l'avait frappée là-bas. La famille était venue s'abriter à La Boissonnière, chez la mère d'Irène, avant la naissance de Paul. On s'était retiré, on avait étouffé le mal, peut-être pour le guérir – peut-être pour le cacher. Jean avait dû renoncer à une grande carrière de cardiologue pour monter sa petite clinique à Marande. De cela, ses parents ne parlaient pas. C'était Béatrice qui l'avait raconté à Paul.

On met difficilement un nom sur le mal qui ronge ceux qu'on aime. Quand on est enfant, on ne fait que ressentir le malaise, on le flaire sans le comprendre. Quand on commence à le concevoir, on ignore les mots qui le circonscriraient ; et quand on les découvre enfin, on s'efforce de les contourner. C'était Cléo, la première, qui avait posé celui de *dépression* sur l'état d'Irène, au détour d'une conversation, au début de leur mariage. Un grand voile intérieur s'était déchiré, et Paul avait respiré plus librement.

Dans les années 60, de toute façon, c'était un mot qu'on employait peu. On disait *léthargie*, on disait *langueur*, *mélancolie*, *neurasthénie*. Chez Paul, sa mère avait des *migraines*, elle était *fatiguée*. La plupart du temps, il n'y avait pas de mot du tout. Il n'y avait qu'Huguette qui en parlait, mais elle tournait comme un gros bourdon autour de la chose sans jamais la nommer. Elle en aurait été bien incapable ; simplement elle s'étonnait de l'état d'Irène, tous les jours comme au premier jour. *Ta mère a la tête dans les semelles, aujourd'hui. Elle ne se lèvera pas. C'est moi qui vous emmène à l'école, avec ta sœur. Je vais faire la liste des courses moi-même, sinon on mangera de la coquille d'œuf. La pauvre Madame qui fait de l'encre, elle a des trous dans les bas depuis dimanche. Ce serait plus gai si ta mère ne contemplait pas le plafond toute la journée. Et puis ça me ferait moins de travail. Ne lui dis pas que j'ai dit ça.* Il lui fallait tout son phrasé limousin pour en faire le tour. Ses mots comblaient le silence, édifiaient une forteresse autour du vrai mot, du seul mot.

Béatrice faisait celle qui ne voyait pas. Elle exécutait le travail de la maison, les mêmes tâches quotidiennes, comme si elles lui incombaient naturellement, et parlait rarement d'Irène. Encore moins de Jean, le père de Paul. Irène pourtant ne passait rien à Béatrice, qui était un des rares sujets qui la faisaient sortir de son silence : il y avait une tache sur la nappe, de la poussière sur les linteaux, le café était tiède, ce serait bien de faire un effort, tout de même. On avait une image à préserver, dans une maison comme La Boissonnière. Béatrice encaissait, ne se laissait jamais aller à faire une remarque contre Irène une fois qu'elle avait regagné la lingerie, la cuisine, où Paul la contemplait, la gorge serrée par le spectacle de la violence qui se déployait devant lui. Comment pouvait-elle la laisser lui parler comme ça, comment en était-on arrivé là ? Irène se défoulait sur elle. Béatrice relevait le front et lui souriait. Elle savait rester sur le rivage des adultes et laisser les enfants sur le leur. Elle gardait toujours sa juste place – celle qu'Irène, et toute la famille avec elle, complice muette, lui avaient assignée. De là, Béatrice observait le monde de son regard clairvoyant et lumineux. Jamais elle n'aurait dit qu'Irène avait tort, ni même qu'elle souffrait d'un quelconque mal. On faisait comme si le comportement d'Irène était normal et raisonnable. On le pensait. Plus tard, les parents avaient essayé de faire passer le dévouement de Béatrice pour de la manipulation, son cran pour de la froideur. Son départ au couvent pour un abandon.

Irène n'avait pas su s'occuper de ses enfants comme elle aurait dû : la facilité et la plénitude avec lesquelles Béatrice s'acquittait de la tâche l'en déchargeaient et lui faisaient mal en même temps.

Dans la poche de Paul, son téléphone lui signale un message de Cléo. *Tout va bien. Émilia est rentrée, elle a le sourire. J'ai confiance. Léonard a fini troisième au cross de l'école. Il se balade partout avec sa médaille. On pense à toi.* Paul se sent très loin d'eux, et inutile à côté de la vigueur de Cléo. Elle pourrait très bien se débrouiller sans lui, semblent dire son énergie, son optimisme face à la maladie de leur fille.

Le dispositif de l'hôpital de jour est strict : Émilia n'a pas pu assister, la semaine dernière, à l'enterrement de Béatrice. Elle s'est résignée facilement et Paul s'en est d'abord réjoui : les funérailles d'une vieille dame ne sont pas censées alléger le cœur des jeunes filles.

Il doit cependant reconnaître que les religieuses ont bien fait les choses. C'était presque joyeux, ces chants, ces prières, les litanies de ces femmes en brun qui célébraient le départ de leur sœur Marie-Béatrice vers des contrées hospitalières.

Au début, quand Paul rendait visite à Béatrice, c'était dans les jardins du couvent Saint-Catherine. Ils marchaient côte à côte, elle glissait son bras dans le sien, joyeuse et alerte. Tantôt bavarde et tantôt silencieuse. Il lui proposait de l'emmener plus loin, se promener, prendre un café dans le village, mais elle ne voulait pas sortir. Peut-être n'en avait-elle pas le droit et préférait-elle dire qu'elle ne voulait pas. Elle était contente de discuter. Elle ne lui posait pas de questions, elle le laissait venir. Les jours de froid, ils se retrouvaient au parloir. Dans la grande salle blanche, s'il y avait d'autres visites, on avait l'impression d'être épié, on se scrutait, et on ne trouvait plus quoi se dire. Aussi Paul choisissait-il ses moments, en hiver. Il venait en semaine, c'était l'assurance d'être tranquille. Mais même seuls, ils n'étaient pas très à l'aise, assis là comme des étrangers, raides et intimidés. Il fallait se faire la conversation. Parfois Paul venait avec Cléo, avec les enfants, l'un ou l'autre, parfois tous ensemble. Il n'y avait pas de règle. Et puis un jour, il y a quelques années seulement, c'était dans sa chambre que Béatrice l'avait accueilli, fatiguée, la tête posée sur le dossier de son fauteuil. Dans les derniers moments, elle restait à l'infirmerie et ne le reconnaissait presque plus quand il passait la porte. Elle avait l'œil éteint, vague, un rictus indéchiffrable qui figeait son visage devenu large et rond comme la lune, ses avant-bras potelés posés sur son ventre enflé. Elle bougeait peu, mangeait énormément, selon les dires de la sœur à l'accueil. Le moral était bon si l'appétit était solide. Mais elle se fatiguait et elle perdait la boule. On parlait de la maladie d'Alzheimer. On ne savait pas bien. Paul passait une petite heure à lui tenir la main. Elle avait le visage dirigé vers la fenêtre, vers le ciel. De temps en temps, elle tournait lentement la tête vers Paul, comme par hasard ou par désœuvrement, et quand ses yeux se plantaient dans les siens, alors il arrivait qu'elle sourie faiblement, de très loin. Encore plus rares les moments où elle disait quelques mots. C'était alors invariablement les mêmes. *Mon petit. Mon garçon. Tu as encore grandi.* La première fois qu'elle avait dit ça, il s'était figé. La panique. Mais on lui avait bien expliqué qu'il ne fallait pas contredire les mots d'une âme qui s'oubliait, et il avait pris le parti de ne pas la corriger.

Il y avait quelquefois dans les sourires de la vieille femme des accents ardents, presque maternels. La pauvre Béatrice n'avait pas eu de foyer à elle. Elle avait vécu la plus grande partie de sa vie entre une femme froide et dépressive, un homme dur et autoritaire et des enfants qui n'étaient pas les siens, avant d'entrer dans les ordres. Paul n'allait pas lui refuser le réconfort de ces dernières illusions, qui semblaient racheter toute la fin de sa vie, l'embellir et la justifier. Ça n'était pas cher payé, une heure de simulacre pour une vie de sacrifice.

Les doigts dans la main chaude et sèche, tannée, de Béatrice, Paul ressentait une pointe au cœur, douloureuse et douce, l'impression qu'il vivait là les moments les plus tendres de sa vie, et peut-être les plus justes. Plus personne n'était là pour lui en vouloir d'aimer cette femme à la folie, de lui être attaché plus qu'à tout.

Elle finissait souvent par s'endormir. Paul observait la vieille femme, essayait de lire des choses cachées sur les paupières immobiles, est-ce qu'elle avait regretté d'être partie, était-elle plus heureuse depuis qu'elle avait quitté la maison où elle était destinée à trimer jusqu'à la fin, à se faire malmener par Irène et Jean, mais qui abritait encore un peu de ceux qui l'avaient aimé ? Quelles étaient ses relations avec les religieuses, en avait-elle seulement ? Se parlaient-elles ? Que disent deux bonnes sœurs lorsqu'elles sont seules, de corvée de vaisselle, dans la cuisine immense et blanche d'un réfectoire, et qu'il fait nuit dehors ? Se parlent-elles de choses pratiques, simplement pratiques ? Parlent-elles de religion ? Ou se racontent-elles le temps d'avant, l'enfance, la famille, dont même les échos de leurs membres encore vivants ne parviennent qu'étouffés, comme des souvenirs ?

Parfois une religieuse entrait après avoir frappé, vérifiait que Paul n'avait besoin de rien, proposait un café, un verre d'eau, exactement ce qu'aurait fait Béatrice s'il y avait eu un visiteur sous son toit. Depuis que cette dernière portait le voile, il semblait à Paul qu'elle l'avait toujours eu, il scrutait son visage pour essayer de se souvenir de sa jeunesse, de ses traits, de la teinte de ses cheveux, mais rien ne venait, il n'y avait que cette vieille religieuse éteinte, les joues pâles et pleines, creusées de sillons. *Sœur Marie-Béatrice,* que les laïques devaient appeler *Mère,* selon la règle des Carmélites. Mais Paul ne s'y était jamais résolu. C'était *Béatrice.*

Elle n'avait déjà plus toute sa tête quand Émilia avait commencé à aller mal. Paul n'avait pas essayé de lui en parler. Il n'avait jamais eu tant besoin d'elle que l'année dernière, quand Émilia maigrissait à une allure folle, emballée, quand elle se retirait d'elle-même, de son corps et que Béatrice, elle, se retirait de sa tête. Paul se raccroche encore à cette idée inutile, son esprit vient y buter régulièrement, comme si cela pouvait changer quelque chose : *Béatrice aurait su quoi faire.* Elle avait écouté toutes ses peines d'enfant, elle avait une intelligence de l'autre incomparable, et une sorte de bon sens enthousiaste et communicatif.

Mais peut-être se trompe-t-il, après tout. Peut-être qu'elle n'aurait pas pu l'aider non plus. Quand Paul était petit, Béatrice mettait du mercurochrome sur ses genoux et lui tenait la main le soir jusqu'à ce qu'il s'endorme. Elle glissait du chocolat dans son cartable le jour des compositions de mathématiques. Elle n'avait pas changé, non, elle serait éternellement cette femme-là. Mais Béatrice avait quitté La Boissonnière. Quand on venait la voir avec les enfants, on rendait visite à une religieuse qui n'avait pas de maison à elle. Elle faisait ce qu'elle pouvait pour créer du lien, elle les interrogeait sur leur quotidien, considérait avec avidité ces petits êtres qu'on lui apportait, qui grandissaient loin d'elle. Mais on restait rarement plus de deux heures, Émilia et Léonard s'impatientaient vite. Ils s'ennuyaient, baissaient la tête quand une religieuse s'approchait d'eux pour leur poser les invariables questions, *quel âge as-tu, comment tu t'appelles, en quelle classe tu es.* Tous les trésors du cœur de Béatrice s'étaient incarnés dans les gestes intimes de la vie de tous les jours ; au couvent Sainte-Catherine, elle ne pouvait plus en déployer aucun. On ne se connaissait pas. Émilia, en grandissant, avait appris à aimer cette vieille femme qui lui racontait son père, tout un pan d'une famille, d'une vie, de lieux qu'elle n'avait pas connus. Leur lien était de conversations, de regards ; il restait entre elles une distance infranchissable que les mots et les yeux ne pouvaient pas combler. Quant à Léonard, il ne se souvient d'elle que comme d'une vieille religieuse gentille qui ne sait pas comment il s'appelle et lui caresse les cheveux quand il parle.

Paul se lève, le plancher grince dans le silence, fait vibrer sa solitude. Il passe devant la chambre de son frère. Au premier étage, devant celle de sa sœur. Fermées pour toujours. Paul se sent un très vieil homme.

Il cherche le courage de pousser la porte de Françoise.

Il ne sait pas ce qu'il trouverait derrière, les restes d'une vie achevée dont il aura manqué la plus grande part. Il hésite sur le palier, devant un grand miroir suspendu au-dessus d'une banquette dont il n'a pas le souvenir. Il renonce.

Paul est celui des trois qui s'en était tiré. Il avait quitté la maison Pardieu et avait fait *quelque chose* de sa vie. Les premiers temps avaient été difficiles, Paul était tout jeune homme et Jean lui avait coupé les vivres, il avait fallu travailler en même temps qu'il faisait son droit. Françoise lui envoyait de l'argent en cachette, elle venait le voir à Paris régulièrement. Jean le savait, sans doute.

Au début, lors de ses visites, sa sœur logeait rue Pérignon, dans un appartement de famille qui avait accueilli un temps la jeunesse d'Henri, quand il était étudiant en médecine. Paul venait alors passer la soirée et la nuit auprès d'elle. Ils tâtonnaient pour faire exister leur lien en dehors des murs de La Boissonnière. Pour masquer la gêne de se trouver propulsés dans une relation autonome, sans contexte et sans accroche, ils jouaient aux cartes, allaient parfois au cinéma, passaient une bonne partie de la nuit dans des cafés avant de revenir se coucher sagement dans des lits que Françoise avait faits en arrivant. Quand ils restaient à l'appartement, elle lui préparait ses plats préférés. Lui qui avait toujours eu un rapport compliqué avec la nourriture se découvrait un appétit formidable depuis qu'il avait quitté Saint-Germain. Françoise le couvait du regard pendant qu'il engloutissait tout ce qu'elle lui servait. Elle lui posait des questions auxquelles il ne savait pas répondre. Elle s'imaginait une vie de libertés, d'amours, de réjouissances. Il n'osait pas la détromper, lui dire que sa chambre à la cité universitaire sentait l'humidité, qu'il la partageait avec un grand type qui lui faisait peur, et qu'il donnait des cours à des enfants à peine plus jeunes que lui, tous les week-ends et au moins trois soirs par semaine, pour se payer à manger. Que ses bizarreries, ses tics et ses manies, qui le mettaient au centre de tout à La Boissonnière, l'isolaient du reste du monde. Qu'il devait s'ajuster à sa nouvelle vie, la vraie, celle où personne ne l'attendait, ne le choyait, où il devait faire sa place. Au début, il ne disait rien parce qu'il avait honte, et peur de ne pas s'en sortir. Quand les choses s'arrangèrent, il ne lui raconta pas grand-chose non plus, parce qu'il voyait Françoise se ternir d'année en année sans jamais se plaindre, accueillir avec tendresse la fiancée qu'il avait rencontrée et qui ne le laissait plus aller dormir chez sa sœur, les enfants qui venaient, Émilia puis Léonard, les joies d'une autre vie que la sienne qui s'accomplissait. Françoise se raidissait, trouvait que le voyage était fatigant, le métro mal fréquenté. Elle voulait garder les enfants le soir pour que Paul et Cléo soufflent un peu, passent *une soirée en amoureux* – c'étaient ses mots, elle aimait les poncifs –, mais elle s'en sortait mal avec Émilia, qu'elle trouvait capricieuse. Françoise n'osait pas le dire franchement, elle sous-entendait ; Cléo la trouvait affectée, un peu ridicule. Françoise parlait de ses parents, tentait des approches, des pistes et des perches vers une réconciliation à laquelle Paul ne tenait pas, meurtri par les mots de son père, leur violence, et au fond soulagé du poids qu'il avait eu sur le cœur durant toutes ces années passées à La Boissonnière. Puis, accaparée par la maladie, Françoise ne vint plus que rarement.

12

Françoise

Le lendemain du jour où Henri m'a embêtée, c'est samedi. Je me réveille en sursaut, il fait encore noir dehors. Je reste un peu dans mon lit, j'écoute la maison dormir. Je dois être la seule réveillée et ça me fait me sentir forte. Je prends une grande décision. Je ne veux plus qu'Henri me ramène le soir. C'est terminé. J'attends le dimanche, j'attends le lundi, le mardi, j'attends le bon moment : le vendredi après l'école, je vais voir Maman dans le bureau qu'elle partage avec Papa. Elle est assise, bien droite sur sa chaise. Elle fait sa correspondance. Je pense que ça veut dire qu'elle écrit des lettres, mais je ne sais pas à qui. On ne voit jamais personne. Peut-être écrit-elle à sa sœur qui vit à Paris et que je n'ai jamais vue.

— Je peux te parler ?

Ça sonne bien. Je fais exprès de prendre un ton

solennel, pour qu'elle ne puisse pas me dire qu'elle n'a pas le temps.

— Bien sûr, ma chérie.

Elle pose son joli stylo à côté de la feuille. Ce que j'aimerais être comme elle, avec ses manières si mesurées. Tout en elle est doux, même les gestes, et même les objets qu'elle utilise. Tout ce qu'elle touche, elle le rend chic, délicat. Elle recule un peu le buste, colle le dos sur le dossier de sa chaise, mais sans le poser complètement.

— Qu'est-ce que tu veux ?

J'inspire un grand coup et je dis d'un trait :

— J'aimerais savoir à l'avance quand tu viens me chercher à l'école, quand c'est Huguette, ou quand toutes les deux vous ne pouvez pas.

J'ai tourné cette phrase dans ma tête pendant trois jours, je lui ai donné différentes formes, et celle-là m'a paru la plus acceptable. Ne rien demander à Maman qui lui coûte, qui requière un effort. Ne pas lui donner l'occasion de me dire qu'elle est très occupée, qu'elle a des soucis. Ne pas la laisser me parler de Paul qui est malade. Je ne lui demande rien de compliqué, je ne lui dis pas que je ne veux plus que ce soit Henri qui vienne me chercher. Si j'avais raconté la scène de la culotte, si j'avais dit pourquoi je ne voulais plus qu'Henri me ramène de l'école, il en aurait certainement entendu parler, et ça aurait été pire encore.

Je me sens intelligente, je me sens même plus intelligente que lui. Je me sens puissante.

Toute cette belle énergie se dégonfle d'un seul coup quand elle me répond :

— Mais pourquoi ?

J'avais tant travaillé cette phrase que lorsqu'elle m'était enfin apparue suffisante, pleine, entière, parfaite, je n'étais pas allée au bout du chemin. La discussion ne peut pas s'arrêter là, il doit y avoir une suite. Alors j'ai une idée, que je trouve remarquable :

— Parce que je dois m'organiser.

Maman écarquille les yeux et une seconde après, elle éclate de rire, ce qui n'arrive presque jamais. Elle a des belles dents blanches, bien alignées, et elle penche légèrement la tête en arrière. Je ne sais pas si elle se moque de moi.

— Eh bien d'accord, ma chérie. Je te le dirai. Et je peux d'ores et déjà t'annoncer que… (elle regarde sur un petit carnet à côté de son papier à lettres, prend un ton très sérieux, trop sérieux, elle plaisante, mais je m'en fiche parce que je vois aussi que ça l'amuse et qu'elle fait ce que je lui demande) vendredi, dans quinze jours, je veux qu'Huguette reste pour garder Paul, car je dois aller à Marande. Ce sera Henri qui ira te chercher.

Elle se lève, s'approche de la fenêtre, et me tourne le dos :

— Mais tu sais, cela ne devrait plus arriver beaucoup.

Il va falloir qu'Huguette y mette un peu du sien. Il y a quelque chose de nouveau.

Elle se retourne vers moi :

— Henri va partir, bientôt. Il va aller dans une école catholique. À Bordeaux. Il ne pourra plus faire le chemin avec toi.

Je ne comprends pas ce que ça veut dire, et je reste un moment devant elle sans oser l'interroger. Elle ferme les yeux et secoue le menton avec un petit mouvement impatient, comme si elle voulait balayer mes questions avec sa tête.

Il faut que j'aille voir Huguette. Cela ne pose aucun problème à Huguette de répondre à mes questions. Je pense même qu'elle est contente. Je suis la seule qui lui parle, dans cette maison.

Je vais la trouver dans la cuisine, après le goûter. Aucun risque d'être surprises par Papa, qui n'est jamais là à cette heure, ni Maman, qui est montée au premier étage pour rester avec Paul (il est encore malade et Papa craint que ce ne soit une grippe. *À quatre ans, et avec sa santé de moineau, c'est pas bon*, m'a dit Huguette).

Huguette est en train de peler des légumes pour la soupe. Ses fesses mangent une bonne moitié du banc devant la table. Elle tient fermement ses coudes sur la nappe, la pomme de terre et le couteau tout près de ses yeux, et elle se concentre comme sur les aiguilles de son tricot. Je m'assois en face d'elle. Elle ne lève pas la tête et me dit simplement :

— Tu as quelque chose à me demander, toi.

Au moins, Huguette me voit. Sans même me regarder. C'est l'inverse de Papa et Maman.

— Vas-y, ma fille. Ne tourne pas autour de la chose.

— Tu savais qu'Henri allait dans une école catholique ?

Elle relève le front et le gratte avec le dessus de sa main, sans lâcher son couteau. Elle soupire, et c'est toute sa grosse figure qui se gonfle.

— Il paraît, oui.

— C'est quoi, une école catholique ?

— Bah, ma fille ! Si toi tu le sais pas, avec les parents qu't'as... C'est une école où on te parle du bon Dieu. Ce sont les religieuses qui te font la classe. Enfin, des prêtres, vu que c'est une école pour garçons. Mais chez les filles, que des religieuses, je crois. Il y a deux côtés, dans l'école, un pour les filles et un pour les garçons. C'est clôturé comme l'enclos des poules, ces endroits-là, ça risque pas de se mélanger. Si on me demandait mon avis... Faut dire qu'on me le demande pas. Mais c'est pas moi qui mettrais mes enfants là-dedans. Chez moi, on est plutôt... (Elle prend un petit air méchant et gourmand)... bouffe-curé. Le père, un jour que le curé avait donné une pénitence à la mère, tu sais ce qu'il avait fait ?

Je le sais parfaitement, elle me l'a déjà raconté cent fois. Mais je fais non de la tête pour qu'elle continue, j'aime bien :

— Il est allé le déloger de la sacristie comme un lapereau de printemps, à peine s'il le tenait pas par les oreilles, et dehors, devant l'église, le fusil à la main, il gueulait de pas s'approcher de sa femme, allez.

Elle rit et je vois le haut de ses dents tout noir, et les deux incisives qui partent en avant :

— Il paraît que le curé a pissé dans son froc. Faut dire, pourquoi qu'il donnait des ordres à la mère, hein ? Ils sont pas honnêtes, ces gens-là. Attends…

Elle s'est levée. Quand elle se lève, elle oublie toujours qu'elle a mal au dos, alors elle se dresse, et puis soudain, elle s'en souvient, son dos lui rappelle qu'elle est vieille, alors d'un coup elle s'affaisse, et elle marche à petits pas précipités et lourds à la fois, comme une grosse loutre qui essaierait de se traîner sur les fesses. Elle s'approche de la porte et s'immobilise, concentrée, un doigt en l'air pour me faire taire. Puis elle me fait un petit sourire entendu et ferme la porte de la cuisine. Elle revient s'asseoir en grommelant :

— Il a des oreilles partout, ce satané gosse, on sait jamais où il est.

Elle se penche vers moi, et j'aperçois, sous la blouse qui s'entrouvre, ses gros seins mal retenus par son linge, le bout un peu violet, d'un côté seulement. Je me détourne vite pour qu'elle ne me surprenne pas. Je ne vois jamais personne tout nu. Elle me dit plus bas :

— C'est quand même une très bonne nouvelle,

pour toi, ma fille. Parce qu'il va y rester dormir, dans l'école catholique.

— Tout le temps ?

— La semaine, en tout cas, et il rentrera pour le samedi soir.

Je retiens ma respiration, c'est presque trop beau. Elle se redresse, se remet à peler sa pomme de terre en réfléchissant, puis ajoute, comme pour elle-même :

— C'est même une bonne nouvelle pour moi aussi, allez. Parce que des gosses comme ça… C'est pas le travail en plus, c'est pour la peine. Et pour la famille, aussi, allez. On peut pas dire qu'il arrange les choses. Entre lui et ton petit frère qui n'a jamais la santé. C'est des gosses de malheur. Ne dis pas que j'ai dit ça. Heureusement que tu es là, tiens. Elle ne se rend pas compte, ta mère. Tu es le soleil de la maison, mais elle s'en protège comme du cagnard d'août en plein midi, on dirait. Toujours après les garçons. Ton frère Henri, je le sais qu'il travaille bien à l'école, mais une raclée ou deux, de temps en temps, ça le ferait pas travailler moins fort, et ça lui remettrait peut-être les idées en place. Alors que la pension, comme ça on n'a plus les torts sous les yeux tous les jours, mais on n'a jamais redressé les gamins là-bas, ça c'est sûr.

— Et moi aussi, je vais aller en pension ?

— Toi ? Tu serais bien petite ! Non, toi, ce serait pas fort habile, tu es la seule qui cause de souci à personne, alors… Ils vont pas se débarrasser de toi. Et qui te ferait danser, en plus, hein ? Ça la rendrait malade, ta mère, si tu dansais pas. Je serais malheureuse, tiens, si on me laissait avec tes parents et ton petit frère qu'on n'a pas le droit d'approcher, ni de parler, ni de regarder, le moineau. On me fera pas dire, ça lui ferait pas de mal de voir davantage la lumière du jour, tiens. Ne dis pas que j'ai dit ça. Mais ça fait rien, il serait peut-être plus rose. Que de passer ses journées au lit, là... Avec le grand qui passe son temps à lire et à faire Dieu sait quoi. Enfin « dieu »... Je me comprends. Y a pas à tournailler, les petites filles, c'est quand même moins de souci. C'est comme du souci que tu retires, même.

— Il le sait, Henri ? Pour la pension ?

— Ce qu'il sait, ce qu'il sait pas, ce gosse, je peux pas le dire. Je peux même pas dire de quel bois il est fait. Enfin c'est pas du bois qu'on fait les crucifix, c'est tout c'que j'sais. En tout cas, il va pas chanter tous les jours, à la pension.

— Ils sont sévères ?

— C'est ce qu'on dit. Moi j'en sais rien. J'étais dans la même école communale comme la tienne.

— Avec Mlle Joie ?

— Mais non, pas avec Mlle Joie. Je suis pas gamine comme toi, moi ! Elle devait même pas encore être au sein de sa mère quand j'avais les fesses sur les bancs, allez.

— Et pourquoi c'est catholique ? Son école ?

— Pour le bon Dieu, j'imagine. Ta mère, elle aime

pas l'école communale où on parle pas du bon Dieu. Et ton père, il veut que vous autres, vous sortiez du tiroir du haut, qu'Henri devienne un monsieur, alors faut voir qu'il trouve ça pas très bien non plus, son fils qui traîne avec tous les gamins de Sarget. Surtout en ce moment.

Sarget, c'est là où il y a la ferme de Maman, dont s'occupe le vieux Georges. Quand on en parle entre nous, on dit « Sarget » pour faire court, mais il y a aussi là-bas d'autres maisons qui ne lui appartiennent pas, avec d'autres familles et tout un tas d'enfants. Huguette aussi vient de Sarget. Ces enfants-là, ils vont dans la même école que moi et aussi dans celle d'Henri. Je n'ai pas le droit de leur parler – de toute façon je n'en ai pas envie. Ils restent entre eux et ils sont souvent absents. Mais Henri s'en est fait des camarades. Ils se parlent après l'école. Ça doit être pour ça que Papa n'est pas content.

— Pourquoi « surtout en ce moment » ?

Huguette s'énerve, elle se redresse comme si elle allait se lever :

— Pour rien, ma fille.

— Dis-moi.

— Parce qu'ils ne sont pas d'accord, voilà. Le Georges est vieux et alors qui va reprendre la ferme ? Il a plus de fils.

— Et alors ?

— Alors tes parents veulent faire travailler le neveu,

tu vois ? Mais ils sont pas d'accord sur le comment. Tes parents voudraient lui donner un salaire, comme à moi, et pouvoir lui demander ce qu'ils veulent. Mais le neveu, il veut rester libre, comme Georges, et seulement payer un loyer. Et il est remonté, le neveu. Faut le voir. Si on me demandait mon avis... Bon. On me le demande pas.

Parfois, ceux de Sarget, les Saure, viennent à la maison apporter des paniers ou de l'argent. Ils sont quatre, mais c'est surtout le vieux Georges, ou Antoine et André, ses neveux. La femme de Georges, on ne la voit jamais.

Le vieux Georges vient toujours avec des choses à manger. Il a des mains énormes et des ongles noirs, et il sent l'étable. Il me fait un peu peur, mais pas autant que ses neveux. André, c'est le plus jeune. Il n'a pas l'air méchant, mais il est bizarre, il rougit tout le temps et il ne parle pas beaucoup, et quand il ouvre la bouche, il bafouille, ou il articule si mal qu'on est obligé de lui faire répéter. Et puis il boite, je ne sais pas pourquoi, et ça lui fait une jambe qui traîne derrière lui. Antoine, c'est son grand frère. Avant, il était parti faire des études, mais il est revenu. Il a toujours l'air en colère. Il croise les bras pour parler à Maman, il ne s'assied jamais quand on lui propose et il ne referme pas les portes en partant. Ça énerve Maman, et même Huguette qui doit faire le tour de la maison, après, pour vérifier. L'autre jour il s'est disputé avec Papa, dans son bureau. Ça criait fort à travers les murs, jusqu'à ce qu'il sorte, Antoine, en claquant la porte, l'air furieux. Alors il m'a aperçue dans l'entrée, et ses yeux ont comme fondu, il s'est approché en souriant. Il a posé ses mains sur ses deux genoux pour me parler plus près :

— Tu es la petite Françoise, toi ? Tu ressembles à ta maman.

Et il a ajouté, presque dans mon oreille :

— En plus gentille, mais ne lui dis pas. Tu ressembles à sa sœur, je dirais.

Je ne l'ai jamais vue, la sœur de Maman, mais j'imagine que c'était un compliment. Papa a dit plus tard à Maman qu'Antoine était un individu *dangereux*.

Huguette en est presque à la fin d'une grosse pomme de terre. Elle a réussi à la peler en une seule épluchure qui tournicote sur elle-même comme un serpentin. Elle reste concentrée dessus, en faisant des petits bruits avec sa bouche et des mots qu'on ne comprend pas, et parfois elle soupire. Elle fait la même chose quand elle tricote, et alors ça alterne avec le cliquetis des aiguilles. Je reste un moment en silence, puis je me lance :

— Mais moi aussi, alors, quand je serai en 6e, j'irai en pension ?

— Ça ! Qui je suis pour le dire ? Te bile pas, va, c'est dans longtemps. Ils ont le temps de renvoyer Henri cent fois, d'appeler les gendarmes, et de ne plus jamais accepter un gosse de la famille Pardieu tant qu'ils auront les prunelles en face des trous ! Parce qu'il est intelligent, ce gosse, c'est certain ! Ah ça, c'est sûr qu'il va avoir les prix et les notes. Mais il va leur donner de la corvée, je le dis. Mais ça, ça sert à rien de le dire, hein.

— Tu joues aux petits chevaux avec moi ? Une partie ?

Elle a commencé par s'énerver, au milieu de ses pommes de terre :

— Mais je dois travailler, ma fille, qu'est-ce que tu crois ? Tu crois que ça se fait tout seul ? Après ta mère va encore dire que je lambine. Je le sais, moi. Huguette n'est pas sourde.

Et puis elle se reprend d'un coup et me considère gentiment :

— Allez, je peux pas jouer. Tu vois bien. Mais tu peux m'aider, tu veux ?

— Oui.

— Prends un couteau. Mais si tu entends ta mère, tu poses tout et tu files, oui ? Si elle te voit faire les patates, la pauvre Huguette est bonne pour les cloches.

13

Henri

Béatrice est venue dimanche dernier, elle ne viendra pas aujourd'hui. Alors je me balade dans ma tête. J'aime bien me rappeler l'année où elle a débarqué dans ma vie, quand elle a ouvert la porte sur tout un monde que j'ignorais. Je sais bien que j'idéalise, que je voyais tout à hauteur d'enfant. On me l'a suffisamment rappelé par la suite.

Tu savais très bien ce que tu avais sous le nez.

Les images de la première année à La Boissonnière défilent, les mots que je posais dessus, que je ne prononce plus à haute voix désormais. Maman était encore au centre du monde. L'ombre d'elle-même, je me disais. Est-ce que je me disais ça ? Je ne le formulais pas comme ça, j'imagine. J'étais si petit. Quelque chose clochait. Je lui trouvais le regard vide, ça je m'en souviens. Quand ses yeux se posaient sur moi, ils passaient à travers. Cela dit, peut-être que c'était devenu une habitude et que je ne le remarquais plus. C'était tout de même Maman, douce et bonne, indulgente. Renversante de beauté, comme toutes les mères, me direz-vous. Mais non, davantage. Vous ne savez pas.

Depuis qu'on avait emménagé à La Boissonnière, elle avait des migraines interminables. Le mot « migraine » était devenu un mot du quotidien, un mal essentiel, autour duquel toutes les choses s'étaient mises à tourner, comme la soif dans le désert. *Laisse ta mère, elle a une migraine. Ta mère ne descendra pas déjeuner, elle a une migraine. Irène, avec ses migraines, a du mal à s'occuper de Françoise.*

Tout de même, elle remontait la pente. Elle avait commencé à sortir de sa chambre quelques semaines après notre arrivée. À me poser des questions, *comment s'est passée ta journée, est-ce que ton maître est sévère.* Elle émergeait du brouillard. Il y avait sa mère, c'était la maison de son enfance. Elle pouvait s'ancrer dans un monde ancien. Les noms de famille de mes nouveaux camarades, à l'école, lui étaient familiers. *Ah ? J'étais à l'école avec sa tante. Ils ont une maison à la sortie de Saint-Germain.*

Il fallait se réaccoutumer au monde rural, et elle n'aimait pas ça, Maman. La boue sur les chemins, la terre battue dans la grande pièce des fermes. Près de la halle, elle avait vu une vieille relever sa jupe pour pisser debout, en plein jour de marché. Moi, ça me fait marrer, quand j'y pense, mais elle ça l'avait impressionnée durablement. Elle était rentrée à la maison, elle en avait repris la chambre. Elle passait des heures avec Grand-mère, dans des conciliabules où la vieille parlait beaucoup et où Maman acquiesçait. Elle se claquemurait à La Boissonnière, se déplaçait en voiture, envoyait les bonnes faire les commissions.

Elle allait un peu mieux. Elle s'habituait au malheur, à la retraite, au nouveau mari qu'elle avait découvert après dix ans d'une union qu'elle avait crue sans nuage. Le bon père de famille, l'éminent professeur s'était transformé en salaud. Elle digérait. Sa mère avait dit qu'il le fallait. J'étais à son diapason : pour moi aussi, La Boissonnière se calmait, les silences d'angoisse faisaient place à ceux de l'ennui.

Je voyais midi à ma porte, tout n'était pas bon à jeter : on avait troqué notre petite maison contre un château, les messes interminables de Saint-Nicolas contre celles de Notre-Dame, que l'abbé Legrandin écourtait volontiers quand le froid nous saisissait, le parc public contre celui de la propriété où Grand-mère avait fait installer un portique, les fermes alentour. Cette sensation d'être au centre de ce qu'on possède, d'être le roi du monde. J'étais l'héritier, même à cet âge-là, je le sentais. J'étais le point central autour duquel l'univers s'agençait.

Après cet été-là, celui de mes sept ans, les murs ont commencé à se resserrer.

C'est quelque temps après notre arrivée qu'on recruta Huguette, si je me souviens bien. Il fallait du personnel supplémentaire. À Bordeaux, il y avait de temps en temps des bonnes pour nous garder, Françoise et moi. À Saint-Germain, les domestiques avaient beau rendre leur tablier assez vite – sans doute le vieux y était-il pour quelque chose –, il y en avait toujours au moins une en poste, constante servitude. Maman ne faisait plus la cuisine, ni le ménage, ne lisait pas, ne dansait plus, ne s'occupait pas du linge. Mais elle avait toujours Françoise dans les bras, qui lui attrapait le nez et lui touchait les cheveux, et elle se laissait faire, raide et absente, quand ma sœur gigotait.

Je ne faisais plus mon lit. Maman n'entrait pas dans la cuisine. Le vieux, l'ultime seigneur, donnait des ordres à sa femme pour que l'on dise aux bonnes comment repasser ses pantalons. Avec elles, il avait d'autres usages qui n'impliquaient pas d'intendance. Je n'ai jamais rien surpris, cela dit. Mais j'imagine que cela a dû peser dans le choix définitif de la vieille Huguette et de ses poils au menton, à la fin du printemps. À cette époque, tout le monde me répétait que j'avais de la chance d'être venu vivre à Saint-Germain.

Ils en crèveront tous, de ce mensonge.

Maman irait se reposer tout l'été en Suisse, voilà ce qu'on m'avait dit, et Grand-mère partirait avec elle pour l'aider à s'occuper de Françoise. À deux ans, on n'est plus un bébé, mais tout le monde se comportait comme si ma sœur était encore une toute petite chose. Elle était pourtant grande et *grasse comme une caille*, disait Grand-mère. On n'allait pas la laisser avec le vieux, il ne s'en occupait jamais. De toute façon, il travaillait tout le temps. Grand-mère accompagnerait Maman pour s'assurer aussi qu'elle n'allait pas se foutre par la fenêtre. Mais ça, on ne me l'a pas dit. Je devine. Et parce qu'il était sans doute impensable que Grand-mère et son gendre restent sans elle à La Boissonnière. Ils se seraient entre-tués. Entre nous, ça n'aurait pas été un mal. Je me demande qui aurait eu le dernier mot.

S'il avait pu crever, on n'en serait pas arrivé là.

Était-ce dans un sursaut de volonté que Maman avait désiré partir ? J'imagine plutôt Grand-mère décider de ce voyage, après avoir convoqué un gendre dont elle commençait à trouver que, même en disgrâce, il prenait trop de place. *C'est moi qui décide : je pars avec ma fille.* On allait réfléchir à l'avenir une bonne fois pour toutes, loin du vieux. Il fallait éloigner Maman du bourreau.

L'histoire s'est écrite d'une seule manière, mais tout était encore possible, à ce moment-là de l'été. On hésitait sur la suite. Quelques semaines plus tard, tout s'est accompli dans un ordre irrémédiable. L'avenir s'est resserré sur les circonstances, s'est précisé pour devenir cette trame unique et implacable.

Le départ de Grand-mère, même s'il ne me coûtait pas autant que celui de Maman, allait laisser un vide plus manifeste. C'était elle qui tenait la maison, décidait des repas. Elle me faisait encore travailler, même depuis que les grandes vacances avaient commencé. Elle innovait. Des opérations compliquées, de l'histoire, parfois de l'écriture. Je recopiais des versets du Nouveau Testament, des fables de La Fontaine, toutes ces choses qu'on pouvait compter en lignes. J'aimais bien. Elle était contente d'avoir gagné un petit-fils dans la bataille, je le sentais au fil des mois. Grand-mère était déjà vieille, mais elle n'en avait pas l'air. Rien à voir avec les grands-mères de mes camarades de Bordeaux, ni celles des contes. Mais pas la sorcière non plus. Grande, autoritaire, elle donnait l'impression d'être encore la mère de Maman, et pas une vieille dame qui ferait des confitures.

Curieux qu'elle ait crevé seulement deux ans plus tard, hein ? C'est le vieux qui a été content.

La maison, c'était la maison de Grand-mère, et elle ne se privait pas de le rappeler. Tout le rappelait d'ailleurs, l'odeur du linge, la disposition des couverts, le silence des fins d'après-midi, le ton des fermiers qui venaient rendre des comptes – celui du vieux qui s'y refusait.

Le passage en fermage, ça l'avait rendue cinglée, Grand-mère. Désormais, les seuls comptes que les Saure lui rendaient, c'était un loyer chaque mois. Et pas de possibilité de les mettre dehors, avec un bail reconductible à l'infini. On n'était plus chez soi. C'est Béatrice qui m'a expliqué tout ça, plus tard, quand j'ai été assez grand pour comprendre.

Le vieux avait tenté, quelques semaines après notre arrivée, d'annexer le bureau du rez-de-chaussée, la plus belle pièce de la maison, son centre névralgique, qui avait les boiseries les plus éblouissantes, couvertes de livres dont l'indifférence générale avait préservé les dorures et les couvertures en cuir poli. Grand-mère était restée si interdite devant l'outrecuidance de son gendre qu'il avait dû reculer. Il avait essayé de nouveau, après, par des chemins plus sinueux – l'intermédiaire de Maman, qui avait reçu de sa mère ressaisie les flots d'invectives que cette dernière avait contenus devant le vieux. J'étais là pour voir la scène où Maman se faisait remettre à sa place comme une gamine, nous étions dans la chambre de Grand-mère, celle qui est devenue ensuite celle de Paul, avant qu'on ne l'installe au deuxième étage. Tout le monde a tellement changé de chambre, dans cette maison. Tournant comme des oiseaux dans leur cage. Tout le monde sauf moi. Ils ont virevolté autour de ma chambre pendant tout ce temps. Je pense qu'ils continuent. Moi je suis parti. Maintenant je n'ai pas d'issue, mais au moins je suis seul dans ma cage. Une petite cage blanche dont je surveille les murs et la fenêtre. Si je crie, on vient me voir. À La Boissonnière, on pouvait toujours s'époumoner, il n'arrivait personne.

Tu en sais quelque chose.

Alors on ne disait plus rien. Ils doivent y être encore, tous, occupés à ne pas hurler. Chacun se contient dans sa propre cage.

Le vieux a fini par installer son cabinet à Marande – plus tard, il dira *clinique* pour faire chic – où il jouissait d'une liberté et d'une clandestinité qui ont compensé ses frustrations domestiques. Il était hors de la maison, il y revenait quand bon lui semblait. Moi, j'étais là. Je dessinais parfois sur les murs de ma chambre, derrière le lit, à l'endroit qui ne se voit pas. Des arbres, des fleurs, rien de bien méchant. Les signes que j'utilisais étaient rarement ajustés à mes émotions. Les manifester, simplement, témoignait de ma révolte.

Après l'installation de son cabinet, le vieux a commencé à disparaître. Il travaillait *d'arrache-pied*, disaient Maman et Grand-mère, *il travaille d'arrache-pied*, répétaient-elles aux gens en visite, à Georges Saure, à la boulangère, à l'abbé Legrandin qui s'étonnait des absences dominicales du professeur Pardieu. Qui était dupe ? Moi seul, sans aucun doute. Pourtant je jurerais que cette mascarade ne m'était pas destinée : elle suffisait à ce que la vie continue, que le vieux garde son air de notable et Grand-mère de duchesse, que La Boissonnière reste le château des Rebeyrol, touchez le bord de votre chapeau quand vous voyez passer la DS, ces gens-là sont respectables. Maman ne faisait semblant de rien, mais comme elle ne parlait pas et que l'habitude de la danse la faisait marcher droit, l'honneur était sauf, c'était une dame. Moi je préférais quand le vieux n'était pas là, il me mettait mal à l'aise, il attendait toujours de moi que je lui donne raison, même quand je n'étais pas autorisé à parler. Lorsqu'il était absent, j'étais plus libre de mes gestes et de mes paroles. Et puis l'atmosphère était plus détendue, on redevenait tous sans conteste les enfants de Grand-mère. J'étais le premier servi à table, on ne me réveillait pas le matin des jours de repos, et on disait pour me taquiner que j'étais le seul homme de la maison, statut que j'aurais jugé dérisoire – ou que peut-être je n'aurais même pas remarqué – si Grand-mère et Maman n'en avaient pas fait grand cas. Elles plaisantaient mais je sentais la valeur de mon sexe. Je m'étonne maintenant que Grand-mère ait versé là-dedans. Pas le genre à se laisser faire.

Quand le vieux revenait à la maison, j'assistais à la guerre muette entre Grand-mère et lui, la lutte à mort, perpétuelle et silencieuse, à grand renfort de politesse, de sourires crispés, de manœuvres sournoises, pour décider l'heure des repas, les jours de linge, les honoraires d'Huguette. Et Maman, que le pouvoir et la décision indifféraient, se retrouvait souvent seule arbitre, prise en étau entre les deux autorités que Dieu avait voulues pour elle, et elle devait trancher à contrecœur, déposer les armes devant celui qui gronderait le plus férocement. Et puis, au fur et à mesure des batailles, elle portait les coups secrets sur son visage, elle s'éteignait, se retranchait derrière des remparts invisibles qu'elle couvrait de maux dont elle pouvait se plaindre à haute voix : les migraines, la fatigue. Les murailles qui m'encerclaient étaient plus tangibles, je pouvais hurler à travers, et les frapper du poing, c'étaient les murs de La Boissonnière, la pierre froide, les papiers peints glacés, l'amidon des rideaux. Plus tard, quand j'ai commencé à suffoquer, je pouvais donner un nom à ce qui me rendait fou. Pas sûr que Maman ait jamais réussi.

Elle n'a plus dansé. De la danse de Maman, comme de sa joie, il n'y avait plus que la trace laissée par l'absence. On a souvent le vertige de l'éternité à venir, on oublie celle qui est derrière nous. Maman ne dansait plus depuis toujours. C'est comme si depuis l'aube des temps, elle avait été ce corps immobile qui avait renoncé. Cette année-là, à notre arrivée, elle ne forçait pas encore cette pauvre Françoise à faire ses ronds de jambe dans le grenier. Il n'y avait plus de danse dans sa vie. C'était la faille. Les femmes sont faites de cette brèche-là, il faut croire. Le corps de Maman était une écorce vaine et creuse, l'air y passait, par les yeux, les oreilles, la bouche, le sexe, un souffle de vide qui tenait debout la gaine molle de sa peau, et la lumière par les trous, qui donnait à croire qu'elle était en vie. Maman était morte à l'intérieur.

14

Françoise

Je quitte Huguette après les pommes de terre. Elle doit faire son tricot, et moi mes devoirs. Mais maintenant je sais tout ce que je dois savoir. Le lendemain, je dis à Sophie, à la récréation :

— Tu m'invites à jouer chez toi ?

— Ce soir ?

— Non, pas ce soir. Disons... vendredi dans quinze jours.

— Pourquoi dans si longtemps ? Viens ce soir.

— Il faut qu'on en parle à nos mamans. Dans quinze jours, c'est mieux. Ça nous laisse le temps de nous *organiser*.

Elle me considère un moment et hoche la tête :

— Tu as raison. Il faut qu'on *s'organise*.

C'est un mot magique. Il m'ouvre des portes inattendues, différentes : celle de Maman qui me trouve drôle, celle de Sophie qui me trouve intelligente. Eh bien, me dis-je très fière : organisons-nous.

Quinze jours plus tard, Henri rentre tout seul, et je me retrouve chez Sophie. Sa maman est venue nous chercher, et nous a même apporté du chocolat. Du chocolat. Quand elle me demande combien j'en veux, et que je réponds cinq, elle me jette un drôle de regard, mais elle me donne les cinq, et je vois qu'il n'y en a pas assez pour que Sophie et son frère en aient autant que moi. Je reste avec mon chocolat, un dans la bouche, onctueux, merveilleux, et puis les quatre autres dans la main, et je sens qu'ils fondent, mais je n'ose plus les manger. Je finis par dire *je me suis trompée madame, un, c'est bien*, et je lui rends. Elle les remet dans un petit sac, sans un mot, et je ne sais plus quoi faire. Alors elle me dit *ce n'est pas grave, tu sais, parfois on change d'avis*. Sur le chemin du retour, elle me pose beaucoup de questions. Le travail de Papa, s'il est souvent absent. Si Maman danse encore. Si Henri reste au collège à Saint-Germain l'année prochaine. Si j'ai de la famille dans la région. La ferme de Maman à Sarget. On dirait qu'elle veut tout savoir. Elle doit beaucoup admirer Maman, qui est très belle, et notre maison, qui est très grande. J'ai l'habitude, c'est comme avec Mme Chantal, alors je déroule tout, je parle de Maman, surtout, je dis que c'était une grande danseuse, qu'elle a dû arrêter la danse quand elle m'a eue, que c'est Henri qui me l'a dit. Je me sens importante.

Je dis *sans moi, si je n'étais pas née, Maman serait danseuse étoile à l'opéra de Paris*. La maman de Sophie n'a pas l'air d'aimer beaucoup cette idée, elle me dit qu'il ne faut pas dire ça, que ce n'est pas de ma faute.

Puis on arrive chez Sophie. Elle n'habite pas très loin, mais de l'autre côté de Saint-Germain par rapport à nous. Une maison de ville, avec un petit jardin. J'adore sa maison, même si elle n'est pas très grande. Surtout parce qu'elle n'est pas très grande, justement : chez nous, on est toujours un peu seul où que l'on soit, on passe des journées sans se croiser, on est comme des ombres, parfois on se dit qu'il y a quelqu'un dans la pièce à côté, et en fait, non, on est seul à l'étage : c'était un merle à la fenêtre. Chez Sophie, on vit ensemble. Son père est là, son frère fait ses devoirs dans la cuisine, Sophie aussi d'habitude, mais comme je suis invitée, son père lui dit *oh, tu les feras plus tard, on a le temps* et j'adore cette phrase aussi, qui est peut-être le contraire de ce que dirait Papa. Papa ne pense jamais à mon travail : cela *relève de ma responsabilité* – il m'a dit ça quand je suis entrée en 11e et ne s'en est pas préoccupé depuis. Mais si la question se posait de le faire à l'instant ou plus tard, alors jamais Papa ne répondrait *on a le temps*, il dirait qu'il faut toujours faire ses devoirs en premier, et même son devoir en général, et que le plaisir passe après, et puis il aurait aussi une petite phrase sur les gens qui ne pensent pas comme lui, ceux, par exemple, qui *se laissent aller*.

On va jouer dans la chambre de Sophie. Il y a un papier peint avec des fleurs roses, un peu abîmé. Elle me montre sa poupée Bild Lilli, je savais qu'elle en avait une parce qu'elle me l'avait dit, mais je n'en avais jamais vu. Sophie me la présente, posée sur ses mains à plat, bras tendus, comme un trésor : ses cheveux blonds en chignon bombé sur le dessus de la tête, son grand front, ses pommettes roses, ses grands cils maquillés de noir, ses grosses boucles d'oreilles : elle est ravissante.

— C'est ma cousine qui me l'a rapportée de Paris, me dit-elle.

Je le sais, elle me l'a déjà dit.

— Tu as vu comme elle est belle ?

Ça m'agace de le lui dire, mais oui, je reconnais que c'est vrai. Je ne peux pas faire autrement. J'ajoute quand même :

— Maman dit que ça fait mauvais genre, les poupées qui sont adultes, qui sont des femmes.

Mais ce n'est pas vrai, je n'ai jamais parlé de ça avec Maman, je n'oserais pas.

— À cause des seins ? me répond-elle. Mais c'est joli, non ?

Le mot me trouble. Je ne l'ai jamais prononcé à haute voix, et même maintenant que Sophie l'a dit, je ne pourrais pas le faire à mon tour. Les deux bosses sur le buste de sa poupée me mettent mal à l'aise, je trouve ça beau, j'ai envie de regarder, je les observe, ses seins, et je répète le mot dans ma tête, je me dis que personne ne peut m'entendre, et je les scrute, Sophie est à côté de moi, elle ne peut pas me voir les fixer, ni la direction de mes yeux, mais j'ai peur qu'elle se doute, alors je réponds :

— C'est à cause du maquillage, sur les paupières, les joues, la bouche.

Et je pose mes doigts sur les lèvres, mais c'est aux deux bosses que je continue à penser. Il y a un mystère avec leurs bouts, les bouts en général. Les miens sont roses, comme ceux d'Henri, de Paul. Ceux d'Huguette sont violets, presque. Sur la poupée, rien. Est-ce qu'il y a un âge où ils disparaissent ? Et ils reviennent quand on est vieille ? J'ai envie d'en parler à Sophie, mais je n'ose pas. La poupée a l'entrejambe comme des fesses, en moins serré. Mais je sais que les poupées sont toujours un peu transformées à cet endroit-là, alors je ne m'attarde pas.

Sophie me montre les deux costumes pour sa poupée : une robe blanche et bleue avec des rayures, et un pantalon court, noir, avec un chemisier rouge fermé par un nœud à la taille. Je lui demande de mettre la deuxième. C'est très joli. Et soudain, ça me frappe : cette poupée, c'est Maman. Bien sûr, Maman ne mettrait jamais un chemisier rouge avec un nœud sous le nombril, elle ne montrerait jamais un bout de ventre, et elle n'a pas de pantalon noir. Je dis à Sophie :

— Tu ne trouves pas qu'elle ressemble à ma maman ?

Des yeux ronds :

— Je ne vois pas ta maman habillée comme ça. Parce qu'elle est blonde, tu veux dire ?

— Oui. Je ne sais pas.

Ça m'énerve qu'elle ne le voie pas. Elle doit être jalouse. Je lui dis :

— Parce qu'elle est bien habillée, je pense.

— Ma maman aussi est bien habillée !

Je n'ai pas fait attention aux vêtements de la maman de Sophie. J'en ai un vague souvenir gris, bleu marine, rien de très précis. Je prends la poupée dans mes mains. Je lui tourne un peu les jambes, les bras. Son coude peut passer derrière son dos, sa jambe aussi, le pied derrière l'omoplate. Alors je comprends. Ce ne sont pas les cheveux qui me font dire ça, bien que Maman se fasse parfois coiffer comme ça, avec un gros chignon, très haut sur la tête, quand elle va chez le coiffeur à Marande. C'est autre chose. C'est la souplesse de danseuse, qui fait presque peur parce que sa jambe peut partir en arrière comme dans une arabesque et puis se tordre complètement au fur et à mesure qu'elle monte. C'est la position, les genoux et les bras tendus, le dos éternellement droit, le corps de plastique dur et léger. Bien sûr, toute nue, je ne sais pas, je ne vois jamais Maman toute nue. Mais cette poupée habillée, apprêtée, gracieuse, avec ses articulations élastiques et ses membres rigides, c'est Maman. La Bild Lilli est souple comme une danseuse, mais raide aussi, coincée dans le va-et-vient de mouvements qui ne varient jamais. L'idée me met mal à l'aise. Je n'insiste pas.

— J'aimerais bien que tu viennes jouer, un jour, chez moi, avec ta Bild Lilli. J'ai une maison de poupée qui lui irait tout à fait.

Sophie fait juste *mmhh,* comme si elle ne m'avait pas écoutée.

— Tu ne veux pas ?

— Je pense que Maman ne voudra pas.

— Pourquoi ?

Je sens que ce n'est pas le problème, mais j'ajoute :

— On a une très grande maison. Beaucoup plus grande que la tienne.

Sophie essaie de m'expliquer :

— Maman dit que ta famille est... je ne sais pas comment dire...

Je retiens mon souffle. Je ne comprends pas où elle veut en venir. Est-ce qu'elle pense qu'on est trop bien pour elle ?

— ... bizarre. C'est ce qu'elle dit. C'est ça. Vous êtes bizarres.

Bizarres. Ça fait comme une brûlure, légère au début, on ne sent presque rien, mais c'est au bout de quelques instants que le mal est fait, et alors il s'amplifie, et il dure. Le mot se pose une fois et laisse une sorte d'empreinte en moi. C'est comme si je l'avais vraiment vu se poser et repartir, comme un papillon qui aurait les pattes pleines d'encre et laisserait une tache derrière lui. Nous sommes *bizarres*. Qu'est-ce que ça veut dire, « bizarre » ? Je n'ai pas envie de lui poser la question, alors je fais comme si elle n'avait rien dit, comme si le papillon n'avait pas eu d'encre sur les pattes, je lui dis *viens, on joue* et je prends la poupée pour lui préparer son lit, et je retourne le mot dans ma tête, *bizarre*, pourquoi ? À cause d'Henri ? Je mets la poupée dans son lit, et j'entends la voix de Sophie qui dit non, c'est l'heure d'aller faire des courses, il faut qu'elle se lève, alors je la lève, je dis c'est le printemps, il faut qu'elle mette sa robe, elle sera bien, et dans ma tête je continue à penser *bizarre*.

— Pourquoi elle dit qu'on est bizarre, ta maman ?

— Je ne sais pas.

Maintenant que j'ai posé la question, je veux savoir. Maintenant que j'ai montré que cela m'intéressait, je ne lâcherai plus.

— C'est à cause d'Henri ? À cause de ce qu'il a dit l'autre jour à ta maman ? Dis-le-moi.

— Oui. Mais pas seulement. Elle dit aussi que ta mère est bizarre, qu'elle ne parle à personne. Qu'on dirait qu'elle dort debout. Qu'on ne voit jamais ton père. Et même…

— Quoi ?

— Ne t'énerve pas. Je l'ai entendu, l'autre jour, en parler avec la maman de Laure. Elle disait que c'était pas très clair, pourquoi vous êtes venus habiter à Saint-Germain. Elle disait que ton père vivait dans un endroit bizarre, la plupart du temps. Une « garçonnière ». Qu'elle ne voulait pas savoir ce qu'il s'y passait, mais que ta maman, elle, devait bien savoir.

— C'est quoi une garçonnière ?

— Je ne sais pas. Je me suis demandé aussi. Mais je n'ai pas voulu lui montrer que j'écoutais.

Elle réfléchit puis elle dit :

— Je suppose que c'est un endroit où vivent les garçons, mais je ne comprends pas ce qu'il y a de bizarre.

— Papa a un appartement à Marande, pour les soirs où il travaille tard à la clinique. Ça doit être ça. Mais ce n'est pas bizarre du tout. C'est parce qu'il ne veut pas rouler avec sa voiture dans la nuit, rentrer tard et repartir tôt. Ces jours-là, il dort dans son appartement.

— Un grand ?

— Je ne sais pas, je ne l'ai jamais vu.

— Eh bien, Maman dit qu'il s'y passe des choses bizarres, tu vois. Elle dit « pauvre Mme Pardieu », des choses comme ça.

Pauvre Mme Pardieu. Maman utilise le même mot pour parler de ceux de Sarget. *Pauvres gens*, elle dit.

— C'est idiot, Maman n'y va jamais, dans cet appartement. Quoi d'autre ?

— Ben… je ne sais pas. Sur Henri. Elle dit qu'il a un drôle de regard. Qu'il est peut-être brillant, mais qu'il doit causer du souci à tes parents.

Je suis d'accord avec elle, mais je ne dis rien. Je suis en colère contre Sophie, avec sa gentille maman, et son frère qui est gentil aussi, et qui ne doit pas la forcer à faire des choses sur le chemin de l'école. Je préférerais qu'elle ne m'ait rien dit. Mais elle est lancée, maintenant :

— Et puis, il y a ton petit frère.

— Paul ?

— Je ne sais pas comment il s'appelle.

— Paul. Je ne te l'ai jamais dit ? Eh bien quoi, Paul ?

Je pense à mon petit frère, en boule dans son lit, avec ses grands yeux brillants. *Quoi, Paul ?*

— Maman dit que c'est bizarre qu'il ne sorte jamais.

— Il est malade !

— Maman dit qu'il pourrait être mort, on ne le saurait pas, et puis tout à coup, on le voit, un jour, à la messe, et on sait qu'il est vivant, mais jusqu'à la fois d'après on n'est pas sûr.

— Mais c'est parce qu'il est malade !

— Malade de quoi ?

— Mais malade ! Tu sais pas ce que ça veut dire, « malade » ?

— Mais ne me crie pas dessus, c'est toi qui me demandes. Je te répète, c'est tout. Pourquoi tu pleures ?

— Je ne pleure pas ! Tu dis n'importe quoi.

Le coup part. Je la gifle. Elle me regarde intensément, je sens que ses yeux, à travers les larmes qui montent, essaient de comprendre, de lire en moi, de savoir si je vais la frapper de nouveau. J'ai l'impression d'être Henri. Elle a peur de moi. Et moi j'ai peur qu'elle appelle sa maman. Mais elle me dit doucement :

— Tu veux rentrer chez toi ?

J'ai envie d'aller à la maison. J'ai envie d'être avec Huguette. Huguette dit aussi des choses comme ça, elle dit *quelle famille de fous*, mais c'est un peu pour rire et puis, elle vit avec nous, alors bon, je trouve qu'elle a le droit. Parce qu'elle ne le pense pas vraiment. J'ai envie de rentrer. Mais plus Sophie pleure et plus ça devient évident : si je pars maintenant, je me fâche avec elle ; si elle raconte que je l'ai giflée, je ne pourrai plus revenir. Je me calme :

— Excuse-moi.

Je passe une main sur sa joue :

— Je t'ai fait une trace.

— C'est pas grave.

— Tu vas pas le dire ?

— Non. Si toi tu ne dis pas que je t'ai dit tout ça.

— D'accord.

Elle ne dira rien. Bon. Admettons. Mais il faut aussi qu'elle ait envie que je revienne.

— Tu veux jouer à quoi ?

— Pas à la Bild Lilli, me dit-elle avec méfiance, comme si tout était venu de là.

— D'accord. On fait ce que tu veux.

La maman de Sophie me raccompagne à pied. Je crois qu'elle n'a pas de voiture. Je ne suis pas sûre. On ne parle pas beaucoup sur le chemin du retour. Je me demande si elle trouve que moi aussi, je suis bizarre, ou si ça ne concerne que les autres. Quand on arrive à la maison, elle a l'air soulagée. On sonne à la grille, je lui montre comment on doit s'y prendre, avec la chaîne. C'est Huguette qui arrive, rouge et essoufflée, et qui se lance dans une explication dont je me passerais bien :

— Bonsoir madame, ah c'est vous qui ramenez la petite, ça tombe bien, Madame ne savait pas comment s'en sortir. Avec Monsieur qui ne rentre pas. Elle ne voulait pas laisser le petit tout seul, vous savez, il a une santé de moineau, le petit, c'est quand même triste à dire, mais le laisser tout seul, ou même à moi qui l'ai vu naître, enfin c'est une expression, j'étais pas là, bien sûr, mais enfin, je pourrais, j'aurais pu, disons, mais non, je ne m'occupe que des grands, Madame le surveille comme une crème sur le feu, ce petit-là.

La maman de Sophie a un gentil sourire, poli, et ouvre la bouche pour répondre. Mais Huguette ne lui en laisse pas le temps, elle déverse le trop-plein qu'elle a contenu en mon absence :

— Si Monsieur était là, encore… Mais même à lui, si elle le laisse, ça crée des histoires. Enfin je pense qu'il ne rentrera pas ce soir.

Et puis soudain on entend un bruit de voiture sur le chemin :

— Ah si, voilà Monsieur, ah ben tiens, on ne sait jamais vraiment, allez, attendez, je vais lui pousser le portail.

Et en l'espace de quelques secondes, elle ouvre la grille, laisse passer la voiture de Papa qui ne nous jette pas un regard, et elle se précipite pour refermer sur la maman de Sophie, à laquelle j'ai à peine le temps de dire au revoir. Quand le battant se rabat sur elle, elle a les yeux levés au loin, vers la maison, et les lumières de la chambre de Paul laissent apercevoir la silhouette de Maman, figée, droite, une statue qui ne nous salue pas.

Le lendemain, après le petit déjeuner, je vais commencer mes devoirs. J'aime bien travailler, parce que je sais que je le fais bien. De la conjugaison, c'est facile. J'entends qu'on pleure au premier étage. C'est Paul. Il appelle Maman. Elle accourt dans les escaliers : son pas est rapide, mesuré, un métronome sur les marches. Les pleurs s'arrêtent. Il y a une mésange à ma fenêtre, c'est le signe que le printemps s'installe. J'aimerais bien l'attraper, l'approcher au moins. Je me lève tout doucement. L'oiseau s'éloigne et va se poser sur le cerisier en face.

— Qu'est-ce que tu fais ?

On n'entend jamais Henri arriver. On ne sait jamais non plus comment il va être. Un coup d'œil : il a l'air normal. Inoffensif, disons. Je lui réponds :

— Il y avait une mésange à la fenêtre.

— Tu ne peux pas les approcher, laisse tomber. Elles ont peur de tout. Elles ont peur d'elles-mêmes.

En entendant ces mots, je me demande s'il va faire allusion à l'autre jour. Et avoir en tête de recommencer. Mais non. Je ne parviens même pas à voir sur son visage, dans ses yeux, s'il se souvient.

Il entre dans ma chambre en lançant des regards à droite à gauche, pour finir par tomber sur mon pupitre.

— Tu veux que je t'aide ?

Sans attendre ma réponse, il attrape une chaise, qu'il pose à côté de la mienne.

— Viens t'asseoir. Dis-moi, comment on conjugue le conditionnel présent ?

— Avec le radical du futur. On ajoute les terminaisons de l'imparfait.

— C'est bien.

Il me prend la main. La sienne est un peu moite. Je ne bouge pas, je ne veux pas l'énerver. Je voudrais disparaître.

— Tu veux qu'on s'entraîne avec les exercices du livre ?

— Non, merci. Je me débrouille.

— Tu as raison. Mais si tu as besoin d'aide, un jour, tu me diras, n'est-ce pas ? Il faut que tu travailles bien à l'école. Il faut que tu sois la meilleure et que tu fasses des bonnes études, et puis que tu t'en ailles, d'accord ?

— Oui, Henri.

— Il faut que tu sois forte, et que tu n'aies peur de rien. Ni de personne. Tu entends ?

Il me prend le visage dans ses mains, et me regarde

de très près, je ne peux pas me détourner. Je sens mon cœur qui bat très vite. Je me dis, je me répète *Maman est juste en dessous, Maman est là, elle est tout près, il ne va rien me faire*. Henri me répète *tu entends ?*, un peu plus fort. J'acquiesce silencieusement, j'ai voulu dire oui, mais le mot est resté coincé dans ma gorge. Ses yeux brillent, et il a l'air si triste qu'il me rappelle Paul, un bref instant :

— Il faut que tu sois forte.

Et il m'embrasse le front, longtemps. Je sens un peu de salive, et sa respiration profonde, lente. Moi, je ne respire plus. Il se détache un peu, prend ma main de nouveau :

— Ne laisse personne t'embêter. Même pas moi. Si je t'embête, il faut que tu essaies de me casser la figure. Il faudrait que tu essaies de me tuer, si tu as peur de moi, tu comprends ?

Puis il me serre dans ses bras.

15

Paul

Les premiers mois après que Paul eut claqué la porte de La Boissonnière, sa mère n'avait donné aucune nouvelle. Et puis un jour, en sortant de la fac, il avait aperçu en face, à la terrasse d'un café, la silhouette fine, la posture élégante et droite. Il s'était approché sans se presser. Il se laissait le temps de vérifier qu'elle était seule, et de se donner une contenance, de réfléchir à ce qui pouvait l'amener. Il craignait qu'il soit arrivé malheur à Françoise ou à Béatrice, la peur d'une mauvaise nouvelle lui coupait les jambes. Quand il comprit qu'elle n'était là que pour renouer, il fut tellement soulagé qu'il lui tomba dans les bras. On ne parla pas de Jean, qui ignorait certainement la présence de sa femme à Paris. Elle avait dû profiter d'une de ses escapades à Bordeaux. Quand Paul repense à sa mère, à ce long chemin sinueux qu'ils avaient parcouru ensemble, c'est ce moment qui lui réchauffe le plus le cœur : cette licence avec l'interdit absolu – l'autorité de Jean – pour venir voir son fils à Paris, et au-delà de la peur, l'enchaînement des petites décisions qui lui avaient fait prévoir une absence de son mari, planifier son voyage, consulter les horaires de train, acheter en avance son billet, faire sa valise, se renseigner sur l'endroit où Paul avait ses cours. Elle dont le comportement était si décousu, elle qui pesait si peu dans le poids des choses, elle dont rien ne dépendait jamais, elle avait consulté un plan de métro pour aller de la gare à la faculté. Cette position de sa mère penchée sur un plan, à Austerlitz, cette image d'elle qu'il n'a pourtant jamais vue, mais qui a forcément existé en dehors de lui, c'est celle qu'il garde au fond de son cœur comme un trésor.

Elle revint de temps en temps. Elle ne prévenait jamais. Elle connaissait l'emploi du temps de Paul et s'installait toujours dans le même café. À la terrasse l'été, derrière la vitre le reste du temps. Paul se disait qu'il y avait peut-être des moments où elle le ratait, où elle ne le trouvait pas. Il y pensait quand il avait un cours qui était déplacé. Parfois il venait quand même travailler à la bibliothèque de l'université, pour être sûr. Cela lui faisait mal d'imaginer sa mère, droite et digne, les yeux perdus sur les grappes d'étudiants, voyant l'heure passée, désemparée, constatant qu'elle était venue pour rien, surveillant sa montre pour s'assurer qu'elle aurait bien le temps de prendre son train avant le retour de Jean.

La première fois qu'elle était venue, Irène avait annoncé à Paul que Béatrice avait quitté la maison peu après son départ. Il avait fait comme s'il l'apprenait. Il s'était déjà rendu plusieurs fois au couvent Sainte-Catherine.

La silhouette d'Irène vieillissait à la terrasse du café. Elle ne faisait jamais de reproche, elle ne se confiait pas, elle ne demandait rien. Elle n'essayait pas de le faire revenir. Elle pensait sans doute que cela n'arriverait jamais. Paul avait fui La Boissonnière à la faveur d'une énième altercation avec son père, il en avait profité, il avait sauvé sa peau. Mais il se sentait coupable. Sa fuite donnait implicitement raison à Jean dans la dispute qui les avait séparés. Tout ce que son père avait dit ce jour-là se réalisait comme une prophétie. *Béatrice, Béatrice, tu n'as que ce nom à la bouche. Tu ne comprends pas, tu ne veux pas comprendre. Ta mère n'est plus la même depuis que Béatrice est là. Elle ne sera plus jamais la même. C'est une manipulatrice, cette femme. Elle vous a montés contre nous. Tu es en âge de le comprendre. Regarde dans quel état elle a mis la famille. Si elle n'avait pas été là, crois-tu qu'Henri...*

Béatrice qui est morte la semaine dernière, entre les murs du couvent Sainte-Catherine, entourée de ses sœurs devant Dieu.

Quand il avait rencontré Cléo, Paul avait commencé par être discret au sujet de sa famille. Il avait presque trente ans, il avait fini son doctorat, où se réalisait sa nature exigeante et méticuleuse. Il se sentait libéré, il faisait l'amour avec cette belle femme intelligente, il essayait de se dire que son métier de danseuse n'était qu'une coïncidence. Comme tout le monde avant elle, Cléo l'avait trouvé déroutant, introverti, baroque, mais elle en avait pris son parti. De bizarre, il devenait fantasque. En sa compagnie, Paul s'épanouissait enfin et paraissait sous un jour presque heureux. Ses tics nerveux s'amoindrissaient. Leur rencontre concordait avec le moment où il avait passé le barreau, une belle carrière s'ouvrait à lui, un avenir droit et lumineux se dessinait devant eux. Il n'avait pas eu envie de l'effrayer avec de vieilles histoires de famille, des disputes définitives. À vrai dire, il y pensait à peine. Il devenait un autre homme. La Boissonnière était loin. Henri était mort depuis tant d'années.

Mais il savait bien qu'il y passerait, qu'il fallait y passer. Le temps de l'intimité vint, avec ses confidences, ses questions. Alors il avait raconté, petit à petit, des bribes dont Cléo s'emparait pour y poser son regard clair. Cléo disait *ton frère schizophrène*, elle disait *ta mère dépressive*, elle disait *ton père violent* : tous ces mots expliquaient, classaient les maux de son enfance, de sa jeunesse, et malgré leur brutalité crue, les banalisaient parce qu'ils les plaçaient dans des catégories précises et universelles. Cléo avait extirpé Paul, par ces mots, du magma de la douleur enfouie, inexprimée. Il ne faisait plus corps avec sa famille, il était devenu un individu à part entière, qui s'en sortait, qui s'en était sorti. Cléo le voyait comme une victime résiliente d'une bourgeoisie étriquée et féroce qui se tuait elle-même, et elle n'avait pas de mots assez durs pour ce père violent et cruel qu'elle ne rencontrerait jamais. L'affaire se classait. Alors Paul baissa la garde et se livra tout à fait, sans avoir l'impression de le faire. Il se racontait : la grande maison, son enfance maladive, à l'écart, sa sœur protectrice, Huguette et son tricot, la déchéance d'Henri, et enfin Béatrice, l'importance de Béatrice.

Les premières fois où Paul avait parlé d'elle à Cléo, il ne l'avait désignée que par son prénom, qui lui était monté aux lèvres comme cela vient aux enfants qui ne s'ajustent pas à leur interlocuteur, trop pleins de leur propre univers, inconscients de sa singularité.

Et puis sa fiancée (dans les années 80 on disait encore *fiancée*) lui avait lancé, au milieu d'une conversation à bâtons rompus – conversation qu'il croyait inoffensive et paisible et dans laquelle, en réalité, Cléo se débattait pour trouver les mots justes – *mais en fait, tu es de ces familles où on est élevé par les bonnes.*

Paul se figea. La honte lui remonta du cœur au front d'un seul coup, et c'était comme s'il s'éloignait d'elle, de Cléo, comme s'il était aspiré de nouveau dans le chaos informe et insensé de La Boissonnière, comme s'il lui appartenait et qu'il n'y avait rien à faire pour essayer d'en sortir. Il était resté quelques secondes immobile, interloqué devant sa fiancée, devant l'ampleur de son incompréhension puis il avait dû rectifier, mais on ne corrige jamais tout à fait ces impressions initiales, l'empreinte sournoise des mots qui les frappent. Cette réalité-là avait durablement horrifié Cléo, plus que les morts tragiques, les dépressions et les coups de ceinture de l'enfance de Paul.

Paul avait reconnu ce jour-là le malaise qui avait miné Françoise quand ils étaient petits et qui l'avait épargné, lui. Il avait touché du doigt la seconde peau dans laquelle il avait toujours vu sa grande sœur et qui la séparait du monde, dont elle souffrait sans plus la voir, à travers laquelle elle tentait de respirer, et qu'on qualifiait, faute de mieux, d'*étrangeté.* Françoise souffrait de ses différences. Elle aurait voulu une maison à l'intérieur du village, une petite maison mitoyenne qui l'aurait fondue dans la vie de Saint-Germain. Elle avait passé son enfance à essayer de faire oublier qu'elle habitait cette grande maison qu'on appelait le *château*, qu'on ne voyait qu'à travers des grilles, dont on jasait sur les habitants, cette mère à laquelle on ne parlait pas à la sortie de l'école, ce père qu'on ne voyait jamais et auquel on prêtait une double vie, des maîtresses, d'autres méfaits encore. Paul n'avait pas eu conscience de tout cela. C'était Françoise qui lui avait révélé ce complexe, des années plus tard. *Toute ma vie, j'ai souffert que nous ayons l'air bizarre.*

Pour autant, elle n'était jamais partie. Les coquilles de l'enfance qui protègent mal, on ne parvient jamais tout à fait à s'en débarrasser. On passe tant de temps à s'en accommoder, tant d'énergie à les réparer, on oublie qu'on doit simplement les quitter un jour. Françoise avait réussi à surmonter l'étrangeté en l'adoptant à son tour. Au lieu de partir, elle était devenue cette vieille fille bizarre qui vivait encore avec ses parents, dans son lit simple, dans sa chambre d'enfant, à chérir à distance son petit frère, à le couver comme si elle l'avait enfanté elle-même – adorante, dévorante Françoise, éternelle enfant de la grande maison, une enfant sage et raisonnable qui s'était arrêtée de vieillir après avoir grandi trop vite.

Paul avait présenté Cléo à sa mère et à sa sœur, séparément. Cléo eut du mal à raccorder ensemble les deux femmes, à les imaginer vivre de la même intimité, se nourrir du même quotidien. Ce fut d'abord la dignité froide d'Irène, la main raide qui ne s'était pas attardée, le corps en retrait, le visage de cire qui s'efforçait de s'animer, de sourire – Paul était seul à saisir la bonne volonté de sa mère, il savait ce qu'elle lui coûtait. Irène s'était assise sur une chaise du petit salon de la rue Miollis, droite et tendue comme si elle s'apprêtait déjà à partir, et puis il y avait eu ce regard, quand Cléo lui avait dit qu'elle aussi était danseuse, dans lequel cette dernière avait lu de la sévérité, peut-être du mépris, et Paul une détresse qui lui avait fait détourner la tête. Cléo s'était efforcée de tenir une conversation qui n'avait pas duré plus d'une heure, Irène avait un train à prendre. La semaine suivante, Françoise sonnait à la même porte, Cléo inspira lentement avant d'ouvrir et tomba sur une grosse femme souriante et rose qui la serra dans ses bras, lui dit plusieurs fois avant d'enlever son manteau qu'elle était très heureuse de la rencontrer et que Paul lui avait beaucoup parlé d'elle – c'était faux, mais Françoise se nourrissait de clichés bon marché qui ne faisaient de mal à personne. Elle annonça qu'elle partirait vite et resta finalement dîner, répétant qu'elle ne voulait pas s'imposer, gênée d'être là, mais ses yeux brillaient d'un éclat qui contrastait avec l'opacité d'Irène, une semaine plus tôt. Cléo apprit au fil des rencontres à reconnaître les nuances différentes du même feu, une reconnaissance éperdue envers cette femme inconnue qui prenait désormais soin du fils, du frère.

On s'apprivoisa lentement, à coups de visite de six mois en six mois. Bientôt Cléo ne fut plus intimidée, et les venues d'Irène et Françoise, d'épreuves redoutables devinrent des corvées dont elle s'acquittait avec grâce parce qu'elles étaient courtes et occasionnelles. Irène garda sa distance initiale, et Françoise son embarras, mais Cléo comprit qu'elle n'en était pas l'objet, que c'était d'elle-même qu'Irène était distante, et Françoise embarrassée.

Irène n'abordait pas les sujets qui fâchaient, Françoise seule essayait de faire revenir Paul à La Boissonnière. Les choses pourraient peut-être s'arranger. L'eau avait coulé sous les ponts. C'était tout de même trop bête. Paul répondait invariablement la même chose. *Tu ne sais pas tout, Françoise.* Dans ces moments-là, Cléo trouvait que Paul avait le même air de pierre dure que sa mère. Françoise n'insistait jamais sur le moment et revenait à la charge la fois d'après, avec les mêmes mots figés et artificiels.

La naissance d'Émilia fut la seule occasion pour Irène et Françoise de venir ensemble. Elles avaient toutes les deux dormi rue Pérignon, étaient venues le lendemain matin à pied à Necker, à l'étage de la maternité. Paul avait surpris le regard de Cléo, résigné, quand elles avaient passé la porte, et il avait perçu, avec les yeux de la distance, les deux femmes endimanchées qui avaient l'air d'avoir presque le même âge, l'une élégante et glacée, l'autre engoncée dans sa robe grise à col Claudine, souriante et gênée. Une puéricultrice était là, une grande femme d'origine ivoirienne qui en avait vu d'autres et qui parlait fort. Irène et Françoise avaient échangé quelques mots avec elle, pendant que Cléo avait profité de leur présence pour aller prendre sa douche. La grande femme, joyeuse et énergique, penchée sur les spectres vieillissants de La Boissonnière, avait constitué un rapprochement incongru, une image qui avait amusé Paul en ce jour de naissance où tout lui avait paru engageant et facile. La même combinaison étrange, en négatif, le frappe devant le miroir tanné du palier, son image vivante et animée dans le décor terni de son passé.

16

Françoise

Je suis dans la salle de danse. Maman m'a dit d'y monter. Elle me rejoindra dans un quart d'heure, quand je me serai échauffée. Il fait frais, malgré le soleil du printemps qui tape sur le toit. Mais il n'y a pas de cheminée, pas de radiateur, c'est un ancien grenier, et tout le froid de la nuit est resté coincé là. Je suis sûre que dehors il fait chaud, et bon sur la terrasse, mais je n'ai pas le droit de sortir tant que je n'ai pas fait ma danse. Ma danse. *Tu as fait ta danse ?* C'est plutôt la sienne. La lumière du matin jette ses rayons par une lucarne du toit. Je suis en tenue, je fais des pas pour me réchauffer. J'écoute les bruits de la maison. Je n'entends rien. J'ai un quart d'heure. Un peu moins, si je veux être prête quand Maman montera et ne pas me blesser quand elle me fera travailler. Derrière le grand miroir, je vais chercher les livres que j'ai cachés. C'est toujours ça de gagné. Je vais m'allonger sur le parquet lisse, là où le soleil passe et éclaire le sol, qui est chaud sous mon ventre. J'ai pris *Le Club des cinq*, j'en ai trois. Papa trouve ça idiot. Il dit « inepte », mais je crois que ça veut dire la même chose. Moi, j'adore. J'aime Claude, qui voudrait être un garçon, et qui est toujours très courageuse. Annie me fait penser à Maman, c'est une vraie fille. J'aurais aimé être comme ça, petite et fragile, mais je n'ai pas les cheveux blonds, et le grand frère qui protège. Mon grand frère, il vaut mieux s'en méfier. Pas toujours. Ça dépend. Parfois, il est gentil. Cela fait des semaines qu'il ne m'a pas embêtée. Depuis la fois de la neige. Mais il ne ressemble pas à ceux qu'on peut trouver dans les livres de la Bibliothèque rose, c'est la seule chose dont je suis sûre.

J'entends des pas dans l'escalier. Maman est en avance, ou je n'ai pas vu le temps passer. Je glisse les livres derrière le miroir et je me place juste devant lui, vite, un pied sur la barre.

— Tends ta jambe et rentre ton ventre. Redresse-toi.

Moins une. Il faudra que je fasse plus attention.

— N'oublie pas de respirer. Redresse la tête. Allez. Non. Comme ça.

Pour une fois, Maman s'approche de moi, et lève la jambe, pose délicatement un pied sur la barre. Ce n'est pas parce que c'est ma maman, mais je vois qu'elle est belle. Elle est tout en noir, un bandeau dans les cheveux, un justaucorps, et elle a mis des collants de danse.

Elle a une taille fine qui ne bouge pas quand elle lève le pied. Dans le miroir, en face de nous, sa jambe est haute, raide, le pied en pointe. Je pense à la Bild Lilli. Alors j'examine le justaucorps noir : au niveau de la poitrine, il y a comme deux pointes. Pourquoi Maman a-t-elle encore des tétons ? Est-ce que ça aussi, c'est bizarre ?

— Il ne faut pas que tu penches vers la droite, dit-elle.

Elle tient toujours sa jambe, et son visage très près de son reflet. Elle se scrute dans le fond des yeux, longtemps, comme si elle regardait quelqu'un d'autre et voulait lui dire quelque chose. Je ne peux pas m'empêcher :

— Qu'est-ce que tu es belle, Maman.

C'est comme si ça l'avait réveillée. Elle se tourne vers moi, me sourit :

— Tu es gentille.

Puis elle s'adresse de nouveau à son reflet :

— C'est parce que je sais me tenir.

J'ai dansé une heure. Maman a mis le disque du *Lac des cygnes*, je sais qu'elle l'a dansé à Bordeaux, j'attends toujours qu'elle me raconte quelque chose de cette époque-là. Mais ça n'arrive pas souvent. Elle me fait faire des enchaînements. Seconde, échappé, sauté. Arabesque.

— Allez, on s'arrête pour aujourd'hui. C'est bien.

Maman se poste devant la fenêtre. Elle regarde

toujours par les fenêtres. Je la rejoins. On voit le bois de hêtres, et les collines couvertes de pommiers de Sarget. Tout appartient à Maman. Je me demande si elle y pense. Je me demande si c'est pour ça qu'elle a toujours un œil dehors alors qu'elle ne sort jamais – elle est très frileuse. Les Saure lui causent du souci, ces derniers temps. Parce que je crois qu'elle veut bien qu'ils restent, mais seulement si elle les embauche comme avant, avant la loi qui leur a permis de devenir locataires et indépendants, et eux ils ne veulent pas. Ils disent qu'elle n'a pas le droit. Elle dit que si, qu'il n'y a que leur fils qui aurait pu faire la différence et que leur fils est mort.

Après la danse, je dois faire ma toilette et me changer pour le déjeuner. En entrant dans ma chambre, je vois tout de suite une tache sombre sur mon oreiller. Je crois d'abord que c'est une souris, mais la tache ne bouge pas. Je m'approche. C'est un oiseau. Une mésange. Elle a les ailes repliées, et le cou tordu, la tête qui repose sur le côté, les yeux ouverts. Elle est morte.

Les chats apportent souvent à leur maître le produit de leur chasse, des souris, des oiseaux. Mais nous n'avons pas de chat.

J'enlève la taie d'oreiller et je m'en sers pour tenir la mésange sans la toucher, la porter jusqu'à la fenêtre. Son petit corps est encore un peu chaud, je ne sais pas pourquoi je pense à Paul. Je détourne la tête, je ne veux pas la voir. J'ai envie de vomir. Je la pose pour ouvrir la fenêtre. Il n'y a personne en bas. Il faut reprendre la mésange, et j'ai comme un haut-le-cœur. Je veux la jeter aussi loin que possible, mais comme je retiens la taie, mon geste s'arrête et la mésange m'échappe. J'entends ma voix dire *non,* doucement. La mésange est tombée le long de la maison, et ça fait un bruit mou. Elle a dû atterrir sur la gouttière. Ce n'est peut-être pas mal, finalement. Je ferme la fenêtre. Est-ce que je vais mettre la taie au linge sale ? Huguette me poserait des questions. Je regarde le tissu, il n'y a pas de trace de sang ni de tache. Je remets la taie sur l'oreiller, que je retourne pour que mes cheveux ne touchent pas le côté de l'oiseau quand je me coucherai ce soir.

Maman passe sa tête dans ma chambre, une minute plus tard.

— Françoise ?

Pourvu qu'elle n'ait rien vu. Mon Dieu, si vous existez, faites qu'elle n'ait rien vu.

— C'est toi qui as ouvert la fenêtre ?

— Oui.

— Mais enfin, qu'est-ce que tu trafiques ?

— Je ne sais pas, je voulais voir s'il faisait froid.

— Mais bien sûr qu'il fait froid, ma parole ! Tu crois que ton frère n'est pas assez malade comme ça ? Tu veux refroidir toute la maison avec des courants d'air ?

Elle passe sa main sur son visage, met son pouce

et son index dans le creux de ses yeux, comme si elle voulait chasser une migraine.

— Tu crois que je n'ai pas assez de soucis ?

Elle ne bouge plus, debout devant la porte, et j'ai l'impression qu'elle va se mettre à pleurer, parce que sa voix fait un drôle de tremblement. Mais elle finit par partir. Et peut-être qu'elle pleure, après tout. Mais pas devant moi. Maman a des ennuis que je ne vois jamais précisément.

Ce qui lui donne le plus de soucis, c'est Paul. De plus en plus, depuis cet hiver. Il a une nouvelle maladie, une qui dure, en plus des autres. Même son anniversaire de quatre ans, qui était en mars, il l'a passé dans son lit.

Maintenant, la nuit, Paul a du mal à respirer. Souvent, Maman finit par aller s'étendre à côté de lui. Ça s'appelle de l'asthme. Paul respire mal, il siffle, et ça fait venir Maman, et elle vérifie qu'il continue à respirer et qu'il ne s'étouffe pas (je crois). Il doit prendre beaucoup de médicaments. Comme Papa est docteur, il connaît des tas de médecins qui lui conseillent des tas de remèdes, mais l'asthme ne s'arrête jamais vraiment, et en plus, Maman dit que les médicaments sont dangereux et qu'ils empêchent Paul de dormir. Elle ne veut pas lui donner. C'est vrai qu'il ne dort jamais, Paul, il ressemble à un écureuil, un petit animal qui tremblerait tout le temps, agité, toujours éveillé, une souris prise dans un piège. Il se couche tard et il veut que Maman reste à côté de lui, et s'il se réveille dans la nuit et qu'elle n'est pas là, il pique des colères épouvantables, et il commence à s'étouffer, mais de toute façon Maman n'est jamais bien loin. Huguette n'a même plus le droit de rentrer dans sa chambre. Ni moi. Ni Henri sans doute, mais Henri n'y va jamais de toute façon.

Papa est agacé, il dit que Maman le protège trop. Que Paul ne va pas s'arrêter de respirer si Maman arrête de le regarder (et je pense qu'il a raison). Mais je vois bien qu'il est inquiet aussi.

Et puis, Paul ne mange plus. Ça aussi, ça agite Maman. S'il est à table, on lui remplit son assiette, et il reste devant, il ne bouge plus. Une statue.

Maman passe tous les repas à scruter Paul, et elle soupire, et elle lève les yeux au ciel, ou vers Papa, comme pour lui dire *non mais tu vois*, parfois elle met la tête dans ses mains (et elle non plus, elle ne mange pas). Alors Papa se fâche aussi, mais plutôt contre Maman, il lui dit d'arrêter, qu'elle n'arrange rien. Un jour, il a même cassé son assiette. Qui était pleine, en plus. Il s'est redressé, au milieu d'une phrase, il a pris son assiette, il a levé les bras bien haut, s'est arrêté en l'air, et il l'a fracassée sur la table, de toutes ses forces. Il y avait du pot-au-feu, et la viande s'est étalée sur la nappe, avec le bouillon et tout. On pourrait croire que c'était rigolo, mais franchement pas du tout, et Henri et moi on ne s'est même pas regardés, on n'avait même pas envie de rire, enfin moi, en tout cas, je n'avais tout simplement pas envie d'être là, j'avais envie d'être très loin, j'avais le cœur serré dans la poitrine et je ne respirais plus tellement. Et puis Papa a quitté la pièce. Paul n'a pas bougé.

Bien sûr, Paul n'a pas *complètement* arrêté de manger. Sinon il serait mort, c'est Henri qui me l'a dit. Seulement il ne mange plus que des tout petits morceaux de pain qu'il met dans son assiette et qu'il mouille avec de l'eau, ou bien parfois un morceau de gâteau aux pommes.

Au début, je pensais qu'il faisait ça pour embêter Papa, ou pour faire son intéressant avec Maman, mais je n'en suis plus sûre. Il a plutôt l'air d'avoir envie qu'on ne s'intéresse pas à lui. Une fois, quand je croyais qu'il faisait exprès, je suis allée dans sa chambre après le dîner, en cachette. Il était déjà couché. Je lui ai apporté du raisin, en lui disant qu'il devait avoir faim et en lui caressant la main pour lui montrer que j'étais de son côté. Mais il a tourné la tête vers le mur sans répondre.

Papa a essayé de le faire manger de force, aussi, en lui pinçant le nez, pour qu'il ouvre la bouche, mais il a fini par faire une crise d'asthme, alors Papa a arrêté.

Il y a quelques semaines, juste après Pâques, Papa a fait venir de Bordeaux un collègue qui est resté deux jours, pour pouvoir assister à une des crises de Paul. C'était un monsieur assez bizarre, avec des moustaches gigantesques, et qui sentait la bougie. Le docteur Pélardon. Il a dîné avec Papa et Maman, et quand la nuit est arrivée, il s'est assis sur une chaise, sur le palier du premier étage, entre leur chambre et celle de Paul. Il avait un petit carnet et un crayon à côté de lui. Paul est monté pour se coucher avec Huguette, et il a réclamé Maman, alors elle est venue. Elle est rentrée dans sa chambre pour l'embrasser et lui dire bonsoir, et elle est ressortie, comme si c'était ce qu'elle faisait tous les soirs. Alors que d'habitude, elle reste jusqu'à ce qu'il s'endorme. Mais ce soir-là, je crois qu'elle n'a pas osé faire ça devant M. Pélardon, alors elle est sortie de la pièce, comme si c'était à moi qu'elle avait dit bonsoir, ou à Henri (et encore, elle ne vient pas souvent nous embrasser dans notre lit). On a entendu une espèce de hurlement depuis la chambre de Paul, long, comme celui d'un animal, comme celui d'un loup, mais avec la gorge. Ça faisait peur.

Il a tellement crié sans reprendre sa respiration, ça a duré si longtemps, ce cri, qu'on a fini par n'entendre qu'un sifflement, sur la fin. Ce n'est pas l'asthme qui l'a étouffé ce soir-là, c'est la colère. Maman est restée avec Paul, elle n'est plus ressortie de la chambre. Le collègue de Papa prenait des notes. Il est resté là toute la nuit sur sa chaise.

Le lendemain, M. Pélardon s'est enfermé avec Papa dans le bureau pendant au moins deux heures, et ils parlaient bas. Je ne sais pas ce qu'ils se sont dit, mais quand il est parti, ça a été au tour de Maman de s'enfermer avec Papa dans le bureau, mais là ils ne parlaient plus bas du tout, Papa se fâchait, criait, disait que c'était un *cercle vicieux*, que ça ne *relevait pas de cette branche de la médecine*, des choses comme ça. Je n'ai pas très bien compris. Il a parlé d'une institution. Je ne sais pas ce que c'est. J'avais les mains qui tremblaient, surtout que Maman aussi a crié, ce qui ne lui arrive vraiment pas souvent, et surtout pas avec Papa. Quand elle est sortie, elle a claqué la porte du bureau, et j'ai cru que mon cœur allait s'arrêter. J'ai cru que le monde allait s'arrêter. J'ai chanté tout bas la chanson qu'Huguette m'a apprise, je ne dis pas les paroles, je fais seulement rouler les notes dans ma gorge, comme si c'était quelqu'un d'autre qui chantait. D'habitude, c'est pour bercer Paul. Mais ça me fait du bien quand j'ai peur. Ça fait comme si on n'était pas seul, quand on chante pour soi. Ça réconforte, lorsqu'on sent qu'il peut se passer quelque chose de terrible.

Mais en réalité, il ne s'est rien passé du tout. Le soir même, Paul a de nouveau sifflé en respirant, et Maman a recommencé ses allers-retours.

Depuis deux semaines, Paul ne sort plus du tout de son lit. Je crois qu'il ne mange plus assez. Il doit être encore plus maigre qu'avant, mais je n'ai pas le droit d'aller dans sa chambre, alors je ne sais pas. Maman reste avec lui, la plupart du temps. Et même Papa ne crie plus. Il y a encore un docteur qui est venu, mais celui-là, je n'ai pas réussi à le voir, il est arrivé pendant que j'étais à l'école. Et après son départ, Papa et Maman n'en ont pas parlé comme la dernière fois.

Maman s'est enfermée dans sa chambre et Papa est parti. Il n'y a plus un bruit dans la maison. Je chante la chanson dans ma tête.

17

Paul

Paul pousse la porte de la chambre d'Henri, vide depuis si longtemps. C'est peut-être le seul endroit de la maison qui ne le menace pas d'une réminiscence douloureuse. Il n'y a pas de surprise, aucun souvenir qui lui sauterait aux yeux ou au cœur. Un lit, une table, un coupe-papier, quelques livres qui ne disent rien à Paul. Sur le bureau, une pile de cahiers d'écoliers. Paul s'approche : ils datent du cours préparatoire. Pourquoi de si vieux cahiers, posés là depuis toujours ? Pourquoi pas des cahiers plus récents ? Les Saure ont dû faire une sorte de tri, de ménage.

Presque dix ans séparaient Paul de son frère ; la chambre d'Henri avait toujours été plus ou moins vide, parce qu'il avait été pensionnaire dès le collège. C'était ainsi qu'on avait essayé de résoudre ses problèmes de comportement. La maladie avait fait le reste, après le lycée. À cette époque, on diagnostiquait peu ou mal les troubles psychiques, on les portait comme une croix honteuse, un fardeau qui ne dit pas son nom. Henri avait fini par disparaître de l'hôpital psychiatrique. On s'était inquiété, bien sûr, on l'avait cherché. Mais on n'avait pas été surpris, son absence avait même apporté sa part de soulagement, inavouable et légal – puisqu'il était majeur. C'était mort qu'il avait reparu, quand la police avait téléphoné pour dire qu'un jeune homme s'était jeté sous un métro, à Paris, à la station Glacière, dans le 13e arrondissement, qu'on avait sans doute réussi à identifier le corps, mais qu'on avait encore besoin d'une confirmation. Jean s'était acquitté de cette tâche. Qui d'autre ? Paul était encore petit. On ne lui avait pas dit tout de suite comment ça s'était passé. Cette mort-là, cette façon de mourir, avait encore accentué le silence dans la grande maison. Ou peut-être qu'elle l'avait causé, il était difficile de se souvenir comment on avait été avant.

C'était Béatrice, longtemps après, qui avait choisi les mots pour expliquer à Paul. Ça avait été pénible et triste, parce qu'elle était très touchée par la mort d'Henri et qu'elle avait pleuré tout le temps où elle lui avait raconté ce qui s'était passé. Paul n'avait ressenti de peine que pour elle, parce qu'Henri n'avait été qu'un étranger dans sa vie d'enfant, avant de devenir ce spectre en creux, cette absence pesante, épaisse.

Ce soir, en regardant le bureau, le lit en bois, la maquette d'un bateau sur la cheminée, les livres colorés sur les étagères, Paul comprend que c'est le décor d'une vie à peine commencée qu'il a sous les yeux : la chambre d'un adolescent qui aurait eu l'avenir devant lui, et un présent solide et bien réel. Paul pense à ses propres enfants, à peine plus jeunes qu'Henri quand ce dernier avait décidé de mettre fin à ses jours, il pense à ce garçon qui n'avait jamais rien connu d'autre que le trouble, qui n'avait pas réussi à se lancer dans la vie, à quitter la maison sans dommage. Paul cherche la voix d'Henri dans ses souvenirs, son visage, et retrouve les traits d'un adolescent envers lequel il éprouve un élan de pitié et de responsabilité. *Pauvre gosse*, se dit-il pour la première fois. Il referme la porte. En définitive, il n'y a pas de recoin inoffensif à La Boissonnière.

Allons, le temps presse. Il aimerait travailler, envoyer quelques mails, se coucher, prendre un livre, regagner le cours du présent. Mais il faut d'abord trouver les livrets, si possible sans y passer la nuit.

Dans la chambre de ses parents, Paul note un certain nombre de changements. Le lit s'est élargi. Un lit de vieux, avec deux matelas séparés dont la tête peut se surélever, comme à l'hôpital. Des tableaux qu'il ne reconnaît pas ; peut-être les a-t-il oubliés. Un petit secrétaire trône désormais devant la fenêtre, et dessus, le stylo de sa mère, du papier à lettres que son père n'aurait pas acheté. Il ouvre un tiroir, tombe sur des dossiers médicaux, des radios, des ordonnances au nom d'Irène et de Françoise. Un autre tiroir : des lettres. Il parcourt les enveloppes, la plupart viennent de lui. Son écriture a changé au fil du temps, s'est affinée. Il est tenté de les lire, mais le temps lui manque. Il y en a quelques-unes de Béatrice. Plus tard. Il prend tout le paquet avec lui. Dans les autres tiroirs, il n'y a que des crayons, des gommes, de l'encre.

Dans la table de nuit de sa mère, des médicaments pour dormir, du paracétamol. En regardant celle de son père, Paul se demande s'il espère y trouver quelque chose, un indice qui éclairerait la vie de cet homme qu'il a à peine connu. Quelque chose qui alimenterait sa rancœur, ou son indulgence.

Il réfléchit un moment avant d'ouvrir, pèse les différentes options. Le tiroir d'une table de chevet, c'est là qu'on peut s'attendre à trouver des secrets intimes, des symboles. Du sens. Mais il n'y a rien. Pas de trace des livrets non plus.

Ce sera donc dans le bureau. Paul aurait préféré l'éviter. Ce ne sont pas les plus beaux souvenirs.

Au rez-de-chaussée, il passe une tête dans le salon. Les meubles sont couverts des grands tissus qu'on utilisait déjà quarante ans plus tôt, si par extraordinaire toute la famille devait s'absenter. On demandait aussi à Huguette de laver les draps, d'aérer la literie, à Béatrice de vider les cendres de toutes les cheminées. Huguette partait chez sa sœur, Béatrice parfois les accompagnait à la mer. Paul cherche rapidement des émotions, des souvenirs, mais ils affleurent à peine. C'était une pièce de réception qui n'en avait que le nom : on ne recevait pas grand monde. Pour autant, les enfants y venaient peu. Même chose pour la salle à manger, couverte de boiseries qui assombrissent l'atmosphère et de tentures qui la feutrent. Béatrice la plupart du temps faisait prendre aux enfants les repas dans la cuisine. Souvent elle se mettait à table avec eux. Les yeux de Paul se posent sur la cheminée, sur la petite pendule Empire. Il lui semble que quand il était tout petit, oui, Huguette servait la famille au grand complet dans la grande salle à manger. Il revoit des moments flous, ses parents à table, et à côté de lui, Béatrice. Curieux. Tout se mélange quand on a passé sa vie à essayer d'oublier. Soudain, ça frappe Paul : il n'y a aucune photographie nulle part. Y en avait-il quand il était enfant ? Il essaie de s'imaginer Irène qui retire les cadres un à un, au fur et à mesure des déceptions, des départs, des désaffections. Quelle sorte de mère n'a pas de photographie de ses enfants posée sur la cheminée, ou collée contre le réfrigérateur ? C'était comme une vie pour rien, puisqu'il n'y en avait plus de trace.

Dans le bureau de ses parents, il retrouve intacte la position des meubles, le gros bureau imposant de son père, au centre de la pièce, le guéridon, contre le mur, près de la cheminée, devant laquelle les deux fauteuils se font face. Seul manque le secrétaire de sa mère. Il pourrait entendre leurs voix, celle de son père, grave et sentencieuse. *Je serai absent la semaine prochaine. Tu pourras prendre tes repas avec les enfants, Irène. Cela te permettra de veiller à ce qu'ils se comportent correctement.* Celle de sa mère, lointaine. *Oui. Je crains cependant de ne pas pouvoir faire grand-chose. – Béatrice le gâte trop, ma chère.* La syntaxe parfaite, le maintien irréprochable, le dos légèrement voûté de son père, sa tête penchée sur un livre, jamais de roman, des livres de médecine, pour la plupart, la tenue de sa mère, absorbée par le feu et quelque malheur qu'elle verrait au-delà des flammes, Jean et Irène hiératiques, figés pour l'éternité dans la pièce, *Viens nous embrasser, Paul. — Veux-tu que je monte pour te dire bonsoir ?* Paul n'entend pas sa propre voix qui répond, mais il sait : *Non, ce n'est pas la peine, Béatrice est là-haut.* Le soupir de son père, ses yeux sur le livre, ceux de sa mère sur les flammes, un baiser sur le front avant de quitter la pièce et de pouvoir respirer de nouveau à l'air libre. D'autres mots y ont été prononcés plus tard, *si tu pars, tu n'es plus mon fils. — Arrête, Jean, je t'en supplie.*

Avec le temps et la distance, la colère de Paul a perdu de sa vitalité, le ressentiment a fait place à l'indifférence, comme s'il s'agissait d'une autre histoire, d'une autre famille que la sienne. Paul mesure la force de l'expression « couper les ponts ». À la limite, il se sent de l'empathie pour l'enfant qu'il a été.

Il va droit sur le bureau de son père. Il reste des

ordonnances vierges et jaunies, des classeurs gris, des contrats d'assurance, de mutuelle, des formulaires administratifs, des actes de propriété qui pourraient être utiles. La signature de son père, comme sur ses bulletins scolaires. *Henri avait eu les félicitations, à ton âge. Ton manque d'appétit pour les mathématiques te portera préjudice. N'est-ce pas, Irène ?*

Enfin, les voici. Le premier, mince, bleu roi, rigide et couvert d'un velours râpé. Et puis l'autre, celui de sa mère et de sa tante, plus vieux, sans couverture, en papier cartonné. Ce n'était pas si difficile. Paul les ouvre pour vérifier et les feuillette rapidement. Mais il connaît par cœur tout ce qu'ils contiennent. Sous les livrets, il trouve même les actes de naissance et de décès. C'est tout ce qu'il reste d'eux, avec la mémoire de Paul.

Dans l'entrée, un petit bruit. Il y a peut-être des souris. Mais le bruit recommence, c'est un cognement régulier, trois coups. Un silence, et trois coups de nouveau. C'est la porte. À travers la vitre polie se découpe la silhouette de la vieille Saure, toute proche, qui cherche à distinguer ce qu'il se passe à l'intérieur.

— Oui, madame Saure ?

Elle ne s'attendait pas à ce qu'il ouvre si vite, sans doute. Elle sursaute :

— Je venais voir si vous n'aviez besoin de rien.

— Je vous remercie. Tout va bien.

— Il faut vraiment que vous veniez nous rendre visite. Quand j'ai dit à André comme vous aviez changé… Ça lui ferait du bien, voilà. En ce moment c'est dur. Mais enfin, on est presque à la fin. Et puis il faut qu'on parle de la suite. Comment vous voyez les choses.

Paul garde le silence. Ça a toujours été dur pour ceux de Sarget. Ils joignent à peine les deux bouts, ça n'est pas nouveau. André avait été salarié des Pardieu pendant des dizaines d'années. Françoise était toujours sur son dos, alors qu'elle n'y connaissait rien. Quand elle venait à Paris, elle détaillait à Paul tous les méfaits agricoles de son employé : il s'y prenait mal, il laissait pourrir le foin, il était désorganisé, il perdait de l'argent. Il fallait toujours que Françoise y mette de sa poche. Paul avait renoncé depuis longtemps à répondre à sa sœur. C'était à peine s'il l'écoutait. À la mort de Françoise, plus personne n'avait eu le cœur de s'en occuper et André était devenu indépendant, locataire de nouveau. Mais on ne s'improvise pas entrepreneur après une vie de servitude. Huit ans plus tard, il a toujours autant de mal à s'acquitter du bail. Paul suit ça de loin depuis la mort de son père, il ne vérifie pas si les Saure paient leur loyer. Ça ne vaut pas grand-chose. Parfois, il reçoit des lettres, des mails, qui sollicitent des délais de paiement. Il accepte toujours. Quand il reçoit une demande sur le répondeur de son téléphone, il répond par écrit. Il est gêné d'être dans cette position, d'être celui de La Boissonnière. Dans le ton d'André, il entend ce que les Saure ont dû endurer de sa sœur, puis de ses parents : l'ignorance, le mépris, l'ingérence.

Depuis quelque temps, il a cru comprendre qu'André avait accepté de produire des veaux pour une grande compagnie agroalimentaire. Sécurité de l'emploi, des revenus. On lui avait même payé un bâtiment tout neuf. Il a peut-être enfin pu sortir la tête hors de l'eau. Mais la retraite approche. Les Saure vont devoir partir. Les deux vieux seront mieux dans un appartement, en ville. Le loyer sera moins élevé. Ils auront tous les commerces à proximité.

La vieille reste là, à scruter le visage de Paul. Elle ajoute :

— Et puis tant que j'y suis... On n'ouvre pas la maison souvent. Ça vous embête si je jette un coup d'œil au grenier ? Mon mari m'a dit que la charpente. Il faut surveiller. Il y aurait des traces de suintements. Tout de même.

— Je vous en prie.

S'il avait eu le temps d'y réfléchir, Paul aurait certainement refusé. Mais elle l'a pris de court, la vieille, avec son grenier. Quand il a entendu le mot, l'image s'est réveillée. Le grenier. Il n'y pensait même plus. Il n'écoute pas la vieille qui se justifie en respirant péniblement dans les escaliers. Il la suit avec une sorte de curiosité impatiente. Même quand il vivait ici, il n'y allait qu'une fois par an. Il pourrait compter sur les doigts de la main les fois où il en a eu le droit, en dehors de ces occasions rituelles. La vieille pousse la porte du deuxième étage, un escalier plus étroit, sombre, les mène à une autre porte. Pas de serrure, l'interdit était plus fort que tous les verrous. Un seul interrupteur illumine d'un seul coup toute la pièce d'une lumière chaude et douce, une dizaine de lampes qui se reflètent à l'infini sur les miroirs au mur. Du bois partout, un beau parquet doré sur le sol, la charpente arquée, en chêne, les rampes lisses, à hauteur de main, sur tout le tour de la pièce.

On avait fait installer une salle de danse pour sa mère, quand ils avaient emménagé à Saint-Germain. Était-ce pour qu'elle y donne des cours ? Ça n'était jamais arrivé. Mais elle y enseignait la danse à Françoise, qui détestait ça. C'était une folie, un petit bijou qui avait dû coûter une fortune. Une générosité de son père, à moins que ce ne soit l'idée de Marthe, la mère d'Irène. Les miroirs étaient fragiles, les boiseries délicates, les garçons n'avaient rien à y faire et n'avaient le droit de venir qu'à la fin de chaque année scolaire. Paul n'avait plus pensé à cette pièce parce qu'elle n'appartenait pas à son enfance, mais à celle de sa sœur.

La vieille s'affaire, observe la charpente, fait semblant d'inspecter les poutres. Elle commente à voix basse, *ici ça va, est-ce que c'est là, qu'est-ce qu'il m'a dit,* Paul n'écoute pas. Elle fait traîner. Qu'importe, il en profite. Il passe la main sur les rampes, évite comme il peut son reflet dans les miroirs. Peut-être est-ce la lumière, plus vive, qui lui rend cette partie de la maison plus réelle que tout le reste ? Ici, le passé remonte, plus net et plus pur parce que Paul ne l'a pas remâché, modifié au fil des ans. Il avait oublié. Voilà que lui revient l'image de sa sœur, vers les huit ans, peut-être. Chaque dimanche après la remise des prix à l'école, elle devait montrer ses progrès à tous, et on se réunissait sur des chaises mises en rang au fond de la pièce pour assister au spectacle. Comment a-t-il pu enfouir ce souvenir ? Irène lui composait des chorégraphies sommaires sur de grands thèmes de ballets. Même son père était là. C'était court, mais interminable, parce qu'on voyait les yeux rembrunis de Françoise se détourner quand ils croisaient les vôtres. À la fin, la fillette faisait un petit salut au milieu des applaudissements épars, serrée dans son justaucorps, gauche et malheureuse. Huguette en faisait des tonnes et sa mère, indéchiffrable, ne disait rien. Combien d'années cela avait-il duré ? Françoise avait fini par arrêter la danse. Quand elle est rentrée au collège, peut-être ? Paul se débat avec sa mémoire, il ne sait plus. Mais il revoit nettement le pauvre visage un peu bouffi de sa sœur, blessé et volontaire, et sa gorge se noue. La colère lui remonte en même temps que la peine. Avec le temps, il en veut moins à ses parents de leur violence que de leur exigence froide, leur distance. Ils n'avaient jamais dû frapper Françoise, ou si peu. Mais l'avaient-ils déjà prise dans leurs bras, encouragée ?

C'était une autre époque, après tout.

Paul avance en faisant glisser sa main, le front baissé. C'est Françoise, la dernière personne qui a touché cette rampe. Françoise petite. Elle le portait dans ses bras, même quand il n'était plus un bébé. Elle l'attrapait, il se laissait faire et elle l'embrassait dans la nuque. Une tache de couleur vive attire le regard de Paul vers le sol. Un pan de miroir s'est légèrement décollé, et derrière lui, calé contre le mur, il y a quelque chose. Un livre. Paul l'attrape. *Le Club des cinq.* Il inspecte le creux, en trouve encore deux. *Pauvre Blaise* et *Le Pays où l'on n'arrive jamais.* La vieille chevrote :

— Ce sont des livres, que vous avez trouvés ?

Il préfère ne pas répondre et demande :

— Vous avez fini ?

— À l'instant. Je pense que tout va bien. Il s'inquiète pour des riens, André.

C'étaient des livres de Françoise. Sur le chemin de Sarget, elle lui tenait la main quand les chiens arrivaient. C'était elle qui avait peur des chiens, mais elle se mettait devant son petit frère, leur hurlait d'aller plus loin, tandis que Paul les excitait de la voix.

— Je vais éteindre, d'accord. Ça va ? Vous n'avez pas l'air bien. C'est les voyages, ça. On croit que c'est anodin mais ça fatigue. Vous devriez vous reposer.

Vous êtes jaune comme un tronc de platane. Asseyez-vous donc.

La vieille est partie. Paul pousse la porte de sa chambre et s'assoit sur le lit. Il tient les trois livres serrés. Françoise lui lisait des histoires le soir. Il n'ose pas prendre l'album des tigres sur l'étagère. Elle pouvait le lire dix fois de suite sans jamais se plaindre. C'est difficile de superposer les deux images de Françoise, la petite fille qu'il voyait si grande, et la vieille fille qui irritait Cléo, qui l'agaçait lui, qui s'y prenait mal avec les enfants, s'impatientait rapidement et passait son temps à dire du mal des Saure. Deux personnes différentes, et entre les deux, rien qui ne fasse le lien. Quelle jeune fille a-t-elle été ? Il n'y avait pas prêté attention à l'époque et personne, désormais, ne pourra l'aider à se souvenir. Un instant il songe à aller ouvrir la porte de la chambre de sa sœur. Mais il reste là.

La vieille lui avait promis de la chaleur. Mais cela doit faire deux heures qu'il est arrivé et le froid lui fait presque mal. C'est parce qu'il ne bouge pas, assis sur son lit, les livres dans les mains. Il décide de faire un feu.

La réserve de bois, dans le bûcher, est à peine entamée. En cherchant des allumettes dans les tiroirs de la cuisine, Paul tombe sur des bricoles, des tire-bouchons, des carnets, des ustensiles de cuisine en cuivre, des médicaments, du scotch, des feutres, des étuis à lunettes, des piles usagées, un dé à coudre, de la colle, un savon, des cartes de visite. *Monsieur et madame Jean Pardieu.* Il est saisi soudain d'un grand découragement. Il va falloir tout vider, se plonger dans chaque buffet, dans chaque coffre, chaque placard, évaluer, trier, choisir, hésiter. La voix de la vieille bonne peuple la cuisine. *C'est bourré jusqu'à la gueule, dans cette tirette, le bargnolon, c'est encore la pauvre Huguette qui va devoir ranger ça.* Paul a une bouffée de reconnaissance envers Cléo, dont il sait qu'elle fera cela mieux que lui, avec une régularité efficace et une idée pour chaque chose. Il a déjà pu lui reprocher cette attitude détachée, terre à terre, mais il lui faut être honnête : sans l'indifférence parfois crispée de sa femme envers l'enfance de Paul, envers sa famille, envers ce nœud de vipères qu'aura constitué sa lignée, il n'aurait peut-être pas pu construire sa vie ailleurs, sa vie à lui.

Dans sa chambre, la trappe de la cheminée est ouverte, le bois est si sec que les branches s'embrasent d'un coup. Le crépitement anime et réchauffe la pièce. Paul rapproche son lit, pas trop tout de même, pour ne pas risquer une braise sur son sac de couchage. Il attrape son téléphone sur le bureau et compose le numéro de Cléo. Rien à signaler. Les enfants sont déjà couchés. Oui, Émilia a dîné, pas grand-chose, mais enfin. Elle a suivi tout le protocole donné par l'hôpital. Elle était plutôt gaie. On a parlé de reprendre les cours dans un mois et elle a montré de l'enthousiasme à cette idée, même si ça l'effraie aussi, évidemment. La voix de Cléo est encourageante. Elle n'insiste pas trop, elle sait que ce n'est pas un jour ordinaire :

— Pas trop dur, toi ? Tu tiens le coup ?

Il lui sent une sollicitude affectée. Parfaite Cléo, qui gère tout, sait tout, excuse tout. Elle aime que l'on dise qu'elle est exemplaire. Que Paul a de la chance de l'avoir. Elle tire fierté de son énergie solaire et généreuse, qui se frotte à sa passivité à lui, à son introversion. Elle y trouve son compte. Il sait bien qu'il n'est pas un cadeau, au quotidien. *Les deux pieds dans le même sabot*, aurait dit Huguette. D'habitude, il se laisse faire. Mais ce soir, que Cléo le mette sur le même plan qu'Émilia, comme si elle était la seule à comprendre et à porter toute la peine du monde, ça l'agace. Et puis pour la première fois, il se débat avec l'idée ancienne qu'il est lui aussi, lui toujours, un enfant malade. C'est peut-être ça, vieillir. Il n'est plus au centre, il est temps que tout le monde en prenne acte :

— Mais non. Tout va bien.

— J'aurais préféré venir avec toi. Ça m'embête que tu sois seul.

— Ne t'inquiète pas. Tu ne peux pas être partout.

Ils savent bien que le front des vivants est plus important que celui des morts. Ils n'ont pas besoin de se le dire, et raccrochent sans rien ajouter.

Paul prend le dossier Greenfield avant de se mettre au lit. Il s'allonge en posant contre lui les livres de Françoise. Il pense mettre du temps à s'endormir et se réveille à l'aube, la lumière encore allumée, surpris d'avoir dormi d'une traite, d'un long sommeil sans rêve qui lui a laissé les idées claires et presque un peu de joie, d'élan : il a son rendez-vous chez Coussirat dans deux heures à peine. Et après, ce sera terminé. Il pourra reprendre le cours de sa vie.

18

Huguette

C'est un monsieur, un vrai monsieur. Au fond, Madame, elle a beau être née au château, elle est d'ici. Même avec ses airs, je ne m'y trompe pas, moi. Et sa mère à elle, la Rebeyrol, s'il fallait prendre le râteau, je dis pas qu'elle l'aurait pris, sur la fin. Mais elle l'a eu fait. Je m'en souviens.

Monsieur c'est autre chose. Y a qu'à voir ses mains. Fines et petites, comme d'une femme. Ça, c'est un monsieur. Il se mélange pas, c'est sûr. Mais il a pas à faire semblant, lui.

Né à la ville, Bordeaux, je suppose. Comme il m'a serré la main, le jour de l'embauche, il y a cinq ans : personne n'avait jamais fait ça, ça m'a fait drôle. Surtout au toucher, la petitesse et la douceur. Il m'a offert de m'asseoir devant lui, dans son bureau. La seule fois. Il a pris le temps de décrire le travail, et pourquoi c'était lui qui expliquait, et pas madame. *L'état de Madame*, il disait. *L'état de Madame ne lui permet pas de.* Les belles phrases pour des choses pas très jolies. Il met l'argent dans une enveloppe, avec mon nom en entier, chaque semaine. Ça aurait pu être la mère de Madame, ça aurait dû, même. Quand on m'a parlé d'un travail à La Boissonnière, je m'étais même dit *ce sera la mère Rebeyrol, je l'aurai tout le temps dans les pattes.* J'ai jamais eu affaire à elle et on ne s'en est pas plus mal porté. Trois ans qu'elle a claboté, et je la vois pas moins qu'avant.

Monsieur a gardé des habitudes de la ville. Il s'habille pour le soir, même quand il dîne seul avec Madame. De ces petites habitudes-là. Et il a une façon de dire les mots qui ne sonnent pas d'ici. Et toujours un mot gentil, *Comment va votre sœur, Huguette ?* Même quand il n'est pas obligé. Les messieurs comme ça, ça ne fait pas de manières selon les gens qu'ils ont en face. Ils sont polis avec tout le monde. Il n'y a pas à dire, c'est agréable. Madame, je sais que c'est pas la santé, et que la tête ne suit pas, mais elle met la barrière. Ça veut tout le temps rappeler que ça n'a pas grandi dans la fange. Monsieur n'a pas besoin. Ça se voit dans tous les gestes.

Même avec Madame, il est poli. Il prend le ton. Si elle descend, le matin, il se lève quand elle rentre dans la salle à manger, il lui tire la chaise. *Est-ce que tu as bien dormi ?* Il a des attentions. *Huguette, vous veillerez à faire tailler le rosier de la terrasse, c'est le préféré de Madame. Huguette, demain c'est l'anniversaire de Madame, vous penserez à mettre le service japonais.* Des choses comme ça. Il lui offre des cadeaux. Elle ne les porte jamais. C'est le manque d'occasions. Où elle mettrait ça ?

Il porte encore beau, Monsieur. Madame est belle, on peut pas dire le contraire, ce serait mentir, mais elle a la beauté morte, à cause de son état. Monsieur est plus âgé, mais il est vif. C'est parce qu'il est grand et fin, la coupe soignée. Il fait attention. Et puis la voix un peu chaude. Il m'est avis qu'il doit faire tourner les têtes. Mais c'est pas le genre à en profiter non plus. En tout cas, ça ne se sait pas tant que ça. Il se tient.

Il n'a pas de chance avec Madame. Il ne l'a pas tirée à la loterie. C'était pas écrit dessus, il pouvait pas savoir que la santé lui tournerait comme ça. Je me souviens d'elle, petite. Elle avait le cœur plus gai, même si elle restait sur son quant-à-soi. Pas comme sa sœur, Madame était plus réservée, mais enfin elle n'avait pas l'araignée au plafond, comme ça. Pour lui, s'enterrer à La Boissonnière, c'est pas drôle tous les jours. Un grand médecin qui finit à faire parfois des vêlages et soigner des mammites. Il n'est jamais à se plaindre. Il fait comme si tout était normal, *il fait un temps magnifique, ma chérie, tu devrais en profiter pour aller te promener avec les enfants dans le parc. Henri serait sûrement aux anges.* Elle qui ne répond rien, les yeux dans le vague, le gosse qui a les prunelles accrochées à sa mère. Pas étonnant que la tête lui vrille à lui aussi. Il en devient méchant, à attendre que le vent tourne. Alors il finit par tourmenter sa sœur, forcément. Sa mère est enfermée avec Paul toute la journée, qu'on a à peine le droit de le regarder, le petit. Ça fait peine. Un moineau qui ne voit pas la lumière du jour. On fait venir des médecins, mais si on me demandait mon avis, il faudrait lui forcer l'estomac. Si ça continue, je sens bien qu'ils vont le perdre.

Heureusement il y a la petite. C'est le soleil, des gosses comme ça. Jamais une vague. Comme son père, elle est polie avec son monde, et bonne comme du pain, avec ça. Si je la laissais, elle se mettrait bien à faire le travail à ma place. Il faut croire que ça compte pas, pour Madame. Y a que le petit qui pèse. Sans lui, peut-être qu'elle aurait sombré, allez savoir. Les enfants, ils flairent ça. Françoise, elle doit le sentir, qu'il faut pas faire de bruit. Même si Henri lui caille sur le jabot, elle dit rien, la petitoune. Mais je sais bien, moi, que si elle reste collée à moi tout le temps, c'est pour ne pas être avec lui. Ça va pas faire de mal qu'il s'en aille à la pension, celui-là. Monsieur Jean finit toujours par m'écouter, quand je lui fais savoir quelque chose.

19

Paul

Paul ne reviendra pas à La Boissonnière, pas aujourd'hui, pas seul. C'est terminé. Il coupe l'électricité, puis claque la porte d'entrée, sa valise à ses pieds. Il regarde la maison dont l'ocre des pierres semble gris dans le jour naissant. S'il y a une prochaine fois, il y aura de la lumière à tous les étages, la voix décidée de Cléo, les rires de Léonard. Il ne sait pas ce que lui réservera Émilia. Sans doute ronchonnera-t-elle à l'idée de devoir aider ses parents ; Paul se rassure de cette vision ordinaire de l'adolescence. Avec un peu de chance, elle voudra venir avec une copine. Elles s'enfermeront dans une chambre pour parler sans être écoutées par Léonard, elles iront peut-être même dans le fond du parc, près du pont de la Vézère, pour fumer des cigarettes en cachette. Elles voudront écouter de la musique à table et Cléo leur dira de baisser le son. Elles n'auront aucun égard pour les lustres, les papiers peints, l'argenterie ternie, les vases de Longwy d'Irène. Quand elles accepteront d'aider un peu Paul et Cléo, ce sera pour balancer sans égards dans un grand sac poubelle des piles de vieux numéros du *Quotidien du médecin*. Elles éplucheront les *Paris Match* de la chambre de Françoise, sans reconnaître la moitié des stars en couverture. Dans la salle de danse, elles tenteront des pas de hip-hop, écroulées. Léonard rira avec elles sans comprendre, dansera lui aussi. Cléo se plaindra que les enfants font trop de bruit, que personne ne l'aide. Elle trouvera une association pour se débarrasser des vêtements, choisira quelques bijoux, un service à thé, un petit meuble, mettra le reste en vente. Peut-être qu'on vendra le tout en même temps que la propriété.

On fera visiter la maison aux acheteurs de Coussirat, qui lui trouveront beaucoup de cachet. Ils s'émerveilleront de la cage d'escalier, s'effraieront du montant des travaux à venir, feront des plans, des calculs en parcourant les pièces, casser une cloison, ajouter des salles de bains, mettre du béton ciré dans la cuisine. Ils auront des idées pour la ferme de Sarget, des projets de permaculture et de gîtes ruraux.

On signera un contrat, et ce sera tout.

Paul pourrait vendre sans aller à Sarget, il demanderait à Coussirat, lui donnerait un mandat. Il pourrait ne pas y remettre les pieds. Mais qu'est-ce que l'endroit est devenu ? Le reconnaîtrait-il ?

Il essaie de se souvenir de la ferme, ça lui vient comme des lueurs, par fragments.

Il y avait la cour fermée sur trois côtés. Des animaux partout, surtout, les chats et les poules quadrillaient le territoire, avec l'énergie propre à leur espèce : les uns s'étiraient mollement au soleil, rôdaient en plissant des yeux, venaient sans intention se frotter une fois ou deux sur votre mollet avant de repartir quelques mètres plus loin, s'asseoir au hasard, allonger une patte pour la lécher, se gratter les puces qu'ils partageaient avec les autres, les poules, affairées, tendues vers leur nécessité, piquant le sol, retournant la terre que les chats effleuraient à peine. Ça sentait toujours la soupe, le navet, le lard ; la vieille, l'autre vieille, celle d'avant, passait son temps à la cuisine. On repartait avec une terrine.

Paul sent un appel du passé, quelque chose de plus enfoui que ses souvenirs qui n'ont pas cessé de refaire surface. Quelque chose de plus secret. Il pensait qu'il savait, il pensait connaître au moins les contours de ce qu'il ignorait.

Il est en avance à son rendez-vous et décide de patienter dans la voiture, moteur allumé, pour rester au chaud. Au coin de la rue, la silhouette du vieux notaire paraît lentement et s'approche, lourde et familière. Paul sort de sa voiture et va à sa rencontre.

— Bonjour, Maître.

— Bonjour, jeune homme.

Paul sourit et l'homme ajoute :

— Pardonnez-moi, mais c'est tout de même comme cela que je vous vois encore. Tandis que chez vous, il doit vous sembler que nous sommes vieux de père en fils, chez les Coussirat.

Il n'y a personne dans l'étude. Paul se demande si le notaire a un assistant, ou s'il travaille tout seul. Son père, déjà, qu'on appelait le « vieux Coussirat » chez les Pardieu, ne supportait l'aide de personne. Paul le suit directement dans son bureau, pose sa valise à l'entrée et attend que l'homme retire son manteau, montrant un veston d'un autre âge.

— Vous avez dormi chez vous, je suppose ? bavarde le notaire.

— Oui. C'était plus simple.

— Je suis désolé d'avoir dû vous faire venir si tôt. Les rendez-vous s'enchaînent. Il faut croire que tout le monde s'est donné le mot. Café ? J'en fais pour moi.

On échange des banalités, le temps que Coussirat allume son ordinateur, tire un dossier d'une étagère, un gros porte-documents où l'on peut lire *Pardieu-Rebeyrol* sur la tranche. Puis enfin :

— Bien. Vous êtes donc, sans surprise, le seul héritier de votre tante, Béatrice Rebeyrol, la sœur de votre mère, décédée il y a une quinzaine de jours.

— Honnêtement, j'avais un doute. Avec les religieuses… Ça m'aurait presque arrangé.

Paul jette un coup d'œil sur Coussirat, mais l'autre examine ses papiers sans sourciller. Évidemment, les notaires n'ont ni hésitation ni gêne avec l'état civil. Il n'y a pas de déni possible, les noms et les titres sont écrits noir sur blanc sur les registres. Quand les mots sont certifiés par l'administration, il n'y a pas de place pour le doute, l'entre-deux, les zones d'ombre dans lesquels avaient vécu les Pardieu depuis que Béatrice était revenue vivre à La Boissonnière et qui continuaient de faire tiquer Paul quand on disait à haute voix de Béatrice qu'elle était sa tante.

Le vieux Coussirat se lève pour ouvrir un placard au fond de la pièce :

— Avant d'entrer dans le détail, je dois vous remettre des objets personnels, des papiers, des lettres que votre tante ne voulait pas laisser à La Boissonnière ni garder avec elle.

Paul inspire lentement pour tenter de calmer le frottement de son bras contre sa veste. En dehors de ces murs, et sans rien ni personne pour les contredire, les gens croyaient souvent que Béatrice était la bonne, la jeune et jolie domestique adorée par les enfants de la maison. Parfois les gens savaient bien la vérité, parce qu'ils étaient établis à Saint-Germain depuis plusieurs générations, on avait vu grandir la petite fille, on l'avait vue partir brutalement et revenir quelques années plus tard, alors on disait sans doute *si si, je vous assure, c'est bien la sœur d'Irène, oui, drôle de famille tout de même.* Et puis on passait à autre chose. Ce n'est pas toujours le manque d'informations qui cachent les vérités importunes : parfois, elles sont simplement noyées dans le grand bain de l'indifférence.

Les enfants Pardieu savaient bien que Béatrice était leur tante. Mais, dans leur innocence impitoyable, ils étaient les premiers à trouver normal qu'elle fasse leur lit et la vaisselle, et les derniers à oser contredire leurs camarades qui disaient que leur bonne avait l'air bien gentille. Paul était un enfant de riches ; la bonne, la tante, quelle différence cela faisait ? La grande honte, quand elle était venue, tenait plus du fait même d'avoir été gâté, servi comme un nanti que de savoir qui exactement lui lavait son linge. Quand il racontait son enfance à Cléo, il se sentait l'enfant « élevé par les bonnes », comme elle le lui avait dit un jour. L'expression disait bien des choses, l'asservissement d'une classe par une autre, un défaut de présence et de tendresse de la part de ses parents. Cette infamie-là avait caché l'autre : sa propre tante avait été réduite à un état de semi-domesticité sans que personne ne trouve rien à en dire. Dans les familles, il fallait bien que certains se sacrifient. Quand on n'était pas marié, on se mettait au service de ceux qui l'étaient et qui assuraient la préservation de la lignée. Chacun faisait sa part.

Paul pose tous les documents sur le siège avant. Il pousse un soupir : c'est fait. Il peut partir. Il va reprendre le cours de sa vie. S'il roule assez vite, il pourrait même voir les types de Greenfield avant 17 heures... À un feu rouge, il passe sa main sous le porte-documents pour chercher son agenda. C'est sur le paquet de lettres qu'il tombe. Il en prend quelques-unes. Sur la plupart des enveloppes, il n'y a pas d'adresse. Juste le nom de Béatrice. Parfois, ce sont simplement des feuilles pliées en deux. Il en ouvre une. Une écriture fine, régulière, un peu penchée, comme les enfants écrivaient autrefois. Pas de signature, pas de date.

> Je serai à 10 h demain à la Croix. Je t'attendrai jusqu'à 10 h 30.

Une seconde indique un autre rendez-vous. Une autre encore :

> Je suis désolé, je n'ai pas pu être là. J'espère que tu ne m'as pas attendu. Oncle Georges m'a demandé d'être là pour le… Paul n'arrive pas à déchiffrer le mot. Demain, je serai là.

Le feu passe au vert et Paul démarre. Mais au bout d'une dizaine de mètres, il n'y tient plus et se gare. Il fouille dans la pochette. Il n'avait pas vu tout de suite qu'il y en avait autant. Ce sont des petites feuilles très fines, ça en réduit le volume. Des dizaines de rendez-vous, des mots simples et sans signature. Les lettres ne disent pas grand-chose, mais sous la surface des formules rudimentaires et de l'écriture régulière palpitent des émotions primitives.

> Je t'attendrai.
> Attends-moi. Je serai là.

Je ne pourrai pas venir demain, mais je serai là dimanche.

On sent la constance et l'attachement. C'est peut-être dû au nombre de lettres. Parfois, le mot est signé d'une initiale. *A.*

Paul pose les lettres. Les visages lui remontent. Georges, l'oncle : c'était le vieux Saure qui aidait André à Sarget quand Paul était enfant. Il était marié à une vieille femme énergique et bavarde dont Paul a oublié le nom, elle ne mettait jamais les pieds à La Boissonnière. André était le salarié officiel, mais son oncle était toujours dans les parages. Georges avait élevé André, avec sa femme ; il était comme son père. On sentait que c'était lui qui tenait encore les rênes de l'exploitation, même après sa mise à la retraite.

Ainsi, Béatrice et André ? Paul cherche dans ses souvenirs. Le jeune homme venait à la maison pour toucher son salaire. Il était gauche et doux. Françoise disait qu'il était sale. Elle se cachait quand elle le voyait à la grille, refusait de descendre et attendait qu'il parte pour reparaître. Tout le monde à La Boissonnière disait qu'il n'avait pas inventé l'eau tiède, mais Paul sait bien que ça relevait du mépris de classe des bourgeois sur les paysans.

Paul l'aimait bien, il le trouvait gentil. Mais il ne se souvient pas d'une quelconque relation avec Béatrice. En cachette ? Cela paraît impensable. Elle était toujours à la maison, elle croulait sous le travail, elle n'avait de secret pour personne. Et certainement pas pour Paul, ils étaient tout le temps collés ensemble. La mémoire ne peut pas jouer des tours aussi énormes.

Les lettres ne sont que des rendez-vous, des mots innocents. L'une d'elles mentionne une jolie robe blanche que Béatrice portait à la messe le dimanche précédent. L'écriture est la même sur toutes les feuilles.

Paul repose le tas et démarre. Il passe quelques rues. Il reconnaît certaines bâtisses, le genre de maisons du coin, en tout cas, lui est familier. Dans le centre de Saint-Germain, la plupart des boutiques sont nouvelles, et beaucoup de bâtiments ont été refaits. L'autoroute a drainé la région, apportant avec elle son souffle de modernité. Paul se concentre pour retrouver la petite place du marché, la façade de son école et le visage d'André dans sa mémoire. Il prend la direction sud, s'engage dans un premier rond-point, un deuxième qui le mène vers l'autoroute. Béatrice ne lui a jamais parlé de lui. Même lorsqu'elle perdait la tête et qu'elle arpentait ses souvenirs sans discernement, en ressortant pêle-mêle des noms et des faits vieux de cinquante ans, jamais elle n'avait mentionné quoi que ce soit. Elle ne se racontait pas, Béatrice. Elle était là, depuis toujours. C'était même ce qui l'avait condamnée, sa sœur Irène qui l'avait gardée auprès d'elle, pour l'aider à tenir sa maison. Il y avait eu des velléités de départ, elle avait bien quitté La Boissonnière, puisqu'elle avait fait des études. Elle avait même habité quelque temps à Paris. Quand était-elle revenue ? Paul n'a pas de souvenir de La Boissonnière sans Béatrice.

Au dernier moment, Paul esquive la sortie vers l'autoroute et fait demi-tour. Sur le bas-côté, il tape le nom de Sarget sur son GPS. C'est à cinq minutes à peine.

20

Françoise

Aujourd'hui, c'est le premier jour de l'été. Maman est allée chercher sa sœur à la gare de Marande. Toute seule parce que Papa est à Bordeaux. J'aurais bien aimé accompagner Maman, mais elle m'a dit qu'elle avait des choses de grandes personnes à dire à sa sœur. Ce qui est étonnant, parce que Maman ne dit que des choses de grandes personnes, et pourtant je ne la dérange pas d'habitude. Je suis restée avec Huguette, qui est d'accord pour jouer aux dames avec moi. Elle me laisse toujours gagner. Ou alors elle est vraiment mauvaise aux dames. Difficile à dire.

Je n'ai jamais vu ma tante Béatrice parce qu'elle est partie à Paris pour travailler, il y a quelques années. Papa et Maman disent qu'elle a une belle situation, Papa dit que c'est étonnant pour une femme, et surtout une femme comme celle-là. Maman dit que ça ne fait pas très bon genre, mais qu'enfin on ne connaît personne à Paris, en tout cas pas les mêmes gens que Béatrice. Je pense qu'elles sont un peu fâchées, parce qu'on ne l'a pas vue depuis longtemps. Même à la mort de Grand-mère, qui était quand même sa maman, elle n'est pas venue. Je suis sûre qu'elle est très bien habillée, très chic. Maman dit qu'elle va rester toutes les vacances.

Plus j'y pense, plus je me dis que Béatrice aura des cadeaux pour nous. Des cadeaux que Maman ne m'aurait jamais achetés, une robe rose, ou une poupée Bild Lilli, avec les cheveux relevés dans un gros chignon, ou celle avec le ruban. Oui, je suis sûre qu'elle m'apportera une Bild Lilli. J'en suis presque sûre.

On va très bien s'entendre avec Béatrice. Elle m'aimera beaucoup, pas seulement parce que je suis la seule fille. Béatrice est beaucoup plus jeune que Maman, je crois. Je vais lui plaire. Je vais la faire rire. Elle va m'aimer énormément.

— Huguette, tu crois qu'elle va rester longtemps, tante Béatrice ?

— Je ne sais pas, ma fille. Moi, on ne me demande pas mon avis. Tout ce que je peux dire, c'est que ça fait du travail en plus pour la pauvre Huguette.

— Tu l'as déjà vue, Béatrice ?

— Il y a des lustres, mais oui.

— Elle est comment ?

— Comment veux-tu ? Comme la sœur de ta mère.

— Aussi jolie ?

— C'est pas des questions qu'on pose, ça.

— Dis-moi. Plus jolie que Maman ?

— Pas plus jolie que ta mère, non, ça serait bien difficile. Mais belle quand même, allez. Elles sont pas pareilles. Il y a des gens comme ça, ils sont tellement pas semblables, on les croirait pas sortis du même moule. C'est ça. Ça en est presque louche, allez.

Elle a regardé sur le côté avec un petit air méchant, comme si elle parlait à quelqu'un d'autre qu'à moi.

— Elle va dormir où ? Maman t'a dit de préparer une chambre ?

— La chambre bleue. Entre la tienne et celle d'Henri.

C'est parfait. Je pourrai aller la voir avant tout le monde, le matin. Je me glisserai dans son lit, et elle me racontera Paris, et comme c'est beau, et comme elle ne repartira plus jamais pour rester avec moi.

J'entends du bruit en bas. La porte qui s'ouvre, des bruits de valises, des voix. Une, surtout, qui n'est pas celle de Maman : Béatrice. Maman ne dit rien, et sa sœur dit des choses comme *Ah tiens, tu l'as mise ici, la commode de Maman ?*, *Où sont les enfants ?*, des intonations joyeuses, et elle remplit comme ça le silence de la maison.

J'écoute les yeux fermés et je me dis que oui, ça ressemblerait à ça, la maison, si Maman parlait davantage, si elle était gaie. Elle rentrerait et ferait du bruit, elle dirait *les enfants, je suis rentrée !* et on courrait l'embrasser, on viendrait dans ses bras, et elle dirait, *venez, on va prendre le goûter et vous allez me raconter votre journée*, et au lieu de ça, Maman est toujours un peu triste, toujours un peu occupée. Quand on vient la voir, elle nous dit qu'elle n'a pas le temps. Avant qu'on lui demande quoi que ce soit, elle dit qu'elle ne peut pas. Elle est fatiguée. Elle a une course à faire. Il y a toujours quelque chose.

Alors c'est sûr que la voix de Béatrice résonne étrangement dans la maison. Ça fait comme quelqu'un qui chanterait à un enterrement. Mais c'est parce qu'elle ne doit pas savoir pour la maladie de Paul, j'imagine.

Maman m'appelle. Je descends en courant pour dire bonjour à Béatrice. Elle est là, dans l'entrée, manteau et chapeau à la main. Elle me dit bonjour, de loin, dans l'ombre de la fin d'après-midi ; elle a un sourire large et lumineux. Elle n'a pas l'air plus vieille qu'Henri, elle a les cheveux courts, enfin, pas très longs. Je m'approche. Elle n'est pas si bien habillée, mais ça n'est pas très grave, je dirais. Elle a un pantalon bleu, des chaussures d'homme. Je m'approche. Ses yeux brillent d'un éclat joyeux, on dirait qu'ils sont dorés. Elle pose une main sur chaque genou, pour se baisser et m'embrasser. Elle me dit *Tu as grandi, Françoise ! La dernière fois que je t'ai vue, tu étais grande comme ça.* Ce qui est bizarre parce que je ne l'ai jamais vue. Je ne dis rien. Maman non plus, alors Béatrice me parle. Elle est moins jolie que Maman, c'est sûr, mais elle a une voix gaie et chantante. Maman reste là, à côté de nous, droite, ses gants à la main, sans plus rien faire. Béatrice est beaucoup plus petite qu'elle, ou alors c'est parce qu'elle est penchée vers moi, je ne sais pas. Elle est plus ronde aussi, les joues pleines, ça lui fait deux fossettes qui les creusent, et puis plus grosse aussi. C'est comme si on avait soufflé de la joie dans Maman, comme si maman était gonflée d'une matière qui épanouirait tout son corps. Béatrice me parle, du train qu'elle a pris, des petites filles à Paris qui ont la même chemisette que moi, peut-être en moins belle, de la couleur de mes cheveux qui est si proche de celle de Maman. Puis elle s'apprête à me dire quelque chose, elle a mis la main sur mon épaule, mais soudain on entend du premier étage un murmure léger, à peine audible. Pourtant tout le monde s'immobilise. Cette fois on entend distinctement la voix de Paul qui gémit.

Alors Béatrice se tourne vers Maman, elle lui pose son manteau et son chapeau dans les mains. Elle lui dit :

— J'y vais, si tu veux. Reste là.

Maman, d'un même coup très rapide et sec, fait tomber le manteau et le chapeau, et lui attrape les poignets. Elle tire sa sœur, la rapproche, plante ses yeux dans les siens. Elle fait non de la tête. Leurs deux visages sont très près, elles ne se sourient pas. On dirait qu'elles réfléchissent. Finalement, Maman dit :

— Françoise et Huguette vont te montrer ta chambre. Tu vas t'installer tranquillement. On a le temps.

Et Maman lui a lâché les poignets, puis elle est montée, toute droite. Au milieu de l'escalier, elle s'est retournée vers Béatrice :

— Je ne suis pas sûre que tout ceci soit une bonne idée. Mais ce qui est certain, c'est que c'est moi qui décide.

Puis Maman est montée, et on a entendu une porte claquer à l'étage.

Béatrice s'est penchée vers moi et a pouffé pour faire comme si Maman avait dit une blague. Mais j'ai vu la flamme de son regard vaciller. Je me suis demandé si elle allait se mettre à pleurer. Elle a ramassé ses affaires :

— Allez, montre-moi ma chambre, ma jolie. J'espère qu'elle n'est pas très loin de la tienne, ce sera plus gai.

— À côté !

— Épatant.

Puis son sourire descend d'un coup, elle prend un air sérieux, ses yeux cherchent un peu partout pour appeler :

— Huguette ! Huguette !

Huguette sort aussitôt de la cuisine en s'essuyant les mains avec un torchon :

— Bonjour Béatrice.

Elle sourit à Béatrice, l'observe intensément comme

pour y lire je ne sais quoi sur son visage, ses vêtements, ses mains.

— Bonjour Huguette. Vous allez bien ? Ça fait longtemps.

La voix de Béatrice est devenue plus dure, cette fois elle me rappelle celle de Maman :

— Comment va votre sœur, Huguette ?

— Oh, c'est toujours pas la santé, mais y a pas plus de mal.

— Vous pourrez me monter mes bagages quand vous aurez un moment ? Je suis fourbue. Vous m'avez mise au deuxième, n'est-ce pas ?

— Oui mademoiselle. Dans votre chambre.

— C'est parfait. Merci, Huguette.

Béatrice me prend la main et m'entraîne là-haut.

— Qu'est-ce qu'il est dur, ce lit !

Elle a sauté dessus pour s'asseoir, s'en est plainte avec le même ton qu'elle aurait pris pour dire que c'était le meilleur lit qu'elle ait jamais essayé.

— Je peux utiliser le cabinet de toilette à côté ? C'est le tien ? C'était le mien aussi quand j'étais petite.

Elle furète partout, dans les placards vides, dans les tiroirs, elle ouvre les portes, elle s'agite. Parfois, elle vient flairer le bois d'une étagère, comme un animal. Elle caresse le papier des murs, remue les rideaux, passe la main sur le rebord de la cheminée. Elle remplit l'espace et le silence, elle ne s'arrête pas.

— Tu cherches quelque chose ? je finis par lui demander.

— Non, rien, mais tu sais, c'est étrange pour moi d'être ici. C'est dans cette maison que j'ai grandi, dit-elle en ouvrant un placard au-dessus d'une porte, perchée sur une chaise. Je ne suis pas revenue depuis quelques années. C'est fou comme rien n'a changé…

Elle s'assombrit :

— Et en même temps plus rien n'est pareil.

Elle doit penser à sa mère qui est morte.

Elle redescend de son perchoir, fait un tour d'horizon de la chambre, puis passe dans la mienne. Elle attrape la vierge en bois sur la cheminée.

— Oh, c'est toi qui l'as, ça me fait plaisir, dit-elle en la fixant.

— Maman m'a dit que c'était à elle quand elle était petite.

Béatrice examine la vierge sous toutes les coutures, sans cérémonie : elle la retourne, inspecte le dessous du socle, comme si elle soulevait sa jupe. Elle dit d'un ton plus grave :

— Peut-être bien. L'important, c'est que ce soit toi qui l'aies, maintenant.

Elle caresse mes cheveux :

— On va bien s'amuser, tu vas voir. Tu m'emmènes en promenade demain ? J'ai envie de revoir les fermes. La ferme de Sarget.

— Si tu veux.

— Tu y vas souvent ?

— Non. Presque jamais.

— Ah bon ? Quand j'étais petite, j'y étais tout le temps fourrée.

— Maman n'aime pas trop qu'on y aille. Déjà elle dit que je ne dois pas aller toute seule hors du parc. À cause de la route.

— Eh bien ? La route est de l'autre côté.

— Oui, mais vers Sarget, il y a la rivière et l'étang. Et puis Sarget… Elle dit que ce n'est pas le même monde que nous. Qu'on n'a rien à faire avec eux.

J'ai dû dire quelque chose qui déplaît à Béatrice, parce qu'elle change de sujet :

— Où est Henri ?

— Je suis là.

Henri est adossé à l'encadrement de la porte, sans doute pour montrer qu'il nous observe depuis un moment. Il a les mains dans les poches, il fait le malin.

— Henri !

Béatrice se précipite pour l'embrasser. Il se laisse faire et rit comme un petit enfant quand elle l'embrasse dans le cou. Il passe un bras autour de son épaule. Ça fait bizarre de le voir comme ça. Il a l'air très jeune, d'un coup.

— Toi aussi, tu as grandi, lui dit-elle. Tu te souviens de moi ? Oui, bien sûr, toi tu t'en souviens, tu n'étais pas si petit la dernière fois.

Quelle dernière fois ? Je ne dis rien. Henri ajoute :

— Et puis je me souviens toujours de tout, tu sais.

Elle se détache de lui et déclare d'un ton sérieux, un peu comme une maîtresse d'école :

— Tu as bien de la chance. C'est très pratique.

— Pas toujours. La plupart du temps seulement.

Le lendemain, au petit déjeuner, Maman est nerveuse. Elle me tourne autour pour me dire de manger, mais pas trop, de beurrer mes tartines, mais de ne pas rajouter de confiture. Béatrice m'aide, me sert mon chocolat. Maman trouve qu'il y en a trop, reverse une partie de mon bol dans un autre bol, en met sur la nappe. Elle sort de la salle à manger pour aller chercher une serviette. Henri me regarde en souriant, et je m'étonne de ne pas être inquiète de son sourire. Je lui souris à mon tour. C'est agréable. Je souris à mon frère. *C'est aussi simple que ça.* Je suis une petite fille qui sourit à son grand frère. Rien n'est bizarre. Maman revient, elle se met à essuyer le chocolat sur la nappe qui a déjà tout absorbé. Elle pousse un petit grognement d'exaspération et part mettre la serviette au sale sous les protestations de Papa :

— Mais qu'est-ce qui t'arrive, Irène, à la fin ? On ne peut plus déjeuner tranquillement ! Tu t'agites pour rien.

Maman finit par dire :

— Paul n'est pas bien, ce matin. Je pense qu'il vaut

mieux qu'il ne sorte pas, pour la messe. Je vais rester avec lui.

— Et Huguette ? demande Béatrice.

— Elle n'est pas là le dimanche matin. Je vais rester. Ce n'est pas grave.

— Mais enfin, Irène, tu n'y penses pas ? répond mon père. C'est la Saint-Jean.

— Je crois qu'il a de la fièvre.

— On ne « croit » pas qu'un enfant a de la fièvre. Il en a ou bien il n'en a pas. Lui as-tu pris sa température ?

— Il refuse, il se tortille dans tous les sens. Je n'ai pas réussi.

Papa s'essuie la bouche avec sa serviette et se lève :

— Je vais le faire, moi.

Maman se dresse à son tour, d'un bond qui fait tomber sa chaise à la renverse. Elle lui barre le passage, et dit très vite, sans prendre sa respiration :

— Non, je vais réessayer. Il dort, de toute façon. Il a passé une très mauvaise nuit. Il se repose.

Béatrice se lève, ramasse la chaise de Maman :

— Écoutez…

Les deux se tournent vers elle. On dirait qu'ils viennent de se souvenir de sa présence.

— Je vais rester, dit-elle. Je peux garder Paul. Je ne vais pas à la messe.

Maman hésite :

— C'est la Saint-Jean.

— Je ne vais jamais à la messe.

— Paul ne te connaît pas. Imagine qu'il se réveille, m'appelle, et te trouve à ma place ? Il va paniquer.

— Je lui expliquerai.

Papa s'est rassis. Il réfléchit, puis sourit à Maman et Béatrice :

— C'est une très bonne idée. De toute façon, vu la situation de Béatrice, il est préférable qu'elle n'aille pas à la messe.

Béatrice lui fait un œil noir, mais oui de la tête. Elle parle à Maman sans détacher son regard de celui de Papa :

— Exactement. Si tu veux, Irène, on monte juste avant que vous ne partiez, on le réveille au besoin, tu me présentes à lui, on fait connaissance et je reste à son chevet.

Maman a une sorte de cri du cœur :

— Ah, non, c'est au-dessus de mes forces.

Papa se lève, plie sa serviette :

— Tu compliques tout, Irène. Paul va dormir, et sa tante va veiller sur lui. *C'est aussi simple que ça.* Tout va bien se passer. Maintenant, je vais me préparer.

Il sort, Maman le suit sans un mot. Je les entends discuter au premier étage. À un moment, Papa hausse le ton. Maman ne dit plus rien. On finit notre petit-déjeuner en discutant avec Béatrice de notre visite prochaine à Sarget. On pourrait y aller le jour même. Il fait un temps magnifique, on peut y passer toute l'après-midi, si on en a envie. Henri dit qu'il aimerait bien, mais qu'il a des devoirs. Béatrice lui dit qu'il n'a pas besoin de se gâcher toute l'après-midi avec son travail, qu'il le fera ce soir.

— Tu as raison, après tout.

Ils se sourient sans rien ajouter.

Par habitude, j'ai commencé par penser que je préférerais aller à Sarget seule avec Béatrice. Mais en entendant Henri dire qu'il renonçait à ses devoirs, finalement je suis contente. C'est la magie de Béatrice. Elle va tout transformer. C'est comme si la maison et la famille étaient gelées, et qu'à son contact, tout se réchauffait, s'animait, devenait plus doux, plus onctueux, possible. J'ai envie d'aller me promener avec mon grand frère et ma tante. *C'est aussi simple que ça.*

Dans la voiture, silence total. À un moment, Papa commence à parler à Maman d'un ton rapide et nerveux, comme s'il lui coupait la parole, alors qu'elle ne disait rien :

— Maintenant que tu as décidé que c'était comme ça qu'il fallait faire, Irène, fais en sorte de rendre les choses plus faciles. Si elle doit nous aider mais qu'elle n'a pas le droit de l'approcher, ça va être compliqué.

Maman n'a rien répondu. Ni quand on s'est garé. Ni quand on est allé à l'église. Sur le trajet du retour, pas un mot, de personne. Je pense à Sophie, et le mot revient, *bizarre, ta famille est bizarre.* Je voudrais dire quelque chose pour que nous soyons une famille qui revient de la messe et qui discute dans la voiture. Mais je ne sais pas quoi dire et j'ai le cœur serré du silence. Henri regarde dehors et n'a pas l'air de vouloir parler non plus. J'aimerais mieux qu'il m'embête, je crois.

En revenant à la maison, les graviers ont à peine fini de crisser sous le poids de la voiture que Maman se précipite dehors. Papa n'a pas le temps de lui dire *calme-toi*, la porte est déjà claquée. Je la suis en courant, elle marche vite, elle ne court pas, bien sûr, elle ne court jamais, mais elle marche vraiment vite. Elle ouvre la porte, et s'arrête, écoute la maison. On entend des voix en haut, elle monte. Je la suis toujours. Sur le palier du premier étage, elle s'immobilise.

Devant nous, dans la chambre de Paul qui est grande ouverte, il y a Béatrice. Et Paul. Ils sont tous les deux assis par terre, et il rit. C'est la première chose que je vois : il rit. Il est en robe de chambre, et il rit, assis par terre. Béatrice a disposé l'ours de Paul, ma poupée, et des jouets de dînette qu'elle a dû prendre dans ma chambre, des assiettes, des petites tasses, et je comprends qu'ils sont en train de prendre le thé, tous les quatre. Mais je vois aussi des petits chevaux, par terre, des cartes, des cubes, des livres, des coussins. Même le jeu d'échecs de Papa (dont il ne se sert jamais). Béatrice relève la tête, nous sourit, fière de la joie de Paul, fière de la santé de Paul qui est sorti du lit et qui joue, – qui joue ! –, et je m'apprête à les rejoindre. Mais Maman crie d'un coup :

— Ça ne va pas, non ? Comment…

Elle reste devant la chambre, sur le palier, elle est furieuse, on dirait qu'elle voudrait rentrer, mais que quelque chose l'en empêche. Est-ce qu'elle va dire que Paul doit retourner au lit ? Il a l'air si heureux. Elle va dire qu'il doit se recoucher. Qu'il va prendre froid. Qu'on attrape des microbes à jouer par terre. Béatrice ne sourit plus, maintenant elle regarde Maman et elle attend la suite. Seul Paul continue à sourire, et il fait semblant de verser un liquide dans la tasse de son ours. Nous sommes suspendus à la colère de Maman, qui finit par parvenir à articuler :

— Qu'est-ce que c'est que ce désordre, Béatrice ? Où te crois-tu ? Tu crois que tu es chez toi ? Tu crois que tu peux faire ce que tu veux ? Tu penses que c'est Huguette qui va tout ranger, tout à l'heure ?

Béatrice se décompose :

— Calme-toi, Irène, je vais ranger, ce n'est pas grave. On a joué. Ce n'est rien.

— Que les choses soient claires, dit Maman, toujours devant la porte, c'est moi qui décide ce qui est grave ou pas grave. Ce qui est rien et pas rien.

Elle ne rentre toujours pas. En temps normal, elle se serait précipitée pour aller remettre Paul au lit. Elle n'avance pas. C'est comme s'il y avait un mur devant elle qu'elle serait seule à voir. Elle finit par tourner les talons :

— Viens m'aider, Françoise. Je ne sais pas si Huguette a mis le couvert.

Huguette met toujours le couvert avant de partir le dimanche matin. Maman le sait, mais elle se sent obligée de le constater en arrivant dans la salle à manger :

— Bon, le couvert est mis. Viens dans la cuisine, on va voir si le gigot est cuit.

Il est cuit, comme tous les dimanches. Maman enlève son manteau, le pose sur une chaise. Je veux bien faire, je veux l'aider, mais je ne sais pas comment. Je prends son manteau pour aller l'accrocher dans l'office.

— Mais qu'est-ce que tu fais ?

Elle a dit ça d'un ton exaspéré, désespéré. « Mais qu'est-ce que tu fais, *encore* ? » veut-elle dire.

— Je vais ranger ton manteau.

J'ai dû avoir l'air effrayé. Elle m'a caressé la tête et m'a dit doucement :

— Pardon. Oui. C'est très bien. Allez, à table. Va chercher tout le monde.

On est déjà tous dans la salle à manger, Béatrice et Paul arrivent les derniers. Ils descendent l'escalier, elle le tient par la main. On a les yeux sur ces deux mains qui se tiennent. Il n'y a pas assez de place dans l'embrasure de la porte, alors Paul se serre contre Béatrice pour passer et reste blotti contre elle quand ils s'approchent de la table. À la droite de Papa, il y a une place en plus pour Béatrice, avec une serviette pour les invités. Papa dit d'un ton joyeux qui sonne un peu faux :

— Eh bien, je vois que vous avez fait connaissance.

Il invite d'un geste Béatrice à s'asseoir. Maman écarte une chaise pour Paul, en l'appelant, de l'autre côté de la table. Mais Paul ne lâche pas la main de Béatrice et la supplie en silence avec son air de moineau. Maman hésite, mais je pense qu'elle a peur que Paul ne fasse une crise, alors elle dit :

— Installe-toi à côté de Béatrice, Paul, si tu veux.

À table, le dimanche, nous n'avons pas le droit de parler. On ne dit jamais un mot quand Papa est à table avec nous, sauf s'il nous interroge. Je pense que Béatrice ne le sait pas, parce qu'elle nous pose de temps en temps une question et prend un air étonné quand on lui répond le nez sur la nappe. Je dis « de temps en temps », parce qu'en fait, ce qu'elle fait surtout, c'est qu'elle fixe Paul. Paul, ce n'est même pas qu'il la fixe : il la mange des yeux. Il ne touche pas son assiette. Alors elle prend la fourchette de Paul, et lui dit :

— Regarde, on fait comme avec ton nounours, tout à l'heure, tu veux bien ?

Et elle lui enfourne la fourchette pleine de haricots dans la bouche. Puis du gigot. Elle ne s'arrête pas, elle mélange les deux, haricots, gigot, *tu veux un peu de sauce, il est bon ce gigot, hein Paul, tu aimes ça, n'est-ce pas,* et il avale, il mâche. Nous sommes tous accrochés à la mastication de Paul, il mange, il s'arrête, est-ce qu'il va s'arrêter pour de bon, non, il prend de l'eau, il recommence à manger. Béatrice essaie de parler d'autre chose, *c'était bien la messe ?*, Papa lui dit que ce n'est pas vraiment la question avec une messe, Béatrice dit que cela fait bien longtemps qu'elle n'y est pas allée, mais que tout de même, ça dépendait des prêtres, Papa dit que les prêtres sont des hommes de Dieu, des hommes inspirés, que de toute façon on ne doit pas juger une messe, que c'est bien une réflexion de notre époque, de savoir si une messe est *bien*, ils sont nerveux, même Béatrice a l'air agacée, mais enfin ils parlent, ils parlent, et Paul a fini son assiette.

— Françoise, va chercher le fromage qu'Huguette a dû laisser dans le cellier.

En passant derrière Béatrice, je vois qu'elle a toujours la main de Paul dans la sienne, sous la table.

21

Paul

Le GPS lui dit de tourner à la prochaine à droite. Mais c'est une route en terre dont les ornières sont trop profondes pour y faire passer sa voiture. Paul dépasse le chemin.

Il ne franchissait pas les murs du parc lorsqu'il était enfant. Même lorsque sa santé n'inquiétait plus personne autrement qu'à la façon des vieux souvenirs qui ne veulent pas vous quitter. Il jouait avec Françoise sur les grandes pelouses, dans les allées ombragées. La seule aventure consistait à se baigner dans la Vézère, sous la surveillance de Béatrice. On se séchait et on goûtait sur une rive, jamais sur l'autre.

Sa tante non plus n'allait jamais à Sarget et s'arrangeait, comme Françoise, pour ne pas être visible quand André venait rendre des comptes. Paul ne questionnait pas cet ordre normal des choses. C'était sa mère qui donnait son salaire à André. Françoise à l'âge adulte avait fini par reprendre le flambeau, parce qu'il fallait bien. Mais elle mettait le moins possible les pieds à la ferme. Elle gérait de loin, c'était déjà trop.

Un panneau indique Sarget. C'est presque surprenant, un panneau ; pour Paul, Sarget commençait au fond du parc, c'était une localité privée, un jardin immense, fabuleux, qui s'étendait après la Vézère et dont on ne connaissait pas les limites. Un pays intime, dont on ne trouvait de trace qu'en soi. Paul quitte la petite zone commerciale, les derniers blocs colorés pour s'enfoncer sur une route plus verte qui se tord au pied des arbres. Le goudron se transforme en terre, quelques toits se laissent voir après un virage. Tout de même, il a dû y aller plus d'une fois : il reconnaît. Si on lui avait demandé, il aurait dit qu'il y avait des pommiers. Mais il ne voit que des prés nus, de la pâture dégarnie. Il arrête sa voiture pour faire le reste à pied, c'est plus sûr.

Lorsqu'il sort, le vrombissement de l'autoroute le prend au cœur dans une palpitation, comme si le sol tremblait. Mais c'est l'air qui vibre. Il avance vers les toits qu'il a aperçus plus tôt, en évitant les flaques opaques, la boue dense du chemin. Un peu plus loin, les premières tôles du bâtiment dont la vieille a parlé. Assez vite, une odeur forte, écœurante. Ce fumier-là n'est pas ordinaire, il vous soulève le cœur. Paul reconnaît l'odeur des vaches sous un autre remugle plus tenace, qui vous colle à la peau, aux vêtements. Le bâtiment est long, vert kaki, en tôle. Il en sort des beuglements nombreux, comme des appels à l'aide. Il n'y a pas de fenêtre et les portes sont fermées. Paul continue. Un toit de nouveau, derrière une butte. Oui, il reconnaît bien. Il revoit André faire passer ses vaches par ici, pour les sortir, parce que la grange était de l'autre côté.

La cour de Sarget est déserte. Il commence à pleuvoir doucement. Paul se rabat sur une bande de goudron qu'ils ont certainement fait poser pour éviter la boue. Une vieille Saxo pourrit dans un coin. Beaucoup de volets sont fermés. Peut-être qu'il n'y a personne. Paul s'approche d'une fenêtre, il remarque le PVC jauni, rien ne le renvoie à ce qu'il a pu connaître. Ça ne bouge pas à travers la vitre. Une télé au fond passe les infos. Il toque doucement à la porte, celle de la cuisine. Il entend qu'on remue, une chaise qui grince. La porte s'ouvre sur la vieille. Elle fait *oooh*, un son long et joyeux, dit que c'est pas grave pour la boue, c'est du carrelage. Trois murs sont aveugles et sombres, on ne voit pas grand-chose. Est-ce qu'il veut visiter ? Est-ce qu'il veut un café ? Paul pensait qu'il y avait une cheminée, il pensait trouver une vieille cuisinière, l'évier à gauche, un buffet sur le côté, il ne reconnaît rien. Est-il possible qu'il ne soit jamais venu ? Qu'il ait inventé ? Après tout, il n'a peut-être jamais dépassé la cour de la ferme.

— Dites-moi, madame Saure.

Deux yeux avides.

— Est-ce que vous vous souvenez de moi, ici ? Je suis déjà venu ? Je ne reconnais rien.

— C'est parce que ça a bien changé. Je peux pas vous dire pour avant, j'étais de la maison Andral, moi. Je suis arrivée en 64.

Et alors, on entend un filet de voix frêle, aigrelet, comme de la gorge d'une vieille femme :

— Pour sûr que tu es venu. Je peux même te dire quand.

Au fond de la pièce, dans la pénombre, Paul distingue un homme, assis devant la télévision, qui tourne la tête vers lui. Et qui lentement se lève.

Paul s'approche, vient se poster devant André. Ça ne peut être que lui.

Le vieil homme se redresse. Il a une figure maigre, grise, les traits tirés, et les deux fentes de ses yeux qui se plissent comme ceux des chats. Il le scrute, et ça lui vient en sourire, mais ça aurait aussi bien pu être des larmes, les prunelles brillent :

— Tu n'as pas changé du tout.

L'émotion lui écrase la gorge, il se tait. Paul tend sa main, et le vieux ne la voit pas, il détourne le visage, il se débat à l'intérieur. Alors Paul reste là, le bras tendu. André reprend :

— Toi tu ne me reconnais pas, je le vois.

Il sourit :

— C'est pas grave. Tu étais très petit. Apporte-nous

à boire, toi, rajoute-t-il à l'intention de sa femme. Il faut fêter ça. Et toi, assieds-toi. Je veux te voir bien en face.

Les yeux humides fouillent le visage de Paul, et les mains, le torse. Même les pieds. Puis :

— Tu ressembles à ton frère.

Paul garde le silence. Cela faisait longtemps qu'on n'avait pas mentionné Henri devant lui. Béatrice était la seule à le faire, parfois. Mais elle évitait le sujet parce qu'il lui faisait trop de peine, à elle, et pas assez à Paul. Le reste du temps, Henri était une page du livret de famille, une gêne dans une conversation quand on évoquait la fratrie, il fallait dire qu'il y en avait eu un autre, oui, nous étions trois, mais mon frère est mort, et ensuite prendre en charge le reste de la discussion parce que l'interlocuteur se troublait, chacun faisait une tête de circonstance. Si on demandait les causes de sa mort, alors la gêne prenait toute la place. Le suicide d'un proche suscite toujours une curiosité tenace et voilée. Pourquoi ? Comment ? A-t-il laissé une lettre, expliqué son geste ? Et derrière, le doute : est-ce qu'on l'avait vu venir ? Est-ce qu'on se sentait coupable ? Personne n'osait poser ces questions, les faire sortir, mais Paul les entendait quand même, et on ne pouvait plus rien se dire. Une fois il avait essayé d'être franc, non non ne t'inquiète pas, nous n'étions pas très proches, mon frère a quitté la maison très jeune, j'étais encore enfant, on ne se voyait plus, je ne l'ai presque pas connu. Et la gêne avait été plus grande. Paul ne savait pas s'il préférait avoir l'air dramatique ou insensible. Si l'on apprenait par ailleurs qu'il ne voyait plus son père, et sa mère qu'en cachette, de temps en temps, Paul basculait du côté du monstre. Le déserteur du malheur.

Il ne s'était jamais résolu, pourtant, à nier l'existence d'Henri. Cela aurait été si simple de dire qu'ils n'avaient été que deux, de tisser ce récit-là. *J'ai une grande sœur, elle vit encore chez mes parents, eh oui, non, pas mariée. Elle vient me voir souvent. Elle m'a toujours adoré.* L'histoire aurait détourné l'attention, une trajectoire ennuyeuse, on serait passé à autre chose. Ce n'était même pas par loyauté envers Henri que Paul s'astreignait à dire la vérité dans des conversations où rien ne l'y obligeait. C'était un sursaut d'exactitude, comme un réflexe de défense. C'était son identité qu'il protégeait, la fratrie, l'état civil qui le définissait. Nier l'existence de son frère peu connu et mal-aimé serait revenu à donner un faux nom. On ne triche pas avec ces choses-là.

Henri avait été plus longtemps mort qu'en vie. C'était devenu le toujours-déjà mort, cette figure d'infortune qu'on convoquait parfois pour la ranger aussi sec, le frère en creux, absent même de son vivant, et qui ne cédait de sa mort tragique qu'un maigre sentiment de malaise triste. Peut-être parce qu'il n'y a pas besoin d'expliquer au vieil André, parce qu'il sait déjà, parce qu'il n'est pas nécessaire de contourner l'idée d'Henri, voilà que le vieil homme, de ses yeux brillants, en a rappelé une autre image, un enfant bien vivant que

Paul a tout de suite en tête, les shorts qu'on portait à l'époque, qu'on appelait culottes courtes, le regard d'Henri, dur et intense, la peau d'Henri, ses gestes, ses cheveux brun foncé lui reviennent d'un coup, comme le chemin de Sarget quelques heures plus tôt.

C'est reposant d'avoir en face de soi quelqu'un qui sait déjà.

22

Henri

Quand on m'a annoncé le départ des femmes de la maison, au début de cet été-là, mon cœur s'est serré en attendant de connaître mon sort. Il tomba vite : je ne serais pas du voyage. J'étais désespéré. Même si je commençais à m'y faire, à ne plus me réveiller en sursaut, la nuit, avec le bruit des chouettes qui hurlaient, je ne trouvais pas ma place dans la maison morte, sur les allées désertes du parc. Le gravier sous mes pas perçait le silence comme des pleurs d'enfant. Trois longs mois.

Je n'ai pas eu le temps de compter le nombre de jours que cela représentait. Grand-mère a ajouté tout de suite :

— Béatrice revient demain de pension pour toutes les vacances. C'est elle qui s'occupera de toi quand nous serons partis. Tu te souviens de Béatrice ?

Ça n'était pas une question. Bien sûr que je me

souvenais, je voyais ma tante à Noël, à certaines vacances. En février, nous avions fêté ensemble son seizième anniversaire. Elle faisait partie du paysage. La petite sœur de Maman était douce et joyeuse. Elle m'offrait toujours des petits bonshommes en liège qu'elle taillait elle-même dans les bouchons de vin. Une fille. Plus âgée que moi comme une sœur pouvait l'être – j'avais sept ans –, mais le mot de « tante » ajoutait une distance et une aura qui ne m'ont jamais quitté.

Le lendemain, Grand-mère est allée la chercher à l'arrêt d'autocar et elle a débarqué dans mon existence. Dès son arrivée, la vie s'est engouffrée dans la maison figée, sa voix qui résonnait dans le hall a tout réveillé. Je l'ai entendue depuis ma chambre et je n'ai pas osé descendre tout de suite. Elle m'a appelé d'en bas, j'ai couru à sa rencontre.

Sa petite valise à ses pieds disait : nous allons vivre sous le même toit. J'ai faim, a-t-elle dit en enlevant son chapeau. Nous sommes passés à table juste après, et les jours n'ont plus jamais eu la même couleur.

Béatrice était démesurément vieille pour le petit garçon que j'étais. Mais à table, cela avait été vers moi que ses yeux rieurs s'étaient tournés quand Grand-mère avait renversé son verre de vin sur la nappe.

Les premiers temps, les déceptions succédaient aux joies, sans s'annoncer. Béatrice animait toute la maison, ses pas réveillaient le silence des parquets, des murs. Elle toussait, elle chantait, elle éternuait. Les portes s'ouvraient, se claquaient. Elle me proposait parfois de faire un jeu, d'aller faire un tour dans le parc. À Bordeaux, j'aurais peut-être rechigné à fréquenter le beau sexe, les copains m'auraient sûrement charrié. Si elle avait eu des amies à Saint-Germain, elle aurait sans doute passé du temps avec elles. Mais nous étions coupés du monde et de ses regards. Elle se moquait gentiment de moi parce que je ne connaissais rien aux plantes, elle m'appelait le « petit citadin ». Mais avec moi, elle pouvait laisser vivre son cœur d'enfant. Elle connaissait des dizaines de jeux de cartes, les règles des osselets, du croquet. Elle pouvait même être l'indien quand j'étais un cow-boy. Elle disait jouer pour me faire plaisir, mais à peine sortie du bain de l'enfance, elle s'y replongeait volontiers. Elle me tirait dehors pour grimper aux arbres et trouver des escargots les jours de pluie.

Seulement il arrivait toujours un moment où, vers le fond du parc, elle finissait par traverser la Vézère et disparaître sur le chemin en me criant qu'elle reviendrait vite. Je n'osais pas la suivre.

Déjà, elle se débarrassait de toi.

Elle était considérée comme une enfant par les adultes, quand ils la considéraient ; la plupart du temps, elle devait se contenter de leur indifférence. Maman avait pris la beauté, le prestige de la danse, le beau mariage, tout ce qui avait du prix aux yeux de Grand-mère. Béatrice devait faire avec ce qu'on lui laissait.

Mais elle avait une heureuse nature, ma Béatrice. Elle savait pousser les murs de la maison, ouvrir les portes.

Je revenais seul à La Boissonnière. Quand Grand-mère me demandait où était ma tante, je disais qu'elle était dehors. Je sentais bien qu'elle faisait probablement quelque chose d'interdit en traversant la Vézère. Grand-mère répondait alors *tant qu'elle reste dans la propriété.* Béatrice rentrait toujours pour les repas. Personne ne lui posait de questions.

Les jours se succédaient, identiques. Béatrice passait la Vézère et la solitude me dévorait de nouveau. Françoise était trop petite pour être une compagne de jeu. Quand Béatrice réapparaissait, sa présence lumineuse était pleine de promesses qu'elle ne tenait pas longtemps.

Je ne sais pas à quel âge elle avait commencé à aller à Sarget. On n'en parlait pas à la maison, parce qu'évidemment personne ne voyait ça d'un bon œil. Elle ne disait pas où elle allait : elle s'éclipsait et refaisait surface à l'heure du déjeuner. Tout le monde le savait bien. Sans doute Grand-mère n'avait pas su la retenir, quand Maman s'était mariée et avait quitté La Boissonnière ; quand nous étions revenus vivre à Saint-Germain, le pli était pris. Béatrice devait chercher de la compagnie et de la joie, du grand air, de l'activité, c'était sa nourriture. Toutes les vacances, elle n'aurait pu les passer en tête à tête avec sa mère déjà vieille. Même avant le départ de Maman, j'ai du mal à les imaginer toutes les trois ensemble. Elles ne parlaient pas le même langage, ne se réchauffaient pas au même feu. Pourquoi sa mère n'avait-elle pas essayé de la retenir davantage ? Obsédée par la préservation de son rang, Marthe Rebeyrol avait marié son aînée avec un cardiologue de Bordeaux promis à un excellent avenir, et désormais elle laissait la cadette les pieds dans le fumier ? Avait-elle passé l'âge de s'opposer à la jeunesse ? Non, je devais me rendre petit à petit à l'évidence : Grand-mère ne disait pas grand-chose à Béatrice sur ses escapades car quelque chose de plus grand encore que l'éducation de sa fille se jouait pour elle.

Une dizaine d'années avant cet été-là, vers la fin des années 40, à la faveur des évolutions de la législation, la ferme de Sarget avait changé de statut. De métayage, on était passé en fermage. Grand-mère n'avait plus son mot à dire sur la gestion de l'exploitation agricole : elle ne faisait que percevoir un loyer, que le vieux Georges ou son fils Albert venaient remettre chaque mois. Parfois c'était elle qui allait à la ferme. Cette rencontre mensuelle s'était substituée à toute une tradition de servitude, d'inspections de Grand-mère, de visites inopinées, d'avis tranchés sur la taille des pommiers, le prix des veaux de lait, le coût de l'outillage, toute une science de prérogatives et d'autorité qu'elle tenait de son père, qui lui-même la tenait de son père, et qui depuis des générations avait fini par s'étendre à l'éducation des enfants, l'hygiène des femmes et l'assiduité des hommes à la messe dominicale.

Ça la tuait, Grand-mère, de voir sa fille fourrée chez des métayers – qui n'en étaient plus. Mais elle préférait ça plutôt que de considérer que les fermes ne faisaient plus partie de La Boissonnière. La propriété légale était tout ce qui demeurait de l'ancienne subordination organique. Béatrice, avec ses inconduites, restait à l'intérieur du domaine, c'était le plus important. Elle était chez elle, elle pouvait aller où bon lui semblait. C'était le cadastre qui lui tenait lieu de colonne vertébrale, à la vieille, et le patrimoine de code moral. *Tant qu'elle reste dans la propriété* était son premier commandement.

Maman était partie un matin. Pour le cérémonial des adieux sur le perron, elle avait abandonné Françoise dans les bras de Béatrice et m'avait posé un baiser appliqué sur le front, plus long que les baisers distraits des jours précédents. Elle se rachetait. Le vieux lui avait dit *ne t'inquiète pas pour Henri, on sera bien, entre hommes*. Quand je le dis comme ça, on imagine un homme qui sourit, qui blague pour réconforter sa femme. Mais enlevez-vous cette image de la tête. Il ne souriait pas. Il était raide, sévère, impatient à cause de ce long baiser qui retardait le départ, qui le laissait planté là sur le perron à nous regarder. Le vieux n'aimait pas attendre, ni perdre contenance. L'air du matin était dense et humide, il faisait déjà chaud, même à l'ombre de la tonnelle qui semblait vouloir descendre sur nous, nous écraser, la grille encore fermée, les graviers serrés, denses et secs, la pelouse à l'ouest bien tondue. Est-ce que je haïssais déjà cet endroit ? Il y avait une sorte d'amertume dans la voix du vieux, ou de méchanceté. *On sera bien*, comme si ce départ le soulageait. Mais après tout, peut-être que j'invente. Je ne sais plus. C'est parce que le vieux avait toujours ce genre de petites phrases, des mots à double sens, qui pouvaient s'enfoncer comme une lame dans le cœur au fur et à mesure qu'on les comprenait.

Le vieux ne prenait pas la peine de compter Béatrice quand il disait que nous allions rester *entre hommes*. Tout ce qui arriverait à ma tante était déjà inscrit dans cette phrase-là.

23

Françoise

Après le déjeuner, les adultes vont prendre le café au salon et nous avons le droit de jouer. Aujourd'hui, Paul sort avec nous dans le parc. Ça n'a l'air de rien, mais je suis contente, c'est comme si de nouveau j'avais un vrai petit frère. Je mets ma main sur son épaule, et sa petite tête se frotte à ma main, une fois, comme le ferait un chaton. Je me répète *je suis avec mes deux frères dans le jardin*, et je pense à la mère de Sophie, et j'aimerais bien qu'elle nous voie, ce dimanche après-midi, aller ensemble dans le parc. Je demande à Paul ce qu'il aimerait faire. Il ne sait pas trop, il hausse les épaules et regarde de tous les côtés. Je ne sais pas s'il cherche quelque chose. *Tu veux faire un croquet, Paul ?* je lui demande. Il fait un sourire, il n'a pas l'air de savoir ce que c'est. *Tu veux cueillir des fleurs ?* Il me sourit de nouveau, plus largement. Je l'emmène derrière la maison, là où il y a des pâquerettes. Henri ne nous suit pas. Je cueille des fleurs pour Paul, je lui mets dans les cheveux. Il secoue la tête en riant, puis s'assoit dans l'herbe. Je me mets à côté de lui et je m'allonge. Je me sens bien.

Du bruit sur le gravier, à côté de la maison. Maman marche à pas très rapides, mais serrés, parce que sa jupe est étroite. Elle trébuche sur les pierres qui bordent la pelouse, se redresse, marche encore plus vite. Elle se plante au-dessus de nous, les bras croisés. Je sais très bien pourquoi elle est venue :

— Paul, viens faire la sieste.

Il se lève sans protester et se laisse attraper. Je pense à la maman de Sophie, et je suis bien contente qu'elle ne soit pas là. Je ferme les yeux au soleil.

Quelques instants plus tard, une ombre passe à travers mes paupières fermées. Béatrice a passé un pantalon en grosse toile et un chapeau d'homme. Elle n'est pas très élégante. Elle plante ses fesses sur la pelouse, bien décidée, et elle dit :

— Va chercher Henri. On file aux fermes. On commence par Sarget. Il y a du monde que j'ai envie de revoir.

Béatrice marche vite. Elle prend l'allée de platanes pour sortir du parc par l'arrière. Elle note des choses en passant, gaiement, *tiens, c'est une année à feuilles, pour les platanes. Pas d'écorce, vous avez vu ?*, puis quand on arrive au bois, *cherchez les frênes, ça sent encore l'orage, au pied des frênes on trouve des trésors*, elle lance ses phrases, elle lance ses jambes en avant, on la suit difficilement, surtout moi, alors elle me dit que c'est moi qui ai l'air d'une fille de la ville, et pas elle, que c'est quand même curieux, elle rit et elle me passe la main dans les cheveux. Henri lui parle, beaucoup même, ce qui ne lui arrive jamais. J'apprends qu'il va souvent à Sarget – quand ? pourquoi ? –, qu'il aime regarder quand ils font les foins, à la fin juin. Qu'il les a même aidés, il y a deux ans, à passer le râteau, car le neveu des Saure était tombé malade. Béatrice s'apprête à dire quelque chose, elle se retient et dit simplement qu'elle le faisait aussi quand elle était petite. Elle pousse une sorte de soupir de joie et de tristesse, et elle accélère le pas. Comme si c'était possible d'accélérer encore. Je m'accroche à sa main pour la suivre. Henri marmonne *je sais, je m'en souviens.* Il m'énerve, il fait comme s'il la connaissait déjà, comme s'il comprenait mieux que moi tout ce qu'elle dit. Il prend toute la place et la conversation, j'ai peur qu'elle ne fasse plus attention à moi. Mais c'est agréable d'entendre Henri rire, de marcher tous les trois, à peine couverts. On passe devant le verger pour sortir, il y a encore quelques fleurs sur les pommiers. Ça sent bon. Henri a pris un bâton, il tape sur les troncs, ça fait tomber des pétales. Ce n'est pas très grave. On ne se promène jamais ensemble, ça doit être la première fois qu'on se retrouve dehors sans aller à l'école. Béatrice s'extasie sur tout : les fleurs, les odeurs, le vert vif des arbres dans ce début d'été. Elle dit que tout a explosé, que ça grouille de partout. Henri lui demande soudain :

— Tu as quel âge ?

— Vingt et un ans.

Moi je ne trouve pas ça extraordinaire, mais Henri crie :

— C'est tout ?

Il regarde Béatrice, tout étonné, et très heureux de cette nouvelle. Après un temps, il ajoute :

— Tu es plus proche de moi que de Maman, tu te rends compte ?

— Pas de beaucoup.

— Quand même. Quel âge tu avais, quand je suis né ? Huit ans ?

— Oui. Presque neuf.

Elle marque un petit temps de silence, et puis elle ajoute :

— On ne se voyait pas souvent quand tu étais petit. À cause de la pension.

Le visage d'Henri s'assombrit. Il réfléchit avant de lancer :

— Tu sais qu'Albert…

— Oui.

Ils ne disent rien pendant quelque temps. Puis Henri rompt le silence de nouveau :

— Moi aussi, je vais aller en pension. L'année prochaine.

C'est la première fois qu'il en parle devant moi. Je n'étais même pas sûre qu'il soit au courant.

— Ne fais pas cette tête, dit Béatrice, tu verras, ce n'est pas si mal. Moi j'ai adoré. Tu vas à Bordeaux ?

— Oui.

— C'est tes parents qui ont décidé ?

— Oui.

— Tu sais pourquoi ?

Henri relève le menton :

— Parce que c'est un bon collège. Meilleur qu'à Saint-Germain. Tu sais, ça marche bien, l'école. Je suis très bon. Vraiment bon, tu vois.

— Je sais. Ta maman m'a dit. C'est bien.

Il ne raconte pas la vérité en entier, il ne raconte pas que c'est surtout pour qu'il se tienne tranquille. Il ne raconte pas qu'il n'arrête pas de se faire coller. Que certaines familles de Saint-Germain se sont plaintes. Je brûle de le dire à Béatrice, mais je me retiens. Il y a quelque chose en moi qui souhaite à Henri de croire à ce qu'il raconte en ce moment. Moi, d'ailleurs, j'aurais envie d'y croire, qu'il n'y a pas de problème. Qu'Henri est simplement très bon à l'école, le meilleur, de loin. Que nous sommes deux enfants qui marchent sur la route avec leur tante qu'ils n'ont pas vue depuis longtemps, voilà tout. On traverse les pommiers de Sarget, maintenant, qui sont *beaucoup plus beaux que les nôtres*, dit Béatrice. C'est long, mais on s'approche, j'entends un chien qui aboie, des voix d'enfants. Béatrice se décale un peu sur le côté du chemin, pour marcher au soleil et fuir l'ombre des arbres.

— Tu sais ce que tu vas faire, plus tard ? Tu as une idée ?

Henri hésite :

— Non.

— Allons, je suis sûre que tu as une idée. Médecin, comme ton papa ?

En une seconde, il a repris son air de tous les jours, sa voix dure :

— Ah non, ça jamais !

L'œil sombre et méchant, un peu perdu aussi. Béatrice s'arrête, étonnée :

— Pourquoi ? C'est pas mal, médecin, non ?

Il perd pied, je vois la colère qui monte, qui lui prend les mains. Il serre son bâton pour ne pas trembler. Je sens qu'il va dire quelque chose qui va le faire basculer vers l'autre Henri, celui du retour de l'école, de la mésange. Il ouvre la bouche, comme pour cracher, mais la referme. Il fait un effort, un énorme effort, je ne sais pas si Béatrice s'en rend compte, pour répondre calmement :

— Je n'ai pas envie, c'est tout. Je ne veux pas faire comme Papa.

Béatrice ne relève pas et recommence à marcher, je suis toujours accrochée à sa main.

— Tu comprends ?

Henri est resté en arrière. Il a hurlé ça, désespéré.

Béatrice me regarde, elle ne fait plus semblant de trouver ça normal. Il jette son bâton, enfouit la tête dans ses mains et crie encore :

— Tu comprends ?

Béatrice s'approche de lui, met un genou au sol, dans la terre du chemin. Je me dis qu'elle va se salir, mais elle a l'air de s'en moquer. Elle porte sa paume sur la joue d'Henri :

— Non, je ne comprends pas. Mais ce n'est pas grave, tu as tes raisons, c'est suffisant. Allez, viens.

Elle lui prend la main, il la rejette. Elle lui prend encore, plus doucement, il se laisse faire et on repart tous les trois. Alors elle se met à parler comme si rien ne s'était passé :

— C'est déjà très bien de savoir ce que tu ne veux pas faire. Ça va te faire gagner un temps fou. Tu ne feras pas de mauvais choix.

On marche un peu sans rien dire. Le silence de Béatrice est reposant, parce qu'on sent qu'elle est joyeuse. Elle n'a pas peur d'Henri. Parfois elle fredonne, parfois elle parle de l'endroit où on passe, un chemin qui part sur le côté, qu'elle connaît. D'un tilleul sur lequel elle est déjà montée. Et puis elle se tait de nouveau. Elle finit tout de même par demander :

— Il est malade depuis longtemps, Paul ?

Henri a un petit rire méchant :

— Depuis toujours, pourquoi ?

— Ta maman m'a dit que c'était… difficile.

— C'est parce qu'il ne fait plus rien. Paul, c'est comme s'il existait de moins en moins. Il n'a presque jamais parlé. Et maintenant, il ne mange plus. Il ne dort plus. Il ne sort plus de son lit. Il fait ça aussi pour énerver Maman, je pense. Pour qu'elle s'occupe de lui, au moins. Je ne crois pas qu'il soit malade. Tu l'as vu ? Il va très bien.

Je m'étonne des mots d'Henri. Je n'ai jamais pensé les choses comme ça. Je ne vois pas comment on peut s'imaginer que Paul peut faire les choses exprès, avec sa petite tête de chat, ses yeux brillants.

— Et pas pour énerver ton père ?

— Papa ne s'occupe pas trop de Paul.

Je me demande s'il va raconter l'épisode du bonnet et de la voiture, mais il n'a pas l'air d'y penser. Il continue :

— C'est Maman qui est sans cesse après lui. Paul tousse, Paul a de la fièvre, Paul a fait une crise. Paul ne mange plus. Paul a mangé. Elle ne pense qu'à ça. Tu as bien vu.

J'ajoute, pour montrer à Béatrice que moi aussi je comprends ce qui se passe :

— C'est le préféré de Maman.

Henri secoue la tête :

— Non, c'est pire que ça. C'est comme si c'était son seul enfant. Elle ne pense qu'à lui. Du matin au soir, même la nuit. Elle ne veut pas qu'on l'approche.

Parfois, on a presque l'impression qu'elle est contente d'être obligée de faire tout ça.

J'ai envie de dire qu'il dit des mensonges, mais cette fois, les mots sont bloqués dans ma gorge. Je le dirai plus tard à Béatrice. Qu'est-ce qu'elle va penser, sinon ? Il faut que je lui parle. Il faut qu'elle sache, pour Henri. Qu'elle ne croie pas à tout ce qu'il raconte. C'est comme si elle m'avait entendue :

— Tu exagères un peu, Henri, non ?

— Ah oui ? Tu l'as vu, Paul ? Tu trouves qu'il a l'air d'un enfant de quatre ans ?

— Il y a des médecins qui viennent, parfois ? À part votre père, je veux dire ?

— Oui.

— Et ?

— Ils disent qu'il est retardé.

Les mots sortent tout seuls de ma gorge :

— N'importe quoi !

— Mais si, c'est vrai, continue Henri. Tu ne comprends pas, Françoise, tu es trop petite. Ils disent qu'il n'y a rien à faire, qu'il ne va pas grandir. Qu'il sera toujours comme ça. J'ai écouté Papa et Maman en parler. Papa a parlé de mettre Paul dans une sorte d'hôpital où il y a des médecins et des infirmières qui pourraient s'occuper de lui, tout le temps, un endroit où il serait mieux. À Toulouse. Il a dit que Maman ne peut pas se gâcher la vie à faire ça, et qu'en plus elle n'y arrive plus. Qu'il n'y a rien d'autre à faire, parce que sinon… il risque vraiment de mourir.

Ma main devient moite dans celle de Béatrice. Ce n'est pas possible. Henri dit ça pour me faire peur, c'est sûr. Le pire, c'est qu'il ajoute doucement, gentiment, comme si ça l'attristait lui-même et qu'il était désolé :

— C'est vrai, Françoise. C'est pas sûr que ça arrive, parce que Maman ne veut pas du tout qu'il s'en aille, mais c'est vrai, je te le jure.

— Ne t'inquiète pas, Françoise, dit Béatrice.

Elle a les paupières et les joues rouges, je vois qu'elle a du mal à articuler, mais elle me regarde bien droit dans les yeux pour me montrer qu'elle est sûre de ce qu'elle raconte :

— Ça ne va pas arriver. Ton père dit ça parce qu'il est inquiet. Mais tu sais pourquoi je suis là ?

Je fais non de la tête.

— Pour aider ta maman, justement. Elle m'a demandé de venir pour ça. On va trouver une solution. Je te le promets.

De l'entendre me dire ça, juste ça, je sens déjà quelque chose se dénouer dans mon cœur, dans mon ventre. Je me répète *on va trouver une solution*. Béatrice s'est arrêtée pour me passer une main sur les joues. C'est seulement à ce moment-là que je me rends compte que je suis en train de pleurer.

On arrive à Sarget juste après. Elle caresse le dos

de ma main avec son pouce. Je me demande si elle fait pareil avec Henri. Je la serre un peu plus fort.

On passe par-derrière la maison, on voit le chapeau du vieux Saure qui bouge, par-dessus un muret, dans la cour. Béatrice crie *Georges !*, des oiseaux s'envolent dans l'arbre à côté de nous, et le chapeau s'arrête. On entend *Béatrice ?* et alors ce sont des cris de joie, des appels. *Venez, venez voir qui est là !* La vieille arrive aussi, et André, il y a des enfants, on s'embrasse, tout le monde nous fait entrer dans la cuisine et nous sert des cafés, je reste à côté d'Henri, je n'aime pas le café, mais je ne le dis pas. Personne ne fait trop attention à nous, de toute façon, ils sont tous autour de Béatrice, surtout les vieux, ils disent *ah ben ça, ah ben ça*, et puis *on croyait bien que tu reviendrais plus*, et *alors, la Parisienne*, des choses comme ça. Béatrice est toute contente, toute rose, elle se laisse palper le bras, les épaules, les mains. La vieille nous donne des biscuits très durs. Béatrice s'assoit. On finit par avoir un peu de silence, on ne sait pas par où recommencer, on dirait. Alors le vieux dit *tu as vu les pommiers, ils sont pas en avance*, et je ne vois pas en quoi ça concerne Béatrice, mais elle dit *oui, j'ai vu, mais le printemps a été tardif. Ils sont beaux quand même. Ils vont bien donner.*

— Tu sais, on a beaucoup plus de bêtes, maintenant. Beaucoup plus. André est fiancé avec une fille Andral, Luce, et son frère, qui est vacher, il nous donne un coup de main.

— Mais que des vaches ?

— Mais non, pas que des vaches, suis-moi un peu !

Et Georges sort avec Béatrice, comme ça. La vieille se tourne vers nous, elle me parle :

— Alors, la petite, on te voit pas beaucoup par ici. La dernière fois que tu es venue, tu étais haute comme trois petites pommes. Tu devrais venir plus souvent, Émile, le voisin, il serait content. Et André.

Tout à coup, on entend une voix nasillarde, pas très agréable :

— Et alors, c'est qui ceux-là ?

Dans l'encadrement de la porte, une femme, la plus grosse que j'aie vue de ma vie. Elle est dans l'ombre de la pièce, je ne la distingue pas bien, mais je la vois, un peu de profil, les deux mains sur le dos, au niveau des hanches, et elle a l'air très essoufflée.

— Ce sont les deux petits du château. Tu ne les as jamais vus, ma fille ?

Elle sourit à Henri :

— Ah, mais je ne t'avais pas reconnu, toi.

Puis elle dit à la vieille :

— Je croyais qu'ils étaient trois ?

— Le tout petit n'a pas la santé, il ne sort pas beaucoup.

— Il est trop petit, j'ajoute. Il ne peut pas marcher jusqu'ici.

La femme s'approche. Elle n'est pas si grosse que ça,

de près. Elle a le visage très rouge, mais fin. C'est son ventre qui est gigantesque. Elle est enceinte.

Béatrice revient, elle s'installe près de la cheminée, et je vois qu'il y a du feu dedans, alors que c'est l'été. Béatrice s'accroupit, saisit une pince, repousse un tison dans le feu. Elle se redresse, elle s'apprête à dire quelque chose, mais une voix, forte, chaude, la coupe :

— Béatrice ?

— Antoine !

Le nouveau venu a des cheveux bouclés, dorés, un visage épais, mais beau, des yeux clairs et doux. Il a l'air beaucoup plus gentil que quand il vient à la maison. Et plus jeune, aussi. En le voyant là, avec cet air de soleil en plein visage, je repense au mot que Papa emploie pour le qualifier. Il dit *dangereux*. Il dit que ça donne ça, les gamins des fermes qu'on envoie faire des études, et qu'il va retourner la tête de tout le monde avec ses idées de socialiste. Qu'il faut que Georges le surveille. Qu'Antoine a déjà créé des problèmes à la mairie, et qu'il a beau courir le monde, il ne peut pas s'empêcher de revenir pour mordre le sein qui l'a nourri.

Mais là, Antoine a l'air tout sauf dangereux, il a plutôt l'air un peu bête, il dévisage Béatrice avec un petit sourire, la douceur lui déborde des yeux, et il ne dit rien. Elle non plus, elle ne dit plus un mot, elle a l'air gênée, et puis finalement, elle va le saluer, en lui prenant les épaules, et il reste là, les bras ballants, et se laisse embrasser sur les deux joues.

Le père Saure dit :

— Regardez-moi ce grand couillon, ça fait des études à n'en plus finir, ça cause, ça déclame de la poésie, ça fait de la politique, ça fait le monsieur, et ça ne dit plus un mot quand il y a une jolie demoiselle.

24

Paul

Paul a peur qu'André ne tombe. Il avait oublié la claudication, le retard de la deuxième jambe, comme des notes de musique à contretemps. Mais André n'a besoin de personne, il trottine. Avec l'habitude, c'est à peine s'il boite : c'est plutôt un rebond, une sorte d'élan enthousiaste.

— J'aurais juré qu'il y avait des pommiers, ici.

— Y en avait bien, dit André.

Sa femme est restée à la maison et Paul se sent plus à l'aise sans elle, sans ses attentions agaçantes, ses sourires ambigus. André a une présence plus franche, qui va puiser au fond du cœur de Paul des émotions anciennes et enfouies. Paul en est sûr, désormais : ils ont déjà marché tous les deux sur ce chemin. Quand André le regarde, Paul se sent connu. C'est le premier témoin de son passé qu'il rencontre après des années.

Ça lui rappelle la chaleur de sa tante, de sa sœur : le feu de son enfance, de celles qui l'ont aimé, celui qu'il a gardé étouffé toute sa vie et qui brûle encore dans les yeux d'André. C'est sans doute ça qu'on appelle un foyer, après tout.

— Vous vous souvenez de Béatrice ?

L'homme marque une pause :

— Arrête de me dire *vous*, tiens. Je sais que j'ai l'air vieux, mais pas beaucoup plus que toi.

Paul pense qu'André va s'arrêter là mais le vieux finit par dire plus bas :

— Bien sûr que je me souviens. C'est difficile de l'oublier, Béatrice. Pourtant ça fait longtemps.

Paul se dit que c'est le bon moment :

— Je suis désolé de ne pas vous avoir prévenus plus tôt. Je ne pensais pas que vous étiez si liés : je l'ai découvert aujourd'hui. Béatrice…

Il marque une pause, il n'y arrive pas. André s'arrête :

— Elle est morte, hein ?

— Il y a quinze jours. J'aurais voulu vous prévenir, pour l'enterrement. Je suis vraiment désolé.

André dit quelque chose tout bas, que Paul n'entend pas. Le vieil homme se tient debout, les yeux égarés, sans plus savoir où aller, et Paul est gêné de rester là à le regarder. Il pourrait poser une main sur son épaule mais le geste est trop difficile à faire, trop artificiel. Alors il ajoute :

— Si j'avais su, je vous aurais dit de venir. Elle a été inhumée au couvent Sainte-Catherine. Là où elle était religieuse.

— Je n'aurais pas pu venir, va, avec les bêtes. Te bile pas. Mais c'est de savoir, ça fait drôle… Quel âge elle avait Béatrice ? Pas loin de soixante-dix ans.

— Soixante-huit.

— Eh ben. Elle était malade ?

— Oui.

André ne demande pas de quoi, comme s'il examinait en lui-même des causes passées et oubliées. Paul se lance :

— Vous étiez très liés, n'est-ce pas ?

André le dévisage sans comprendre. Paul insiste :

— Vous étiez proches, quand vous étiez jeunes ? Vous vous êtes fréquentés ?

— Quand on était gamins, elle venait beaucoup. Un peu quand elle est revenue. Elle aimait la ferme. Et puis bien sûr, le reste. Mais c'était compliqué. La charge de travail, et puis les histoires, et ta mère qu'aimait pas ça, aussi. Quant à ton père, ça…

Paul essaie de lire sur le visage d'André un indice qui lui permettrait de démêler ses balbutiements sans le brusquer, d'orienter la conversation. Mais les yeux enfoncés, les sillons pâles creusés dans les joues brunies, les replis du temps ne laissent déchiffrer aucun signe. Tout le visage est un vieux parchemin illisible.

— La mort de ton frère, ça a dû lui fiche un sacré

coup, à Béatrice. À nous tous, hein. Mais j'ai pensé à elle, beaucoup, à ce moment-là.

Paul ne sait pas qui est ce « nous tous ». Il laisse venir.

— Henri, il était toujours fourré ici. Il avait le goût des bêtes, comme moi. Il avait pas le droit, il venait quand même. Même quand Antoine est parti, même quand Béatrice ne venait plus. Tes parents ne le savaient pas, je pense. Ou peut-être que si, va savoir. Avec le temps et les études, bien sûr, il est moins venu. Sa mort, on ne l'a pas apprise tout de suite. Quelle tristesse…

On marche sur des tapis de feuilles molles et ternies, en passant le long de l'étang. Le chemin est imbibé des pluies de la veille, des jours d'avant. L'eau a une teinte uniforme et triste.

— Et Béatrice ?

— Non, Béatrice, on ne l'a plus jamais revue, après ça.

— Après la mort d'Henri ?

— Non, après le départ d'Antoine. Au début, on ne s'est pas inquiété. Les querelles d'amoureux…

Le cœur de Paul lui descend dans les jambes. Le *A* des lettres ne renvoyait pas à André. C'était l'autre, c'était Antoine. Paul n'a pas le temps de fouiller sa mémoire, André reprend :

— On n'a jamais su ce qui s'était passé. Au début, on ne s'est pas inquiété. C'était pas la première fois.

C'était déjà arrivé qu'elle disparaisse, Béatrice. Avant ta naissance, elle était partie longtemps, des années, même. On avait l'habitude qu'elle ne revienne pas, et puis qu'elle surgisse, un jour, comme si elle n'était jamais partie. Il y avait eu ta grand-mère, puis ta mère, qui voyaient pas ça d'un bon œil. Elle n'avait pas vraiment le droit de venir, elle non plus, parfois ça faisait des mois sans la voir, quand elle était en pension. Mais là Antoine était furieux. On n'a rien su, nous. Il s'était passé quelque chose, mais quoi ? Et puis après, je me suis demandé si ça ne l'avait pas arrangé, aussi, Antoine. À cause de tes parents, qui ne voulaient pas renouveler le bail. Il était écœuré. Il avait plus le cœur. Il avait fait ses études, il voulait faire autre chose. Il a tout plié en trois jours. Tu te souviens ? Non ? C'était l'année où j'ai marié Luce. T'étais bien petit. Vous veniez tous les jours et puis soudain, plus personne. Nous on s'est dit que c'était ta mère. Mais Antoine est monté dans les tours. Y avait rien pour le calmer. Moi j'ai attendu, et le temps lui a donné raison. Je l'ai jamais revue, Béatrice. Il y avait des bruits. Que tes parents ne la laissaient plus sortir. Qu'elle faisait votre ménage, même. C'est pas des choses à faire.

Le pas de Paul se cale malgré lui sur celui d'André, irrégulier.

— Ensuite j'ai appris pour le couvent. Entre nous,

ça m'a fait bizarre, mais j'étais quand même content de la savoir ailleurs.

Paul se force à prendre un air naturel pour tutoyer André :

— Qui te l'a dit ?

— Françoise, qui d'autre ? Ta sœur, avec ses grands airs... Je prenais des nouvelles, de temps en temps. Ta mère aurait dû la marier à quelqu'un. Elle aurait pu, elle était jolie. Et puis les terres.

— Françoise ?

— Non, Béatrice. Antoine ça n'a pas fait l'affaire. Ça n'aurait pas marché, avec ta mère sur son dos. Mais il aurait dû y avoir quelqu'un d'autre. Elle méritait pas ça, Béatrice.

Paul ne sait pas si c'est l'évocation de Béatrice ou d'Antoine qui altère la voix d'André. L'air vrombit quand on arrive en silence en haut d'une petite côte. Paul souffle :

— On entend bien l'autoroute.

— C'est ton père qui l'a fait passer là. Dans les années 90, il a fait des pieds et des mains, au conseil municipal. À croire qu'il n'y a été que pour ça. Le tracé initial prévoyait de traverser le parc de La Boissonnière.

Ils arrivent au bâtiment neuf, par l'arrière. Plus de feuilles au sol et plus d'arbres sur les côtés, ça fait de la terre nue que le vent souffle plus vite. Le ciel est bas, maintenant, d'un gris homogène. L'odeur du lisier pique les narines. Paul se sent une nostalgie d'un temps qu'il a à peine connu.

Sur le visage d'André passe l'ombre de celui de Georges, dont Paul pensait ne pas se souvenir :

— Et ton oncle ? Françoise m'a dit qu'il était mort dans son lit.

Un chuintement de tendresse couvre les mots d'André :

— Tout comme la tante. À quelques mois.

Paul pense qu'il va ajouter quelque chose. André se gratte la tête, hésite. Il relève les yeux vers le mur du bâtiment :

— Je te propose pas d'entrer. C'est des bonnes bêtes, mais ça fait peine à voir, parce que j'en ai des malades.

Pourtant Paul n'a pas besoin d'insister longtemps, André se laisse suivre.

La porte s'ouvre en silence. Mais quand la lumière pénètre dans le bâtiment, c'est un long beuglement erratique qui se lève. L'odeur est nauséabonde, Paul retient son souffle. Les murs sont blafards sous la lumière crue des néons. Des rangées de grilles séparent des bêtes presque immobiles, comme une foule sous un soleil d'enfer froid, qui attendrait de connaître son sort. André fait quelques pas, regarde le premier veau, puis un autre, rapidement. Il se tient là debout, puis se retourne vers Paul :

— J'aime autant que tu m'attendes dehors, d'accord ? Ou à la ferme. C'est mieux.

Paul ne se fait pas prier.

Il fait le trajet en sens inverse. Sans la présence d'André, il se concentre sur le chemin. Moins sur ce qui a été et qui n'est plus, mais sur le chemin en soi, pour lui-même, la boue des ornières, le grondement de l'autoroute, les oiseaux par-dessus, et l'odeur des feuilles qui pourrissent. Malgré l'ondulation immuable des prés, on n'oublie pas comme ça le monde neuf qui se fait voir : un terrain de foot que la commune a fait construire, un transformateur électrique, des pneus en contrebas, dans un fossé. Un moteur de tronçonneuse, au loin.

Ainsi, c'était Antoine. Paul fouille dans sa mémoire, mais il ne trouve que le prénom, et ce qu'on en disait. Antoine le socialiste – Jean disait *gauchiste* – qui avait refusé le contrat que les Pardieu lui avaient proposé et avait claqué la porte de Sarget. Il avait voulu se lancer en politique. Ou dans le droit ? Paul avait appris sa mort avec indifférence. C'était le genre de nouvelles que lui apportait Françoise avec le train, qu'elle ponctuait de petits hochements de tête pénétrés, *les pauvres, ils n'ont vraiment pas de chance*, avant de passer à autre chose. Françoise aimait remâcher la souffrance de Sarget, la commenter comme un feuilleton dramatique. Peut-être qu'elle y prenait un peu de plaisir coupable, le malheur des autres est un spectacle réconfortant quand il ne vous arrive rien. On n'a peut-être pas vécu, mais au moins on n'aura pas souffert. *Les pauvres.* Et voici qu'aujourd'hui le destin de cet inconnu rejoint celui de Béatrice sans que Paul puisse mettre un visage ou une voix sur ce nom. Antoine Saure restera un étranger.

25

Henri

Ce matin du départ de Maman, Béatrice nous avait rejoints sur le perron et elle écoutait les dernières recommandations de Grand-mère, qui préférait les donner à sa fille qu'à son gendre. Huguette s'occuperait de l'intendance. Il fallait veiller sur moi, ne pas me lâcher d'une semelle. Béatrice m'a fait un clin d'œil. Maman se concentrait pour me sourire, Françoise m'a donné un baiser affectueux et mouillé, les deux bras autour de mon cou, la bonne fille.

Je n'aime pas penser à elle.

Mais si, tu aimes ça. Tu te souviens ? La trouille, dans son regard.

Ce matin-là, le vieux est resté à la maison. Je pense que Béatrice n'osait pas sortir. Nous avons joué aux cartes dans sa chambre, une fesse mal posée sur son lit, le nez pointé vers les fenêtres, vers la lumière, à attendre l'heure du déjeuner qui nous ferait changer de pièce. Je la trouvais gentille de rester avec moi alors que rien ne l'y obligeait. Je ne lui disais pas, j'avais peur qu'elle change d'avis et me laisse seul. Pour lui montrer ma bonne volonté, j'étais d'accord avec tout ce qu'elle disait, tout ce qu'elle proposait. Je craignais qu'elle ne s'ennuie, j'essayais de la faire rire. Nous avons déjeuné tous les trois, et le vieux s'est forcé à nous faire la conversation, sous peine de rester à table en silence. Il me faisait parler, il luttait pour trouver quelque chose à me dire, car les grandes vacances le privaient de son sujet favori. Nous avions déjà fait le tour de tout ce que j'aurais à rattraper à la rentrée. À midi, il avait épuisé la question du départ de Maman, les conditions du voyage. L'après-midi, nous avons fait un croquet, après la sieste. Je peux entendre les *pocs* du maillet sur la boule, nos voix contraintes qui hésitaient à fendre la chaleur et le silence, *qu'est-ce que tu veux faire maintenant*. Le soir, le vieux a quitté la table avant le dessert, prétextant une urgence. Nous avons joué à la canasta dans ma chambre, par terre, la lampe éteinte car le jour durait. Par la fenêtre ouverte, le chant des grenouilles a succédé à celui des grillons. Béatrice l'a fermée quand on a dû allumer les lumières, à cause des moustiques et des chauves-souris. Elle m'a dit d'aller me coucher. Dans mon lit, je voyais les murs se rapprocher. Au bout d'un certain temps, je suis allé voir dans sa chambre. Elle dormait déjà. C'était la fin du premier jour sans Maman. J'avais peur que tout l'été ne lui ressemble.

Le lendemain, le vieux nous a annoncé au petit déjeuner qu'il partait à Marande pour quelques jours. Béatrice et moi avons fait semblant de ne pas entendre. Il a dû répéter la nouvelle. Je m'efforçais de ne pas sourire, *tu es sûr* ? — *Vous êtes vraiment obligé ?* – Béatrice vouvoyait le vieux, à cette époque. Nos corps étaient immobiles et tendus par-dessus notre assiette, notre joie comme un animal qu'on ne veut pas effrayer, qu'on appréhende sans mot ni geste de peur qu'il ne fuie. Je sentais celle de Béatrice, libérée, le chant de sa voix qui perçait sous le ton monocorde, et je la suppliais intérieurement de se contenir. Le vieux nous a donné quelques recommandations et a quitté la table. Béatrice a repris une tartine qu'elle a beurrée largement. On se souriait sans rien se dire, des coups d'œil lumineux et pleins de promesse.

C'était le temps des foins. Béatrice me l'a annoncé quand elle a entendu la porte claquer. Je compris à peine ce qu'elle voulait dire. Qu'est-ce que ça changeait ?

Tout. Le temps des foins, je l'ai appris le jour même, c'était le meilleur. Celui des jours longs, de la poussière dans le soleil. Béatrice a attrapé deux chapeaux de paille et nous sommes sortis par le cellier, passant en une seconde de l'obscurité fraîche et minérale à la lumière cuisante du dehors. Je crois que nous avons traversé la Vézère en courant, j'avais le cœur qui battait, je ne l'avais jamais fait. Les lattes du pont tremblaient sous nos chaussures. Béatrice avait failli passer la journée entre les murs de La Boissonnière, et voilà qu'elle était libre : elle me pressait de la voix, me prenait la main pour me tirer quand je ralentissais le pas. Bien avant Sarget, un vrombissement de moteur m'est entré dans le cœur, sourd, ça m'a saisi, le bruit s'est amplifié et Béatrice l'a utilisé pour s'orienter. On a tourné sur le chemin qui descend après la croix, que j'ai tant parcouru par la suite, et le bruit a grossi jusqu'à ce que je le voie : un énorme tracteur, orange et rutilant. Celui qu'on appelait le Renault, mais je ne le savais pas encore. Au volant, le vieux Georges a fait un signe rapide de la main, mais il est resté concentré sur sa trajectoire qui découpait le pré en lignes droites. Derrière lui, des bandes d'herbe comme la partie émergée des tunnels de rats taupiers, épaisses et fumantes de poussière, et des femmes au râteau qui nous ont accueillis à grand bruit. Il y avait la vieille Saure, celle qui a une dent qui part vers l'avant, et puis deux jeunes que je n'avais jamais vues. La vieille avait un chapeau de paille, les autres des foulards sur la tête. Elles criaient *ça fait deux jours qu'on t'attend, ma fille ! Tu crois que le travail se fait tout seul*, des choses comme ça, mais elles riaient, et elles lui ont tendu un râteau. La vieille m'a touché les cheveux :

— Il n'y en a pas pour toi, mon bouchon. Va donc t'asseoir sur le talus. Tu nous remplaceras plus tard.

Je suis resté un petit moment à les regarder. Béatrice allait aussi vite que ceux de Sarget pour rassembler l'herbe qui s'était éparpillée tout autour des bandes. Les femmes ratissaient en parlant, le front penché, quand elles étaient loin du tracteur. Parfois, l'une d'entre elles se redressait et se mettait les mains à l'arrière du dos pour s'étirer les reins, le visage en plein soleil. Quand le tracteur était plus proche, elles accéléraient le rythme parce qu'elles ne s'entendaient plus parler, et puis ça les pressait de le sentir à côté.

Le travail avançait vite, le groupe s'éloignait de moi, les femmes s'agitaient comme des fourmis, précises et organisées. Il a fallu deux heures à Georges pour finir. Sur le moment, je ne me suis pas rendu compte. C'est Béatrice qui me l'a dit, ou peut-être que maintenant je le sais, que j'évalue comme ça. Ce jour-là, je dévorais le mécanisme des yeux, son mouvement, ses engrenages, j'étais si fasciné que j'en oubliais les insectes qui me montaient sur les jambes, toutes les bêtes grouillantes que la grande tonte avait délogées. Le travail du râteau me semblait facile, je voyais bien que je pouvais le faire. Mais personne ne m'a demandé ce matin-là de le remplacer.

Au bout d'un long moment, le tracteur s'est arrêté, Georges n'est pas descendu, il a dit quelques mots à Béatrice et elle m'a fait signe de les rejoindre. Un instant plus tard, j'étais à leur côté, et Georges m'a fait un petit sourire :

— Ça te plairait de monter là-dessus ? Je vais chercher la botteleuse.

Je ne savais pas ce que c'était, mais je ne voulais pas poser la question, j'avais peur que la proposition ne tienne plus. Il a fallu qu'on me hisse, parce que la première marche était trop haute. *Cale tes fesses là, et tu te tiens à la barre. Ça peut secouer.* Sur mon trône au-dessus de la roue, j'ai croisé le regard de Béatrice, et c'est dans ses yeux brillants et rieurs que j'ai vu que j'étais heureux. Je n'étais jamais monté sur un tracteur. Georges a remis le contact, et le bruit m'a de nouveau pénétré à m'en faire trembler le squelette.

On a d'abord traversé le pré, ça tanguait sec. J'étais étourdi du soleil qui tapait, du bruit, des soubresauts quand on sortait des ornières. Je ne suis plus monté sur un tracteur depuis bien longtemps, mais parfois si je me soûle je retrouve cette sensation, la chaleur, la tête qui tourne et l'excitation qui progresse dans les veines, chaotique et tenace. J'ai même l'impression que c'est pour ça que je me soûle. Ce matin de juillet, j'ai pris ma première cuite. C'était la plus belle de toute ma vie.

Ça s'est calmé sur le chemin, et Georges me parlait un peu, en gueulant des bouts de phrases. Je ne savais pas s'il me posait des questions, je n'entendais pas grand-chose, mais il n'avait pas l'air d'attendre quoi que ce soit de ma part. On arrivait à Sarget.

J'avais déjà accompagné une fois Grand-mère, quand elle était venue pour percevoir le loyer. Quelques jours avant son départ pour la Suisse, nous avions pris la voiture pour contourner toute la propriété et arriver par la route. On avait dû rouler un bon quart d'heure. Nous nous étions garés juste devant la grande porte de la ferme. Il n'y avait que le vieux Georges pour nous accueillir. Il nous avait proposé un café que Grand-mère avait refusé, le tout dans un échange qui semblait le fruit d'une longue négociation inchangée. Nous étions restés quelques instants debout devant la porte. Grand-mère avait posé des questions sur le travail, et Georges s'était laissé faire. J'étais allé plus loin pour observer les machines qui dormaient dans la poussière. Sans personne pour les réveiller, je ne pouvais pas savoir à quoi elles servaient. Elles ne me disaient rien. Je voyais bien que certaines avaient des langues de métal hérissées, une autre un moteur qui prenait toute la place, qu'il devait y avoir un ordre et un usage qui m'échappaient. J'étais revenu près de Grand-mère. Un chat nous regardait fixement, puis était venu sans raison me sentir les mollets et se frotter à mes jambes. Je m'étais penché pour le caresser. En relevant la tête, j'avais cru voir passer une silhouette de fille dans la pénombre de la grange, par la porte ouverte. Sur le moment, cela m'avait paru impossible, je m'étais dit que j'avais confondu, et que cela ne pouvait pas être Béatrice. Sur le chemin du retour, Grand-mère s'était désolée de l'état de l'appentis, contre le mur nord, avait déclaré que les foins ne donneraient pas grand-chose cette année, ni le blé, et que le potager était mal paillé. Elle avait dit *ces gens ne savent pas tenir une ferme*, quelque chose comme ça, et elle avait soupiré. Quelque temps plus tôt, c'était Georges qui était venu à La Boissonnière.

Juste avant Sarget, le fils de Georges nous attendait devant la pente qui monte à la première grange. Il avait un chapeau lui aussi, et se tenait accoudé à une machine, avec un râteau à l'avant, dont j'ai deviné que c'était la botteleuse. Quand on est passé devant lui, le tracteur s'est arrêté quelques instants, il m'a tendu la main en me disant son nom, *Albert*, je ne l'ai pas entendu à cause du moteur, mais je le connaissais déjà. Sa peau était rêche dans mes doigts. Il a planté son regard bleu profond dans le mien, sans sourire, puis il a tourné les talons. Il devait avoir le même âge que mon père, et j'ai pensé *le vieux ne se tiendrait jamais comme ça*, en bras de chemise, avec les mains noires de suie ou de je ne sais quoi. Georges a calé le tracteur devant la machine, il a arrêté le moteur, et c'était soudain le grand calme chaud. Au fond, vers la maison qu'on ne voyait pas, j'ai entendu une radio. Albert a crié en direction de la ferme, *Antoine*, et son cousin est arrivé.

Je n'avais jamais vu Antoine, mais j'avais entendu parler de lui. Ses deux parents étaient morts à la guerre, ils avaient été fusillés par les Allemands, et lui et son frère André avaient été recueillis par leur oncle Georges et sa famille. De toute façon, si j'avais bien compris, ils habitaient déjà à Sarget avant le drame. Antoine avait la peau sombre, de teint ou de saleté, j'avais du mal voir, et ça faisait ressortir ses yeux bleus, ses cheveux blonds, ses dents blanches, par contraste, comme ceux des cow-boys dans les westerns. Il était beaucoup plus jeune que son cousin Albert, mais ils se ressemblaient beaucoup. Antoine me fit un sourire qui éclaira tout son visage. J'ai pensé à Béatrice et à Maman, et à comment deux personnes qui se ressemblaient tant pouvaient être aussi différentes. Je ne l'ai peut-être pas pensé sur le moment. Sur le moment, j'imagine que je me suis demandé où était son frère. Quand on évoquait Antoine, on accolait toujours le nom du *pauvre André.*

Ils ont commencé à atteler la botteleuse, et à discuter. Je ne comprenais pas grand-chose. À un moment, Antoine a demandé ce que je faisais là. Il n'a pas demandé qui j'étais, il devait le savoir. Georges a répondu que j'étais arrivé avec Béatrice, Albert a dit quelque chose que je n'ai pas entendu et Antoine est devenu tout rouge pendant que Georges rigolait. Ça ne me plaisait pas beaucoup, mais je me sentais forcé de sourire. Albert a passé la main sur l'épaule d'Antoine, je ne peux pas oublier ce geste, tendre et solide, j'ai pensé au vieux encore une fois, mais je n'arrivais pas à mettre de mots sur ce que je ressentais.

Ils ont recommencé à se pencher sur le crochet d'attelage. Tout le monde était calme et concentré. Quelques poules grattaient la poussière ; l'une d'entre elles s'est penchée pour poser sa tête sur le sol, et puis elle s'est enroulée sur elle-même pour s'y frotter. Ça soulevait la terre comme une fumée. Je pensais aux graviers de La Boissonnière, aux murs de la maison, à l'obscurité froide du salon, à cette heure où d'habitude le vieux lisait le journal sur le petit fauteuil, près de la table en acajou.

Et puis il y a eu un changement dans l'air, sans que je sache pourquoi. Ils ne parlaient plus. J'ai levé la tête : Antoine avait le regard derrière moi. Et derrière moi, debout, il y avait Béatrice qui souriait.

Elle était venue chercher le déjeuner qu'on avait préparé tôt le matin. Tout le monde était sûr que les hommes n'y penseraient pas. Les trois ont ri, ils ont dit *Ça, c'est juste, je n'y pensais plus.* Antoine est allé dans la ferme et il est revenu avec deux gros paniers couverts d'un tissu blanc. On les a chargés sur le tracteur et Albert est monté en disant qu'il voulait repartir seul, qu'il ne pouvait pas prendre un gamin. *Je suis pas là pour jouer, moi.* Il a démarré le moteur, et cette fois-ci ça ne m'a pas fait le même effet, parce qu'il n'y avait plus de vibrations pour me parcourir les membres. Je l'ai regardé s'éloigner sans regret, je n'avais pas envie d'être avec lui sur le tracteur. Je voyais bien que je le dérangeais. Peut-être que je reconstruis l'histoire après coup, puisque j'ai su par la suite qu'il ne voyait pas d'un bon œil que je sois là. Il s'est retourné une dernière fois. Ce que je sentais, quand il posait les yeux sur moi, l'intensité de son expression, je ne peux pas le dire. Je percevais sans le comprendre tout son ressentiment envers La Boissonnière : ce qu'il puisait de sa terre, de son travail, ce qu'il nous devait légalement chaque mois, on lui arrachait, on lui volait purement et simplement. Et maintenant je ne me souviens plus que de ça, ce souvenir-là a tout avalé, tout contaminé quand je pense à Albert. Est-ce que j'avais conscience d'être le propriétaire ? J'aimerais me dire que non, qu'au moins j'étais innocent de ce crime-là, mais je crois bien que je le savais, que j'en tirais même de la fierté, que je me sentais légitime à me trouver à Sarget. La honte est venue plus tard, certainement. Quand j'ai compris.

Tout de suite après son départ, j'ai senti qu'on me saisissait sous les aisselles, j'en ai crié : c'était Antoine qui me hissait sur ses épaules, et nous sommes partis tous les trois avec Béatrice, parce que Georges voulait faire la sieste.

Béatrice n'avait pas ma timidité : elle parlait avec Antoine comme elle le faisait avec moi, avec une quiétude enjouée. Elle a évoqué un agneau qu'on n'avait pas réussi à sauver quinze jours plus tôt. Je comprenais en l'écoutant qu'elle passait encore plus de temps à Sarget que je ne l'avais cru. Elle parlait bas, parce qu'elle était essoufflée, et parfois Antoine devait se pencher pour l'écouter. C'était difficile, avec mon poids sur ses épaules. *Arrête de gigoter, la rapiette.* Dès qu'il me parlait, j'entendais le sourire dans sa voix. Je n'osais pas demander où était son frère. Je tanguais au rythme de sa marche, c'était le moment le plus chaud de la journée. Je commençais à avoir faim et soif. L'horizon était ballotté sous mes yeux, et derrière chaque ligne, chaque talus, se découvraient des prés vert pâle, presque jaunes. Nous n'étions qu'à quelques centaines de mètres de La Boissonnière, mais je découvrais un monde nouveau, parallèle, loin des pelouses et du gravier, des murs de pierre et des salons d'été. Chaque parcelle était ordonnée, tenue par des haies denses ou de fines clôtures, limites tracées dans un langage qui m'était étranger, dont j'admirais la minutie sans en comprendre la signification, comme une belle calligraphie chinoise. Chaque pré, jusqu'en haut des collines, avait sa couleur et dessinait le paysage comme un jardin.

Antoine a fini par me poser et Béatrice m'a attrapé la main. Elle nous a guidés jusqu'à un autre pré où l'herbe était encore haute. On avait déjà étalé des nappes, à l'ombre d'un arbre dont j'ai su plus tard que c'était un érable. Il y avait du pain et du fromage, du jambon presque gris. On m'a donné du vin. C'était la journée des premières fois. Une autre Béatrice se déployait devant moi. Elle avait la même voix, joyeuse et douce, les mêmes yeux noisette, la même main qui se mettait derrière ma tête si je me penchais en arrière, pour éviter que je me cogne sur une pierre, les mêmes pieds nus qu'elle exhibait librement au soleil, mais tout ce qu'elle disait m'était nouveau, une autre avait pris possession de son corps et sortait une bouteille du panier, versait du café aux autres sans leur demander leur avis puis baissait son chapeau sur son front pour protéger son visage pendant la sieste. C'était ma tante, mais elle disait *botteleuse, faner,* elle disait *fourrage.* La fierté me poussait contre elle, je cherchais sa compagnie, ses sourires, son approbation.

J'étais cuit par la chaleur et le vin. Je luttais contre le sommeil pour observer Béatrice qui ramassait les restes du déjeuner, Antoine et son cousin qui finissaient leur café. De temps en temps je surprenais le regard d'Albert sur moi, et je lui trouvais l'air mauvais. J'ai fini par m'endormir.

Quand je me suis réveillé, à l'autre bout du pré, Georges était au tracteur, et Antoine et Albert s'agitaient sur la botteleuse, l'un à la roue et l'autre debout à surveiller le foin qui entrait, les bottes carrées qui en sortaient et allaient se déposer dans la remorque. C'était comme s'ils avaient eu une énorme bête à maîtriser, un taureau fumant ou un dragon, ils gueulaient comme des dresseurs, plus fort que la machine. Les femmes avaient disparu, je ne trouvais pas Béatrice et je n'osais pas bouger. Quand elle est revenue me chercher, elle était rouge de soleil, malgré son chapeau, et elle m'a dit de me dépêcher. Nous n'avons salué personne et nous sommes partis sur le chemin.

Béatrice ne disait plus rien, elle avançait d'un bon pas, penchée en avant. Le soleil était encore haut. Elle devinait mes pensées :

— J'ai peur de me faire cafter par Huguette.

Notre souffle était court à cause de la marche. J'avais envie de poser des questions à Béatrice, mais je ne savais pas par où commencer, et j'étais gagné par son inquiétude. Elle m'a pris la main pour passer la Vézère. Les pentes des prés se domestiquaient, s'unifiaient, en un vert sombre : on passait aux pelouses de La Boissonnière. Béatrice a décidé de faire une apparition dans la cuisine, pour montrer notre présence à Huguette. *Reste là, je m'en occupe.* Je m'allongeais sur l'herbe, au sud. Pour la première fois, j'ai remarqué que le gazon, ras et inerte, était vide d'insectes.

Béatrice est revenue quelques minutes plus tard et s'est allongée contre moi. Elle avait lavé sa figure et relevé ses cheveux.

— Tu l'as vue ? Elle n'a rien dit pour le déjeuner ?

— Je lui ai dit qu'on n'avait pas fait attention à l'heure. Elle m'a passé un savon. Elle m'a dit qu'elle s'était fait un sang d'encre, qu'elle avait essayé d'appeler ton père. Elle ne l'a pas eu. Il n'était pas à son cabinet. On a eu chaud.

— Tu lui as dit de ne rien dire ?

— Non. J'ai dit que c'était normal, et qu'il ne fallait pas embêter ton père avec ça, la prochaine fois.

— Elle t'a crue ?

— Oui.

Je regardais les nuages passer dans le ciel. Je ressentais une espèce d'urgence radieuse. C'était l'envie de repartir qui me pressait. Mais Béatrice fermait les yeux, le souffle tranquille.

— Tu dors ?

— Non.

J'ai enfin osé me lancer :

— Tu y vas souvent ? À Sarget ?

— Quand je peux.

— Il ne te fait pas peur, Albert ?

— Il n'est pas méchant. Il a beaucoup de travail, c'est tout. C'est lui qui doit reprendre, après Georges. Je ne le vois pas beaucoup, de toute façon. Là c'est les foins, c'est le moment le plus dur, tout le monde travaille ensemble. Mais la plupart du temps je suis avec Antoine.

— Antoine a l'air gentil.

— Il est très gentil.

J'étais frustré qu'elle n'en dise pas plus. Ses relations avec les Saure m'intriguaient, mais je ne savais pas comment lui dire. J'essayais par des chemins détournés :

— Tu as vu la grosse machine ?

— La botteleuse ? Ils l'avaient déjà l'année dernière. Ils la partagent avec des voisins. C'est pour ça qu'il y avait Marie et Luce. Dans moins d'une semaine, on ira chez elles, pour faire le même travail.

— Il n'y a pas d'enfant, chez les Saure ?

— Non. Albert n'est pas encore marié. Et les neveux sont trop petits.

— Pourquoi il n'était pas là, le frère d'Antoine ?

— André ? Il est aux bêtes, la plupart du temps.

Je n'ai rien tiré de plus de ma tante ce jour-là. Elle n'avait rien à cacher ; elle n'avait rien à dire non plus. Béatrice n'était pas une fille de mots, et je n'osais pas lancer tous ceux que j'avais en tête. Je me contenterais d'images.

Le soir, nous avons dîné tous les deux. Elle m'a dit au dessert d'aller faire ma toilette, qu'elle viendrait me lire une histoire dans ma chambre quand j'aurais fini. J'avais peur qu'elle parte sans moi le lendemain. Mais Grand-mère et Maman m'avaient confié à elle. Béatrice a toujours pris son travail au sérieux.

Le premier jour à Sarget avait été une déflagration dans ma vie, j'étais étourdi de tout, de l'odeur de l'herbe coupée, des mots que je ne comprenais pas, des voix nouvelles, du bruit de mes pas sur les chemins, qui sonnaient plus fort que sur les allées du parc. Un grand voile s'était déchiré sur le monde tel que je le pensais : La Boissonnière n'était plus le centre. Béatrice avait ouvert une brèche immense, du pont qui passe la Vézère jusqu'au ciel, on pouvait sortir et un jardin extraordinaire existait là, de l'autre côté, depuis toujours et pour toujours, plus réel que les murs de notre maison où je croyais auparavant que l'existence de chaque chose devait se référer. J'étais passé dans cette grande déchirure, j'étais ébloui.

Dès le lendemain, je crois, j'étais au râteau. J'avais chaud, je sentais des gouttes de sueur salée descendre de mes tempes à mes lèvres lorsque je travaillais la tête penchée ; pour rien au monde je ne l'aurais relevée. J'étais un rouage du mécanisme. Béatrice m'a montré comment tenir le manche, comment racler près du sol pour ne rien perdre et concentrer sa force. Antoine est passé derrière elle pour rectifier son geste et elle lui a jeté, pour rire, une poignée de foin dans les yeux.

Le plus beau, ça a été les jours d'après. Quand les plis se prennent, quand on comprend un ordre parce qu'on se souvient du geste de la veille. Quand on est prêt au goût du vin et du café et qu'on n'a plus à faire la grimace. Quand tout le monde vous appelle la « rapiette », parce que le mot a plu, et que Georges et les femmes prennent le temps de tout vous expliquer : c'était la promesse d'un lendemain. On comptait sur moi. J'ai ressenti ces jours de grand chaud et de grande compagnie une joie que je ne retrouve que chez les chiens, la joie d'être là, l'excitation du geste répété, et je devais bien en déborder un peu, de cette joie, car même Albert en venait à m'emmener avec lui, n'importe où, sur le Renault, parce qu'il avait *besoin de quelqu'un* pour l'aider. Dans ce mensonge-là, il y avait le cadeau qu'il me faisait, mais aussi le prix de ma propre présence : il se laissait brûler par mon feu. Jamais très longtemps : il arrivait toujours un moment où je finissais par l'énerver, et il s'arrangeait pour que je retourne auprès de Béatrice. J'ai compris plus tard ces mouvements d'humeur soudains, qu'il ne réservait qu'à moi. Je croyais encore cet été-là que nous buvions à la même eau, que nous nous étendions au même soleil. Mais moi je jouais pendant qu'ils trimaient tous, je jetais un manteau de joie sur leur misère et je m'en contentais. Pire, je m'en émerveillais. Albert pardonnait mal mes éblouissements de riche. Aujourd'hui encore, je ne peux pas m'en empêcher. J'ai du mal à ajuster mes souvenirs aux contours de leur réalité.

Après Sarget, nous nous sommes attaqués aux foins des voisins. Mon esprit attentif retenait tout. Le nom des machines, le nom des prés, le nom des gens. Auparavant, tous les environs qui excédaient les murs de La Boissonnière constituaient un magma informe, une géographie confuse et furieuse, une société hostile. Ces premiers jours de juillet, le chaos s'est ordonné. Les mots jetaient un cadre par-dessus les collines hérissées, un châssis qui agençait le monde en un plan régulier. La montagne se découpait en parcelles que j'apprivoisais du râteau. Je touchais l'herbe, la terre, je comparais leur couleur, leur texture, leur odeur. Tout constituait un renseignement essentiel et venait se ranger à l'abri et en ordre dans mon cœur. Le soir, je rentrais à La Boissonnière. Les murs de ma chambre se tapissaient de nouvelles couleurs, je savais désormais qu'il existait des brèches tout autour du parc, qui laissaient passer la lumière et s'ouvraient sur des collines infinies dont nous pouvions connaître chaque nom. Au fur et à mesure des jours, je n'avais plus peur que Béatrice me laisse seul le matin, je savais qu'elle allait venir me réveiller en ouvrant les rideaux de ma chambre. Nous partions sans déjeuner, avant l'arrivée d'Huguette, et nous nous rendions là où nous avions convenu d'un rendez-vous la veille.

Je crois que c'est le troisième jour qu'Antoine m'a demandé de l'accompagner pour faire le tour des bêtes. Elles paissaient dans un petit pré déjà ras, un peu plus loin au sud. Il n'y avait pas grand-chose à faire, m'a-t-il annoncé sur le chemin en tapant un bâton de noisetier au rythme de sa marche, il fallait simplement vérifier que tout allait bien, que les clôtures étaient en place, que l'eau coulait de la source jusqu'au baquet. Il faisait chaud, les bêtes avaient soif, pas question de laisser le conduit se boucher. Sans crier gare, Antoine a tourné à gauche vers une clôture : il a posé un pied sur le fil de barbelé du bas. Avec son bâton, il a soulevé celui du haut : *Passe. Attention, penche la tête.* Il regardait autour de lui, le pré était désert. Il a fait un petit *eh oh*, et signe de me taire, bien que je n'aie rien dit. Il écoutait. *Par là.* Il avançait vite, je devais presque courir pour le suivre. Plus loin, le pré continuait en pente douce.

En contrebas, cinq limousines se tenaient ensemble, immobiles dans le soleil franc du matin, olympiennes, toutes orientées de manière différente comme si elles avaient été placées là au hasard par la main d'un dieu négligent. Certaines étaient debout. En m'approchant derrière Antoine, j'ai vu une tache sombre contre le corps de l'une qui était allongée. La tache s'est relevée. Un jeune homme à peine plus grand que moi, le visage creusé, a souri en nous apercevant. Il lui manquait une dent sur le côté, il portait une casquette de feutre et un bâton, comme Antoine. C'était son frère André. Antoine nous a présentés.

C'était comme les bêtes, et encore, pas toutes. Comme les ânes quand ils viennent vers vous le front baissé : un mélange de crainte dans la posture, et en même temps une confiance dans le regard, une percée lumineuse dans tout un visage de trouille. Voilà André tel qu'il m'est apparu ce jour de juillet, tel que je l'ai toujours vu. Antoine lui parlait lentement, je comprenais à peine ce que son petit frère lui répondait, parce qu'il n'articulait pas bien, parce que ma présence le mettait mal à l'aise, parce qu'il ne prenait pas garde de rectifier son patois. Il bégayait un peu. Il donnait des nouvelles d'un veau qui s'était éloigné plus loin, avec sa mère. Il me jetait des yeux égarés de temps en temps ; Antoine l'aidait à finir ses phrases. Alors il souriait, quand il était compris. Je n'ai pas échangé plus de quatre mots avec lui ces jours-là. Sa timidité maladive empêchait tout dialogue, parce qu'il répondait par des bruits de gorge, parce que vous aviez peur de le blesser rien qu'en lui demandant l'heure. Je n'ai jamais su s'il était capable de la donner, du reste. Tout le monde disait qu'il était un peu *demeuré*, André. Ça n'est pas censé être un mot gentil, mais son frère, son oncle et sa tante, les voisins, Béatrice, le disaient avec une intonation maternelle, comme on fait un compliment à un bébé qui apprend à marcher. Je pensais qu'il inspirait à tout le monde le même sentiment qu'il avait fait naître chez moi ce jour-là : une envie violente de le secourir, de le prendre dans ses bras, de le rassurer. Je sus plus tard qu'André départageait les hommes, ceux qui voulaient le protéger de sa propre faiblesse, et ceux qui s'en servaient contre lui. Il était le jugement de Dieu.

Antoine lui a proposé de venir avec nous. André a reculé d'un pas et agité la tête de droite à gauche. Nous sommes repartis.

C'est ce même jour, je crois, qu'Antoine a parlé la première fois du bal à venir, celui du 14 Juillet. Nous étions dans un pré vers La Chevade sur lequel je ne suis jamais revenu, qui appartient à la famille d'Huguette. Nous avions peur qu'elle passe à l'improviste. C'était une courte pause pour boire, et je mâchonnais une fleur de trèfle dont Béatrice m'avait appris à extraire les pétales pour sucer le bout sucré. Ils étaient assis par terre, proches, tandis que je trempais mes mains dans l'eau glacée d'un baquet. Je me rappelle simplement une conversation basse, puis le visage de Béatrice qui se tourne vers moi. *Qu'est-ce que tu en penses ? Ça te plairait d'aller au bal ?* Quelle question. Je l'aurais suivie au bout du monde. J'ai fait oui de la tête. En baissant les yeux, j'ai vu le bras nu d'Antoine collé à celui de ma tante, peut-être par hasard. Ils étaient immobiles, ils n'avaient pas envie de rompre ce contact fortuit, alors ils ne bougeaient plus et souriaient, leurs deux blondeurs ensoleillées, leurs visages pleins d'une joie reliée, jumelle. On aurait dit un frère et une sœur. Je n'aurais jamais pensé à autre chose, à cet âge.

26

Françoise

Cela fait maintenant presque trois mois que Béatrice vit avec nous. Elle aurait dû partir bientôt. C'est ce qui avait été décidé. Mais elle n'a pas l'air de se préparer du tout. Même, on est en train d'organiser la rentrée, qui est la semaine prochaine, et on a dit que ce serait elle qui viendrait nous chercher presque tous les jours, au début, Paul et moi. Paul va rentrer à l'école. Je prononce parfois ces mots tout haut, pour les entendre résonner, je les fais peser : *Paul va rentrer à l'école.*

Au fur et à mesure de l'été, Béatrice a pris l'habitude de dîner le soir avec nous (les enfants), puis même de déjeuner, et de petit-déjeuner. Elle reste au deuxième étage, souvent. Elle ne croise jamais Papa, ou très rarement, alors il a fini par faire semblant de ne plus s'apercevoir qu'elle était là. Quand nous allons à la messe, le dimanche, elle ne vient pas avec nous.

Au début, je pensais que c'était parce qu'elle n'était pas catholique, comme Huguette, mais un samedi soir, elle est rentrée d'on ne sait pas où, elle est venue tout doucement mettre son manteau dans l'office. Elle est comme ça, Béatrice, on ne l'entend jamais faire les choses, si elle le veut. Quand elle n'est pas en train de chanter ou de parler, on ne l'entend pas. Maman, c'est l'inverse, elle ne dit rien, elle ne chante jamais, mais on entend toujours le claquement de ses talons qui la précède – et la suit. Maman est venue à la porte, lui a juste dit *Tu crois que c'est bien, de communier, dans ta situation ?*, et elle est partie sans attendre la réponse.

Alors j'ai commencé à observer ce que faisait Béatrice : elle va bien à la messe en cachette le samedi soir. Et elle a même continué après la remarque de Maman. Moi je suis contente qu'elle y aille, parce qu'elle est tellement gentille, j'avais peur qu'elle aille en Enfer sinon.

Le reste du temps, Béatrice est sans cesse avec nous, et surtout avec Paul, qui n'en a jamais assez d'elle. Il en veut toujours plus, de Béatrice. La nuit, il n'a plus du tout de crises d'asthme, mais il a commencé à faire des cauchemars, et à aller dormir avec elle. Je crois que maintenant, il n'en a plus tellement, de cauchemars, mais il continue à se faufiler chez elle, et elle le laisse faire. Il se couche dans sa chambre à lui tous les soirs, mais le matin, on trouve son lit vide. Et au petit déjeuner, dans la cuisine, il est assis tout près d'elle, collé, et elle le regarde manger ses tartines comme si elle allait le manger après.

Je ne sais pas si c'est pour ça que Maman a décidé que Paul et moi devions changer de chambre. Pour ne plus voir le lit vide au premier étage.

À partir du moment où Béatrice est venue vivre avec nous, c'est comme si Maman avait décidé de ne plus remarquer certaines choses. Elle qui était obsédée par ce que mangeait et ne mangeait pas Paul, ça ne l'intéresse plus, je crois, et même, c'est comme si elle faisait exprès de ne plus entendre ce qu'on lui dit. Elle qui veillait sur les nuits et le souffle de Paul, qui avait essayé tous les remèdes, qui frictionnait son petit corps avec des baumes, elle ne le voit plus qu'habillé, propre, prêt, en passant, comme une étrangère, comme une invitée. Elle ne vient plus dans sa chambre, ne s'occupe plus de son linge, ni de savoir comment il va s'habiller, comment il va occuper ses journées. Elle ne le voit plus beaucoup.

Mais quand elle le voit, c'est soudain comme si elle devait rattraper tout le vide, toute l'absence, et alors tout devient intense l'espace de quelques instants. Elle ne l'a pas vu de toute la journée, mais soudain, elle passe dans la cuisine au moment de notre dîner pour donner un ordre à Huguette, et elle le voit manger (elle qui a tellement désiré qu'il mange), alors elle lui donne une tape derrière la tête pour lui dire de bien se tenir droit, ou de fermer la bouche, des choses comme ça.

Parfois, s'il se tient un peu courbé, elle prend un objet dur, une cuillère en bois, et elle lui passe sur la colonne vertébrale, du bas vers le haut, pour qu'il se redresse. Paul, il ne répond rien, il regarde Béatrice, très fort, comme s'il lui parlait, il lui dit quelque chose avec les yeux que je ne comprends pas, et je sens que Maman aussi voit qu'ils se parlent comme ça, mais elle ne peut rien dire, alors elle quitte la pièce. Elle n'a même pas remarqué qu'Henri avait refusé le menu d'Huguette et avait des pâtes dans son assiette. Elle ne me dit plus que je mange trop. Elle sort et la tension redescend et on dîne tranquillement avec Béatrice, et Paul gazouille, tout collé à elle, et Henri jette des pâtes par terre et Huguette le gronde et il ne l'écoute pas. Maman est repartie avec l'électricité qu'elle portait en elle, après avoir tenté d'allumer un feu qui n'a pas pris.

Je ne sais pas comment dire. Maman ne voit plus Paul, mais aussi toutes ses attentions sont pour lui. Parfois, quand elle le croise dans l'entrée, quand on rentre du jardin, elle passe à côté de lui comme si elle ne l'avait pas vu, et, au dernier moment, elle se penche très vite sur lui, elle lui prend la tête entre ses deux mains et l'embrasse où elle peut, sur les cheveux, ou la joue, et puis elle le repousse vite et continue son chemin. Lui, il reste un peu tout penaud, et puis Béatrice lui tire sa manche pour lui enlever son manteau, alors il oublie. Encore une étincelle perdue.

Il n'a que quatre ans, et moi presque huit, c'est normal qu'il ne se rende compte de rien et que je voie tout. Et puis, il a l'esprit toujours distrait par Béatrice, elle lui parle, elle lui chante des comptines, elle le caresse, le chatouille, le cajole, il est tout entier occupé par Béatrice, même sa tête. Il ne peut pas penser à autre chose. Il n'a pas le temps.

C'est drôle parce que j'ai l'impression que Béatrice est là depuis toujours, j'ai presque du mal à me souvenir du temps où elle n'était pas là, alors que si j'examine attentivement ce qui constitue notre vie, j'imagine que l'on peut dire que tout a changé.

C'est comme si nous étions une autre famille, d'autres gens.

Paul est celui que l'été a le plus changé. Tout s'est réveillé en lui. Avant, c'était le silence. Quand il a commencé à faire du bruit, tout s'est mis à bourdonner autour. Au début, ça a été quelques mots, puis il en est sorti des phrases. Des vraies phrases. Les premières fois, on le regardait comme si c'étaient des poèmes de Victor Hugo. Puis on s'est tous habitué. Mais ça n'était pas que les mots, c'étaient aussi des cris, des hurlements, des pleurs, des murmures, tout une gamme de sons qu'il a appris à varier, en trois mois, pour devenir le plus bruyant d'entre nous. C'est comme si le sang s'était mis à cavaler dans ses veines, comme si on lui avait donné une énergie nouvelle, comme si on lui avait soufflé dans les poumons. Béatrice et lui ne se sont pas quittés de l'été. Henri et moi nous sommes agglutinés à eux, on cherchait leur compagnie comme de l'air dans une boîte, pour respirer ce qu'on n'avait jamais trouvé avant à la maison : des câlins, des disputes et des réconciliations, le goût d'une vie normale, j'imagine.

Nous les avons suivis tout l'été. Henri adore aller à Sarget, à cause d'André, surtout. Tout le monde est gentil, et la vieille Saure nous a donné un chat pour chacun, qu'on doit laisser dans la grange et qu'on vient voir tous les jours. Le mien s'appelle Grisouille. Mais je n'aime pas tellement Sarget. André me fait peur, avec sa jambe. La vieille a toujours l'air sur le point de pleurer, le vieux Georges boit beaucoup, parfois même le matin, et alors il se met à crier sur tout le monde. Huguette dit qu'ils sont malheureux comme les pierres depuis que leur fils est mort. Et que c'est plus comme avant, qu'une ferme, ça se perd comme ça. Que c'était lui, le fils, qui devait reprendre, mais que maintenant Papa et Maman pourraient très bien mettre tout le monde dehors, puisque Antoine et André ne sont que les neveux.

Je n'aime pas l'odeur de la maison à Sarget, ni celle de la grange. Si on s'assoit sur les murets, on se retrouve avec des taches de crottes de poules. Henri dit que ce n'est pas sale, mais je vois qu'il fait quand même attention à rentrer propre à la maison. On ne dit jamais où on va, sauf si on nous demande.

Maman n'aime pas trop nous voir partir là-bas. Elle a commencé par nous dire que c'était dangereux, à cause de la Vézère. C'était la première semaine. La rivière est profonde parfois, pas seulement pour aller à Saint-Germain, mais aussi par le chemin qui passe vers Sarget. Le pont y est solide, mais la rambarde est cassée à plusieurs endroits. Je ne sais pas comment Maman le sait, parce qu'elle n'y va jamais, mais elle a décrété un matin qu'il était trop dangereux pour qu'on s'y aventure, et que si nous voulions aller nous promener, il y avait sans doute des endroits plus appropriés pour des enfants qui ne savent pas nager qu'un chemin qui longe une rivière. Béatrice a continué à boire son café sans répondre et puis elle a eu un drôle de sourire. J'ai cru que c'en était fini des visites à Sarget, mais on est reparti le matin même. Arrivés près de la rivière, on l'a longée, comme d'habitude, et puis Béatrice nous a dit de nous arrêter, bien avant le pont. Henri a demandé si elle était fatiguée, parce qu'elle avait Paul sur les épaules, mais elle a dit que non. Elle avait toujours son petit sourire planté sur le visage, son sourire de mystère. Elle a posé Paul à terre. Il faisait déjà chaud, à 10 heures, le soleil nous écrasait, et on s'est assis sous un saule. Elle avait pris un panier, mais je ne voyais pas ce qu'il y avait dedans parce qu'elle avait posé un torchon par-dessus.

— Allez, les gosses. Aujourd'hui, on se passe de pont, a-t-elle lancé joyeusement. Henri, tu commences.

Il s'est tourné vers elle, surpris. Elle a ajouté :

— Enlève tes chaussures, tes chaussettes, tout, garde ta chemise si tu veux, je vous ai pris des culottes de rechange. Déshabille-toi, j'arrive.

Et elle a enlevé son pantalon et sa chemise, dévoilant un maillot de bain rouge qui lui serrait la taille et les cuisses, lui faisant un drôle de pli sous les fesses. Ce n'était pas la première fois que je voyais des jambes de femme, bien sûr, mais Maman met souvent des bas, et puis Maman a des jambes fines, lisses, comme celles des publicités. Béatrice, non, et mon œil restait collé à elles, aux poils que je voyais çà et là, quelques cicatrices, un bleu sur la cuisse, et de la chair un peu molle aussi. Je vois bien que le corps de Maman est plus beau que celui de Béatrice, mais il est éteint, un peu triste. Les jambes de Béatrice sont vivantes. Je n'osais pas m'attarder au-dessus, sur sa grosse poitrine un peu en pointe.

Elle s'est avancée près de la rive en visant les cailloux plats pour ne pas se blesser. Et puis elle est entrée dans l'eau comme si elle continuait à marcher en plein air, sans marquer d'arrêt. Elle avait de l'eau jusqu'aux genoux quand elle s'est retournée vers nous, et lorsque son regard a croisé celui de Paul, il a eu un petit cri d'excitation et elle lui a fait un sourire tellement fort, tellement plein que ça m'a presque fait mal. Une pensée m'a traversée, rapide, piquante mais presque douce : *ce serait mieux que ce soit elle, notre maman.* J'ai eu honte de cette idée. Mais elle ne m'a pas quittée de l'été.

Béatrice a continué à marcher, lentement mais sans arrêt, jusqu'à l'autre rive. On ne disait pas un mot, Henri et moi, on n'entendait que le clapotis de l'eau et les petits cris de Paul, qui était resté avec nous et l'encourageait de la voix. Elle avait eu de l'eau jusqu'à la taille, au plus profond. En arrivant sur l'autre rive, elle a levé les bras en signe de victoire, et Paul l'a imitée. Elle est revenue calmement.

Et elle nous a appris à nager. Enfin, *à ne pas couler*, nous a-t-elle précisé, pour le cas où nous tomberions à l'eau. Elle nageait bien, avec des gestes ronds, amples. Ce qui m'impressionnait le plus, c'était qu'elle entrait dans le froid sans sourciller, qu'elle n'avait pas peur de la terre enfouie, de l'eau terne et troublée par nos mouvements qui remuaient le sol, cachaient les fonds et nous laissaient des traces sombres sur les mollets. *Si tu as peur, Françoise, marche doucement sur les pierres pour ne pas remuer la vase.* Henri a appris vite, j'avais plus de mal. Je craignais les grenouilles qui pouvaient me glisser le long des jambes, l'idée d'un poisson me faisait dresser les cheveux sur la tête, et Henri s'amusait à me frôler les chevilles pour me faire crier. Je n'ai pas réussi à nager, ce jour-là, mais j'ai eu de l'eau jusqu'au nombril, et je sautillais sur place pour éviter le contact avec le sol visqueux. *C'est un bon début*, m'a dit Béatrice. Paul, cramponné à elle, se laissait immerger, lâcher, reprendre et poussait des piaulements de plaisir. Son petit corps maigre frétillait de froid et de joie, et Béatrice le traitait de petite anguille en le couvrant de baisers. Elle nous encourageait, nous repoussait dans l'eau, nous rattrapait, nous acclamait, nous a épuisés, et l'on a fini, sales et heureux, par s'allonger dans l'herbe et s'inspecter mutuellement les chairs pour faire la chasse aux tiques. J'en avais deux, derrière les genoux, et Paul une sous le bras. Béatrice a attrapé son panier et en a sorti une pince, du coton et un petit flacon qu'elle avait dû prendre dans le bureau de Papa. Quand elle l'a ouvert, une odeur entêtante, âcre, m'a soulevé le cœur. Elle a versé un peu de son contenu sur le coton, l'a plaqué sur les points noirs qu'elle a entrepris ensuite de retirer avec la pince. Elle l'a fait doucement, nous n'avons rien senti. Après, elle a déclaré qu'à ce train-là nous saurions nager quelques semaines plus tard. Ce qui a été vrai, même pour Paul.

Maman n'a pas eu l'air plus contente que ça quand Béatrice lui a raconté que nous savions presque nager. Elle a commencé par faire des yeux ronds, et puis elle l'a entraînée avec elle dans le bureau de Papa.

Béatrice et Maman se disputent souvent. L'autre jour encore, elles se sont enfermées dans le salon, après le déjeuner. Je suis rentrée dans la maison à ce moment-là, le ton montait, même si on sentait qu'elles prenaient soin de chuchoter. L'oreille sur la porte, j'ai essayé de comprendre ce qu'elles disaient. Mais j'ai entendu un gros toussotement derrière moi. Je me suis retournée.

Huguette me souriait, son panier à tricot dans les mains, en bas de l'escalier.

— Qu'est-ce que tu fais là, ma fille, tu écoutes aux portes, maintenant ?

Mes joues se sont mises à chauffer.

— Allez, viens avec moi. Tu vas me tenir le fil.

On s'est installées dans ma chambre, parce qu'Huguette aime bien mon fauteuil. L'une en face de l'autre, moi bien droite, elle penchée sur sa maille, une sorte de manchon bleu marine. Parfois elle fait des chandails pour moi. Je lui tiens son écheveau parce qu'elle dit que si elle est seule, il faut tout le temps qu'elle s'arrête pour tirer sur le fil et qu'elle perd son élan. Moi, je crois qu'elle aime bien avoir quelqu'un parce qu'elle peut ronchonner à voix haute. Ça lui fait avancer le cours de ses pensées, d'avoir de la compagnie.

Quand elle travaille, elle y met tout son cœur. Pas seulement son cœur : tout son corps. Ses gros doigts sur les aiguilles, et le nez tout proche du tricot, les cuisses ramassées et les coudes au-dessus.

— Redresse un peu les mains, tu veux bien.

Pas seulement son corps : sa tête. Elle est concentrée sur la maille, sur la régularité du point. Elle ne pense plus qu'à ça. On peut lui demander n'importe quoi, elle répond machinalement.

— Pourquoi Maman n'aime pas qu'on aille à Sarget ?

Si elle relève la tête et qu'elle croise mon regard, c'est perdu, elle ne répondra pas. Mais elle a continué à scruter son ouvrage en marmonnant *: j'aurais dû faire une lisière, c'est pas propre.* Elle a enchaîné :

— Qu'est-ce que tu dis, ma fille ?

— Pourquoi Maman n'aime pas qu'on aille à Sarget ?

— Elle ne veut pas qu'il vous arrive du mal.

— Mais on est avec Béatrice.

— Ça suffit pas, va. L'Albert, il est mort en quatre minutes. Et il la connaissait bien, sa machine. Le malheur peut vous souffler en un rien de temps, avec ces choses-là. Tends bien le fil et rapproche-toi.

J'ai avancé ma chaise sans lâcher l'écheveau, et j'ai répondu :

— Nous, on ne touche pas aux machines.

— Mais ça, ta mère, elle le sait pas.

— Elle ne demande pas. Elle n'en parle pas.

Je me suis tue un moment, puis j'ai ajouté :

— De toute façon, Antoine ne veut jamais qu'on ne touche à rien. Même Béatrice, il ne la laisse pas faire. Alors qu'elle voudrait. Elle sait faire des tas de choses. Eh bien elle ne touche qu'au râteau. Avec les bêtes non plus, il ne la laisse pas faire. Ou alors s'il est là, ils y vont tous les deux. Ça, il veut bien.

Huguette a redressé le front et s'est penchée vers moi, les coudes toujours sur les cuisses. Son visage était tout près du mien, je pouvais même voir les poils sous la bouche. Le fil s'est détendu, mais elle ne l'a pas remarqué. Elle a plissé les yeux :

— Ensemble ?

— Oui. Mais toute seule, non, il ne la laisserait pas faire. Alors nous, tu penses ! En général, il veut qu'on reste à la ferme, Henri et moi.

— Pendant qu'ils partent tous les deux ?

— Oui.

Elle a posé le plat de ses mains en gardant les aiguilles en l'air. *Pauvre Huguette, c'est la crampe.* Mais elle ne lâchait pas :

— Et Paul ?

— Paul, ça dépend.

J'ai commencé à me dire que ça n'était pas forcément une bonne idée de continuer à parler. Elle m'a dit :

— Tu veux qu'on aille goûter, toutes les deux ? J'ai fait de la compote.

— Mais il est tôt ?

— Je ne dirai rien à ta mère, t'inquiète pas. J'ai mis de la crème dans mes pommes.

J'adore quand elle fait ça. Parfois elle me laisse ajouter du sucre. Parfois de la confiture.

— Mets le fil avec le reste dans la boîte, s'il te plaît. Viens.

Dans l'escalier, elle est descendue devant moi et, penchée en arrière, elle a parlé tout bas. J'ai préféré comme ça, parce que Maman n'aurait pas du tout aimé nous entendre aller à la cuisine.

— Tous les jours, tu dirais, que vous y allez ? Vous êtes jamais au parc, quand vous filez, vous allez toujours à Sarget ?

— Presque. Sauf quand Antoine doit aller à Marande pour le marché. Alors, on reste dans le parc. Le reste du temps, on va à Sarget. Antoine nous attend le matin, avec le café. Moi je n'en prends jamais. C'est pas bon, tu aimes ça, toi ?

— Et alors, Paul, raconte-moi. Tiens, assieds-toi, je te donne une assiette.

— Au début, il était tout le temps avec Béatrice. Mais Antoine dit que ça vaut mieux qu'il reste à Sarget, parfois. À cause des machines, justement. Et du taureau.

— Pourquoi tu ris, ma fille ?

— À cause d'une chose qu'Antoine a dite. Tu ne diras pas ? Le taureau, Antoine a dit qu'il fallait faire attention. Et tu sais ce qu'il a dit ? « Il est con comme la lune. »

— Et vous faites quoi, à Sarget, pendant tout ce temps ?

— On joue avec les chats. Mme Saure nous en a donné un à chacun. Henri fait des tas de choses avec André, aussi. Moi, je reste dans la grange avec Paul. Ou dans la cour. Paul adore les poules, et les chiens. Moi, ils me font peur.

Huguette m'a souri, mais elle a continué :

— Tu veux du sucre ? Comme elle est brune la compote, ça fait du caramel. Et est-ce qu'il lui prend la main, parfois, à Béatrice ?

Elle m'a servie largement. J'ai jeté un coup d'œil sur la porte.

— T'inquiète pas, ma fille, ta mère est occupée. Alors, il lui prend la main, à Béatrice ?

— Qui, Paul ?

— Non. L'Antoine.

— Je ne sais pas. Peut-être pour l'aider à marcher. Je n'ai pas fait attention.

— Ne me prends pas pour une idiote, ma fille. Regarde-moi.

Elle a dit ça doucement. Elle a planté ses yeux dans les miens, a tiré une chaise pour s'asseoir en face de moi :

— Ce que je dis, tu répètes pas. Ce que tu dis, je répète pas.

Elle a laissé passer un temps pour sortir sa question :

— Tu crois qu'il pourrait la marier ?

Je n'y avais pas pensé. J'ai répondu :

— Mais elle est trop petite, Béatrice !

Huguette a ri, ça a dévoilé le noir de ses gencives, en haut. Puis elle est redevenue sérieuse et elle a claqué sa main sur la table et c'est toute la chair du bras qui a vibré :

— Ça, ce serait fort. Non, elle n'est pas trop petite, ma fille. Mais alors je peux te dire que tes parents, ça les mettrait dans une rage noire, noire, que je préférerais pas être là.

— Ils n'aiment pas Antoine, hein ?

— Ils ne l'aiment pas du tout, tu peux me croire. Mais ça ferait surtout que toutes leurs petites combinaisons pour qu'il soit salarié, ça marcherait plus du tout. Il aurait la ferme. Si ça se trouve, c'est même exactement ça qu'il veut. Allez, va faire ta toilette, ma fille. J'ai du travail.

Je suis partie vite, je n'étais pas très contente d'avoir dit tout ça à Huguette. Il n'y avait plus de bruit au rez-de-chaussée. Maman et Béatrice devaient être parties. Je suis montée dans ma chambre, j'ai pris un livre. *Le Pays où l'on n'arrive jamais.* Je me suis allongée sur mon lit, l'air était doux dans ma chambre. J'ai lu quelques lignes. Et si Antoine se mariait avec Béatrice ? J'entendais la voix d'Huguette dans ma tête. *Il aurait la ferme.*

Le lendemain, sur le chemin de Sarget, Antoine nous attendait assis contre la croix. Nous ne marchions pas très vite parce que Béatrice portait Paul sur les épaules. Quand Antoine nous a vus, de loin, il s'est levé d'un coup et il s'est précipité vers nous, il courait presque, ça cachait le soleil qui perçait derrière lui. On voyait mal son visage mais j'ai tout de même pensé qu'il était très beau. Sans rien dire que *Bonjour*, il a pris Paul sur ses épaules, et on a continué à marcher. J'ai penché discrètement la tête : l'une des mains d'Antoine maintenait le genou nu de Paul contre lui ; les doigts de l'autre s'entrelaçaient avec ceux de Béatrice, comme un seul gros poing qui se balançait au rythme de nos pas. *C'est même exactement ça qu'il veut,* a répété Huguette dans ma tête.

27

Paul

Chaque geste, dans sa particularité profonde et secrète, lui redevient familier. Le contact de la grille contre sa paume ne le renvoie plus au passé, c'est le matin même qui ressurgit, et la veille au soir. L'air s'est adouci. Dans la lumière encore jeune, la maison semble presque hospitalière. La pluie a lavé la cour, c'est un matin de commencement du monde. Les platanes, maigres d'hiver pourtant, assourdissent les rumeurs de la route. Ouvrir le portail de nouveau lui donne l'impression d'être chez lui, plus que tous les papiers officiels contenus dans sa valise. La Boissonnière lui apparaît gigantesque, de nouveau, les murs et les arbres qui se dressent vers le ciel comme les piliers d'une cathédrale. Paul fait partie de l'endroit qui l'a élevé. Il sait que tous les lieux qu'il a traversés, il les a toujours mesurés à l'aune secrète et inconsciente de la maison de son enfance, et toutes les peines, tous les amours à la mesure de ce qu'on infligeait à son cœur de petit garçon. C'est le principe originel de son existence, qu'il a passé son temps à refuser de déchiffrer.

Il s'attendait à ce que Cléo ne comprenne pas. *Pourquoi tu veux déterrer maintenant des vieilles histoires ?* Qu'elle s'oppose à ce qu'il reste plus longtemps. Au lieu de ça, elle l'a encouragé, au téléphone. *Reste le temps qu'il faudra. C'est important que tu règles ces histoires. Pour nous tous.* Elle a insisté sur le *nous tous.* C'est un peu agaçant de la voir faire un lien si facile entre leurs problèmes et l'enfance de Paul, après avoir passé une vie à essayer de la lui faire oublier. Mais il sent bien qu'elle n'a pas tout à fait tort.

Un rayon de soleil éclaire l'entrée d'une lumière nouvelle. Il ne se souvenait pas que les murs étaient si clairs. Il pose les clés sur la console, devant le bureau de son père, et sa valise par terre. Il se dévisage dans le miroir, pose un doigt sur la surface mouchetée et y laisse une marque. Pour un peu, il casserait une lampe. Tout lui appartient. Il ouvre toutes les portes, les volets du salon. Il repousse les rideaux le plus possible pour faire passer le jour.

Dans la cuisine, il allume la radio, change la station pour trouver TSF Jazz. Chet Baker fredonne une mélodie intime. Paul a fait des courses, à l'hypermarché proche de Sarget, il a acheté de la bière, du jambon, du fromage. Il pose tout sur la table, avec les paquets de lettres, le dossier de Coussirat. Il trouve un décapsuleur dans le bazar des tiroirs et ouvre une bouteille.

Il s'assoit sur le banc d'Huguette, ses doigts pianotent sur la table. Le bois est doux et lisse. Il réfléchit. Il fait deux piles avec les lettres, une avec celles données par Coussirat et l'autre avec celles données par André. Une gorgée de bière pour se donner du courage. Il n'en a pas assez pour piocher dans le tas des lettres d'André, il voit sur les feuilles l'écriture ronde de sa tante.

Dans les lettres de Coussirat, il avise une enveloppe, la seule timbrée, qui indique le nom complet de Béatrice et l'adresse de La Boissonnière. Il l'ouvre. L'écriture est la même que sur les autres. Mais elle montre des agitations, des tourments plus mûrs.

> Béatrice,
>
> J'ai bien reçu ta lettre. Ne t'inquiète pas, ce sera ma dernière. Je m'en vais. J'arrête la lutte avec ta sœur et ton beau-frère. Ils me dégoûtent. Je pensais que tu serais avec moi. Je pensais beaucoup de choses. Mais pas ça. Qu'ils aient réussi à te faire croire que c'était pour Sarget. C'est bien que tu devais y croire un peu toi aussi. On ne gobe pas une chose pareille si on n'y a pas déjà pensé.
>
> C'est peut-être mieux. Je ne suis pas de taille à vous affronter. Vous auriez fini par m'écraser. Je n'ai qu'un regret, c'est de laisser André entre vos pattes. Il ne veut pas partir. Il va se faire dévorer. Mais lui

au moins n'a pas tout perdu. Évidemment, vous lui faites miroiter un statut de salarié qu'il va accepter. Il en rêve. Il va épouser Luce. Il ne comprend pas que vous le dépossédez. Vous êtes des salauds. J'espère qu'il ne s'en rendra jamais compte.

A.

Paul relit la lettre, retourne à l'enveloppe pour y chercher une date. Mais le tampon s'est effacé avec les années. Son cœur bat plus vite d'être passé si près de l'histoire qui a eu lieu.

Il s'étonne en lui-même de n'avoir jamais posé de questions à Béatrice, quand il était encore temps. Mais par où aurait-il cherché ? Béatrice avait pris soin de ne laisser aucune trace, elle s'était effacée. Passant – et l'idée, lacanienne, frappe Paul pour la première fois – de *sœur*, à *bonne*, puis à *bonne sœur*. Sœur Marie-Béatrice, Mère Marie-Béatrice : elle s'était retranchée de ses droits, de son pouvoir, de son corps même et de son cœur, jusqu'à ne plus disposer d'elle-même. Il comprend aujourd'hui que le sacrifice a été plus grand, plus intime, plus sacré que le simple dévouement quasi maternel auquel il s'était habitué. Paul avait passé sa vie à détourner les yeux de son enfance. Il avait adopté les préceptes de Cléo : il fallait *aller de l'avant*, ne pas ressasser, construire une famille à lui à l'abri des fantômes. On pouvait s'ébrouer pour se débarrasser du malheur, il suffisait de regarder devant soi. Et maintenant on se retrouve avec une vie bancale, qu'on n'a voulu ancrer nulle part, une fille qui sombre quand elle devrait prendre son envol, et le passé est perdu pour déchiffrer les signes d'une rédemption. Il ne reste que quelques lettres dont on a perdu les raisons.

Paul se lève pour aller chercher des bûches dans le cellier, il fait plusieurs allers-retours pour en constituer une réserve à portée de main dans la cuisine. Il rallume le chauffage et va au premier étage. Devant le placard de la lingerie, il déplie un drap, un deuxième, puis un autre, jusqu'à en trouver un qui s'ajuste à son lit.

28

Françoise

Il n'est peut-être pas si tard. C'est la nuit pourtant, j'ai déjà un peu dormi. La soif me prend, et la faim. Je fais quelques pas sur le palier, la maison dort. Je descends à la cuisine. Au rez-de-chaussée, un rai de lumière dans le bureau. Je m'approche. Maman et Papa discutent. Ça m'étonne d'entendre la voix de Maman nerveuse et dure. C'est comme une autre personne. Ils ne se disputent pas, ils ont l'air de s'accorder. Puis il y a un silence. J'ai peur qu'ils aient fini, qu'ils sortent et qu'ils me trouvent. Je recule contre le mur pour être sûre qu'on ne me voie pas. Papa finit par dire :

— On ne peut pas laisser faire ça.

— Je sais bien, Jean, je sais bien.

— Il faut qu'elle renonce à ce projet.

— Il n'y a pas de projet, Jean. Je t'ai parlé d'un doute, c'est tout. Est-ce qu'on peut croire complètement ce que raconte une petite fille de sept ans ? Et une vieille bonne un peu toquée ?

— Ça me paraît tout à fait crédible. Quand je pense que cet été-là, déjà... On ne la tient pas, ta sœur. Elle doit mettre un terme à tout cela. Elle doit rompre avant qu'il ne soit trop tard.

— Elle ne voudra pas.

— Il faudra bien qu'elle le fasse. Sans cela, c'est moi qui la mets dehors.

— On ne peut pas disposer d'elle comme ça, Jean. La convoquer, la mettre dehors. Elle est chez elle.

— Il y a des éléments sur lesquels on peut jouer. Elle ne serait sans doute plus prête à renoncer à Paul, maintenant...

Il y a des pas vers la porte, peut-être Maman. On touche la poignée. Je me précipite dans l'office en priant pour qu'on ne m'entende pas. Je me plaque contre le porte-manteau, j'ai le cerveau qui cogne dans ma tête. Je ne bouge plus. Je me concentre. C'est en fermant les yeux pour essayer d'entendre chaque mot que je finis par percevoir un son beaucoup plus proche. À côté de moi. Je n'ose pas me tourner, je suis sûre d'entendre un souffle. Je glisse mon regard à droite, en bougeant le moins possible : Henri est là, derrière un manteau. Sa tête simplement dépasse, et il me fixe dans l'obscurité. Il a un doigt devant les lèvres pour me dire de me taire. Je crois que je m'apprête à crier, mais je n'ai pas le temps, il plaque sa main sur ma bouche.

Papa et Maman ont recommencé à parler.

Henri et moi restons là, collés l'un contre l'autre. Il continue de me tenir, une main sur ma bouche, l'autre sur ma nuque, mais je n'ai pas peur de lui, je sens que c'est surtout parce qu'il ne veut pas bouger non plus, parce qu'il ne veut pas faire de bruit. Il y a quelque chose de réconfortant, d'être là ensemble. Nous sommes dans le même camp. *Un frère et une sœur écoutent leurs parents.* C'est lui, l'aîné, qui se ferait gronder si on nous trouvait là. Je ne sais pas s'il y pense, mais lui aussi se serre contre moi. Il finit par enlever sa main de ma bouche, et celle sur ma nuque vient glisser pour me tenir l'épaule. Je me blottis contre lui. La voix de Papa vient juste à travers le mur, cette fois-ci, on l'entend davantage :

— Et puis, si elle reste, il faut qu'on établisse des règles. Je veux la voir le moins possible. Ne pas l'avoir dans les pattes. Débrouille-toi. Et qu'elle ne te contredise pas devant les enfants.

Henri hausse les épaules pour me signifier qu'il ne comprend pas. Papa brise le silence :

— Je vais me coucher. Demain, tu lui diras de lui écrire ce que je t'ai dit. Sinon, qu'elle s'attende à des sanctions.

— J'ai peur qu'elle parle aux enfants. J'ai tout le temps peur, Jean.

— Je te l'ai déjà dit, je ne crois pas qu'elle le fasse.

Elle ne prendrait pas ce risque. Elle est trop intelligente. Et quand bien même. Il suffirait de dire qu'elle ment.

Papa parle de Grand-mère et du docteur Sevin, qui sont morts tous les deux. Il dit qu'on ne peut pas revenir en arrière. Que c'était la meilleure solution pour chacun. Maman a une sorte de cri étouffé, je ne sais pas si elle pleure. J'imagine que oui, parce que Papa dit *allons, Irène, allons calme-toi,* des choses comme ça.

Il est sorti. On voit son ombre passer dans l'entrée, raide et rapide. Il monte les escaliers, et Maman le suit peu après. Quand la porte de leur chambre se referme, je me détache d'Henri :

— Qu'est-ce qu'ils racontent ? Qu'elle nous parle de quoi ?

Henri hausse les épaules encore une fois. Je lui pose des questions tout bas, mais il ne dit rien. Il a l'air concentré, comme s'il avait des réponses cachées quelque part dans un coin de sa tête.

29

Huguette

J'ai pas deviné tout de suite. Ou alors je l'ai toujours su. C'est dur d'être sûre, ça fait longtemps.

J'ai appris la chose quand Madame était en Suisse. C'est Monsieur qui m'a annoncé la bonne nouvelle. Ça je m'en souviens parce que j'ai calculé. Pas que j'aie eu des doutes, mais c'est le réflexe, et je me suis dit « ah, ça devait être quand il est parti la rejoindre à la fin de l'été ». Ça m'a étonnée, je me suis dit Madame, tout de même, *dans son état*, j'aurais pas cru. Mais Monsieur est bel homme, il sait y faire. Et puis ça a été tout ce que je me suis dit, parce que je ne me mêle pas des affaires des autres.

Ce qu'il y a de sûr, c'est que j'ai pas tout de suite fait le rapprochement avec l'incident. Avec le travail que j'ai, est-ce que j'ai le temps pour faire des rapprochements ? Je ne crois pas. La pauvre de moi. C'était l'été où je devais surveiller ce satané gosse toute la journée. Lui faire à manger. Le tenir propre. Prendre garde qu'il revienne après avoir filé. Il me faisait plutôt de la peine, à cette époque. À bader sa caque toute la journée, tout seul. À la fin de l'été, sa mère qui revenait finalement pas, Béatrice partie, et Monsieur qui rejoint Madame. C'est peut-être à ce moment-là qu'il a commencé à dérailler, le gosse. Qui je suis pour savoir, moi ? Je dis ça comme ça, je ne sais pas. C'était peut-être d'avant.

Personne ne m'a jamais dit. Et je peux pas dire non plus qu'un jour je me sois fait un éclair à la tête qui m'aurait dit « mais c'est bien sûr, c'est l'autre qui l'a fait, ce petit. Elle lui a donné ». C'était comme une idée qui aurait toujours été là, j'ai jamais eu le moment de révélation. À dire vrai, je le savais, voilà tout, et puis en même temps je l'avais pas sous les yeux toute la journée. Alors j'ai fini par oublier. Enfin, par ne plus y penser. Qu'est-ce que ça changeait. J'y pensais jamais mais je savais, voilà.

La preuve, c'est que cinq ans plus tard, y a rien qui m'a fait l'étonnement. Ni son retour, ni comment elle était, folle du petit, et lui d'elle, et comme Madame s'en est fait encore une maladie. Faut dire : on part pas pour revenir comme ça. C'est pas des choses à faire. Quand on prend une décision, on s'y tient, parce qu'autrement ça met le bargnolon partout.

Elle l'a mis, le bargnolon. Qu'elle s'est vengée,

alors que sa sœur était déjà dans les fleurs, et Monsieur qui a toujours tant de travail. Et les deux qui la recueillent, pas de reconnaissance, rien. Elle, collée au ranou comme si de rien n'y était, comme si elle n'était jamais partie. Cette pitié. Et pire, à faire la courandelle à Sarget avec l'Antoine.

Si j'avais rien dit, c'était la noce assurée.

30

Henri

Cet été où j'ai découvert Sarget avec Béatrice, les jours défilaient, identiques pour celui qui les aurait observés de loin. J'avais le nez dessus, tout me paraissait unique. Nous revenions le plus tard possible, le soir. Parfois nous rentrions tôt pour rassurer Huguette, et nous ressortions ensuite par le cellier quand elle était partie. Béatrice voulait revenir avant la nuit à La Boissonnière, c'était sa seule limite. Le lendemain matin, nous avalions un morceau de pain beurré, sans prendre le temps de nous asseoir, avec un bol de lait. Nous ne voulions pas perdre une miette de ce que nous pouvions vivre en dehors de la maison.

C'est debout dans la cuisine, à manger notre bout de pain en silence, avec dans les regards que nous échangions une conscience joyeuse et pressée du temps perdu à mâcher, que nous avons entendu, un matin, les crissements du gravier dans la cour. Nous n'avons pas eu un seul doute, il ne pouvait pas y avoir d'autre explication : le vieux rentrait. Tous les bruits qui ont suivi, claquement de la portière, pas sur le gravier, porte qui s'ouvre, ont confirmé l'évidence : notre monde s'était écroulé en quelques secondes. Le vieux m'a appelé à travers les murs qui se resserraient, les brèches autour de La Boissonnière se comblaient. Avait-il fallu que nous soyons des enfants pour oublier qu'il allait revenir ?

Je l'ai embrassé, il a pris de mes nouvelles en questionnant Béatrice. Il s'est étonné que nous mangions debout, a dit qu'il était temps qu'il revienne, qu'il n'aurait pas dû nous laisser seuls si longtemps. Il était plus joyeux qu'à l'ordinaire, mais c'était tout de même du gris qui s'insinuait. Nous guettions dans ses paroles les indices qui nous permettraient de comprendre combien de temps il resterait. Il ne prenait pas la peine de nous les donner. Cinq minutes ont passé, et derrière nos sourires nous contemplions, horrifiés, la matinée qui nous attendait. Jeux de cartes, croquets, *qu'est-ce que tu veux faire*, nos voix qui résonneraient entre les murs épais, la fraîcheur relative de nos chambres, l'ombre des platanes sur les pelouses rases et vertes, les allées mortes et beiges, millimétrées, fermées, finies, le parc clos.

Nous lisions sur l'herbe. Au moins cela permettait-il de repousser les murs. Le chant des oiseaux, celui des pages qu'on tournait, c'était tout. J'étais sur le ventre, les pieds relevés et croisés. Je ne l'ai pas entendu arriver, sa voix est sortie du néant *que lisez-vous de beau*, et Béatrice a poussé un cri de surprise. C'est elle que j'ai vue en levant la tête – pas lui. Elle était sur le dos, le livre en l'air. La surprise lui a fait porter la main à son cœur, l'une de ses bretelles avait glissé et a craqué sous le mouvement de l'épaule. Béatrice a eu un geste maladroit, elle s'est redressée pour la remettre, mais dans la précipitation, elle n'a pu la saisir. J'ai été transpercé un instant par le bout rose, la courbe, j'ai détourné la tête. Le vieux souriait. Béatrice a rougi. Mais elle a soutenu son regard.

C'est ce moment fugace aussitôt fini, refermé – elle s'est relevée, a tenu sa bretelle, a dit avec un petit rire gêné qu'elle allait réparer ça – qui a électrisé la suite, je le vois bien maintenant. Je le savais déjà dans les heures qui ont suivi, quelque chose avait changé. Ce qui me bouleversait, ça n'était pas ce bout de sein, je m'en fichais bien. J'y pensais, mais il ne modifiait pas le déroulement des choses. C'était ce regard entre Béatrice et le vieux qui avait détourné le cours du fleuve. Toute la suite m'a ramené à cet instant.

Le vieux ne partait pas. Il arrivait que le téléphone sonne et qu'il doive quitter la maison pour une heure, parfois deux, jamais plus. Il revenait après ses consultations. Nous n'osions pas poser la question *Est-ce que tu as fermé ton cabinet pour l'été ?* De temps en temps, quand elle savait qu'elle avait une heure devant elle, Béatrice allait à Sarget. La première fois, pour dire que nous ne pourrions pas assurer notre part du travail. Tout le monde s'en remettait bien en ce qui concernait la mienne : c'était même presque une charge en moins. Quant à Béatrice, je me rendais compte qu'elle avait l'habitude de ne pas maîtriser sa disponibilité, de s'arranger avec les obligations, les aléas. À Sarget, ils connaissaient assez ses contraintes pour ne pas prendre ombrage de ses absences. Moi, j'étais désespéré de leur faire faux bond. Peut-être est-ce à ce moment-là que j'ai commencé à détester La Boissonnière. J'avais goûté à la liberté, mais pas seulement : à la responsabilité, au devoir, à la parole donnée.

Le vieux est arrivé de mauvaise humeur à table, le lendemain. Il venait de recevoir un coup de téléphone et devait partir. Une urgence, et il avait raté un appel deux heures plus tôt. Je ne pensais pas à m'en réjouir, je savais que la détente serait de courte durée. Et puis ses soupirs, ses mouvements brusques, son exaspération se répandaient dans la pièce, m'oppressaient comme si j'en étais responsable. Il a mangé rapidement, pestant contre l'organisation, le fait que la clinique soit loin, qu'il ne puisse être joignable quand il partait en consultation. C'était *ubuesque de se retrouver dans cette situation, après avoir été… Et personne pour.* Il ne décolérait pas, prenait soin de ne pas finir ses phrases. On voit bien quand quelqu'un joue mal. À quel moment le ton a-t-il glissé ? Est-ce que je trouvais déjà le jeu exagéré quand au bout de quelques minutes de ce manège, il s'est arrêté de parler en examinant Béatrice, comme pris d'une inspiration lente et puissante, comme s'il entrevoyait une solution nouvelle : *Béatrice, je pense que je vais avoir besoin de toi.*

Il n'était pas naturel, c'était évident. Ce qui m'échappe, c'est ce qu'il essayait de dissimuler alors. Était-il gêné de demander de l'aide à sa belle-sœur ? Ou était-ce un trouble qu'il tentait de se cacher à lui-même ?

La solution apparemment inoffensive qui lui est apparue ce jour-là était que Béatrice prendrait ses messages téléphoniques. Sur le moment, seul le ton qu'il a employé m'a mis la puce à l'oreille. Je ne voyais pas le problème.

J'ai compris quand il s'est levé et qu'il a annoncé :

— Je reviens d'ici une heure ou deux. Béatrice, ne laisse passer aucun message. S'il y a une urgence, appelle-moi à ce numéro. Ce sont les Blanchard. Je pense que le fils s'est fait une fracture. Ainsi je pourrai y aller directement.

Il a disparu. Béatrice était clouée à La Boissonnière comme une chèvre à son piquet.

— Tu te sens capable d'aller à Sarget ?

— Bien sûr, ai-je répondu.

Le trajet était simple. J'avais son empreinte gravée dans mon esprit, toute mon attention des derniers jours en avait pénétré les moindres détails. J'y serais allé les yeux fermés. Il suffisait de suivre le chemin : je ne savais pas qu'il pouvait y en avoir d'autres, mon cerveau avait naturellement éliminé les détours possibles.

Je portais dans ma poche le mot plié en deux et glissé dans une enveloppe que Béatrice n'avait pas fermée. *Je te fais confiance*, disaient le geste et le regard qui insistait. J'aime me dire aussi qu'elle n'avait pas encore de secret pour moi. J'allais vite sur le chemin alors que rien ne m'y obligeait. Je donnais à mon rôle une importance qui me faisait cavaler. C'était le début de l'après-midi, l'heure chaude. Même les oiseaux étaient silencieux. Pour la première fois, je me trouvais seul sur le chemin : je me sentais en faute et terriblement à ma place. Sur le sol, une corde sombre et mouvante ; un serpent. Vipère ou couleuvre ? Je l'ai contourné et j'ai continué ma route, le cœur battant.

J'écoutais les bruits de Sarget en approchant. Un gloussement de poule, des bruits de métal qu'on frappe régulièrement, et en fond, ténu et léger, le chant d'une flûte. Je ne l'ai pas identifiée tout de suite. C'est parce que je l'ai vue que j'ai su que c'en était une : André était assis sur le muret de la terrasse, le corps entièrement voûté et replié sur l'instrument qu'il tenait à deux mains, poussant une mélodie répétitive et douce. Je ne sais pas ce qui m'a déchiré le cœur, de la musique ou de la posture du garçon. Peut-être leur fragilité commune, accordée. Je l'ai cru seul, je me suis arrêté pour l'écouter. Quelques instants plus tard, je les ai aperçus, et cette vision m'a remué plus encore que le chant souple et fébrile qui traversait la cour : Antoine et Albert, debout, se tenaient à l'écart, à l'ombre de l'appentis, et écoutaient sans bouger. Je remarquais qu'ils avaient la même taille, la même silhouette, la même façon de se tenir. C'étaient comme deux frères, presque jumeaux. De loin, ils avaient l'air d'avoir le même âge. On se tenait tous là, suspendus aux notes lentes, dans l'air si chaud qu'il en était épais comme un liquide. Sans les poules qui déambulaient dans la cour comme des taches rousses et lumineuses, sans le chant de la flûte qui filait vers le ciel, j'aurais cru que le monde était mort, paisible. La cour n'était pas si grande, même pour un enfant. De là où j'étais, je pouvais voir la tendresse leur éclater des yeux. Le temps figé me laissait discerner progressivement d'autres points vivants dans le cadre. À côté d'André, un chat dormait, allongé dans le soleil. À travers la fenêtre ouverte de la cuisine, la vieille Saure a secoué un torchon. C'est elle qui m'a vu. Elle m'a salué. *Qu'est-ce que tu fais là tout seul, mon bouchon.* Quelque chose s'est cassé dans l'atmosphère. André a filé par la porte de la grange, talonné par le chat qui s'était levé d'un coup, presque avant lui. Antoine et Albert se sont approchés de moi, le premier avec son sourire rassurant, le second en retrait, l'œil plus méfiant. Son visage s'est détendu quand j'ai sorti l'enveloppe froissée de ma poche pour la donner à son cousin. *C'est de la part de Béatrice.* Albert a eu une sorte d'éclat, c'était un rire bref, mais j'ai mis un certain temps à m'en apercevoir. Antoine a tendu la main et m'a remercié rapidement. Après avoir lu le mot, plusieurs fois il me semble, car le texte était court, il a relevé un visage ému sur moi. *Dis-lui que c'est d'accord. Dis-lui que je serai là.* Il a hésité. *Tu veux que je l'écrive ?*

J'ai refusé mais il a insisté et disparu dans la maison. Je suis resté seul avec Albert qui me dévisageait.

— Qu'est-ce que tu regardes ?

C'est lui qui me fixait. Il me faisait peur.

— Rien.

— Viens voir. Je vais te montrer quelque chose.

Il m'a entraîné dans la maison. Tout était sombre à l'intérieur. Ça ressemblait au cellier de La Boissonnière, parce qu'il y avait des assiettes en cuivre le long d'un gros buffet, un banc dans la cheminée, un tas de bois à côté, et sur le feu, une marmite suspendue qui fumait. Il y avait une odeur d'oignons qui vous donnait envie à vous en arracher le ventre. Albert a dit un mot à la vieille pour lui signaler qu'il allait partir quelques minutes plus tard pour aller chez des voisins dont j'ai oublié le nom. La vieille me souriait largement, *il a peut-être faim, le petit.* Mais Albert ne lui a pas répondu, et je n'osais rien dire. *Par ici.* Je l'ai suivi dans l'escalier. La vieille l'appelait d'en bas, il ne disait toujours rien. Il a poussé une porte qui s'est ouverte sur une pièce plus lumineuse dont la fenêtre était fermée. Un lit, une chaise, un pot de chambre, une armoire.

— C'est là que je suis né. C'est là que mon père est né, et mon grand-père, qui est aussi le grand-père d'Antoine, et encore le grand-père. Je ne peux même pas remonter au bout. Avant cette chambre, avant cette maison, il y en avait une autre, avec une autre chambre et un autre grand-père. Tu pourras le dire à ta grand-mère à toi.

Les yeux écarquillés sur la petite pièce, je n'osais pas me tourner vers Albert et j'ai répondu machinalement :

— Elle est partie.

Je le regrettais aussitôt. Mais ça ne semblait pas faire de différence :

— Eh bien, tu lui diras à son retour. C'est chez moi.

Antoine nous a appelés d'en bas. Il m'a tendu un mot plié en quatre. Lui non plus ne m'a pas dit de ne pas l'ouvrir. Je l'ai glissé dans ma poche, tandis que la vieille me chargeait de prunes. *Tu me rendras le panier quand tu reviendras.*

J'ai quitté Sarget sans dire au revoir. Les mots d'Albert me cognaient partout dans la tête. Je n'ai rien raconté à personne.

Béatrice a lu le mot, plusieurs fois elle aussi, elle ne respirait plus et puis quand elle a relevé son visage, elle m'a souri.

J'ai fait tellement d'allers-retours, les jours suivants, qu'Albert riait avant même que je ne sorte mes petits bouts de papier pliés en quatre. *Tiens, voilà la poste.* Antoine fondait sur moi, Béatrice à mon retour avait le même empressement. Les lettres étaient de plus en plus longues. Parfois celles d'Antoine étaient déjà écrites lorsque j'arrivais. Parfois il me disait d'attendre, le temps d'écrire. Il disait *j'en ai pour une minute*, et il disparaissait à l'étage, ou bien il s'asseyait sur la grande table, devant un cahier dont il déchirait les pages. Il se prenait la tête dans les mains, soupirait. J'attendais près de la cheminée. La vieille Saure me donnait des gâteaux, des morceaux de pâte crue. *Voyez un peu la rapiette, il fait honneur, ça fait plaisir.* C'était une cuisinière épatante. Elle me faisait manger n'importe quoi, tout ce qui lui tombait sous la main, on ne savait jamais avant.

Un jour, André est entré au moment où je mangeais des petits bouts d'un fromage que la vieille avait découpés en cubes et posés devant moi sur une assiette en métal. Il était affolé. L'un des veaux avait disparu. Antoine a relevé la tête de son cahier. *Comment, disparu ?* Il n'était plus dans le pré, voilà tout. Quand André était arrivé, toutes les bêtes étaient là, sauf le veau de l'Iris, et le travers était ouvert, celui qui mène à Favars.

Antoine lui a dit doucement :

— Il a pas dû aller bien loin. Il va gueuler quand il se rendra compte qu'il est tout seul. Tu vas le retrouver.

— Tu veux que je vienne avec toi ?

C'était sorti tout seul et André m'a regardé, étonné. Il a fait oui de la tête et nous sommes sortis.

On ne disait rien, il n'y avait que le claquement de nos chaussures sur le chemin. Je l'impressionnais, André, parce qu'il était timide, parce qu'on lui avait fait comprendre que nous valions mieux que lui. Tout était organisé pour qu'il le pense. Il marchait quelques pas devant moi. J'ai remarqué qu'il boitait, un pas long, un pas court, c'est une cadence qui ne m'a plus quitté, parfois je tape le dos de mon doigt sur le mur, pour me souvenir. Ça n'avait pas l'air de le gêner, il me devançait sans effort. Il se retournait pour me sourire, pour m'aider à passer des barbelés, parfois pour me montrer le chemin du doigt, ce qui était inutile puisque je le suivais. En contrebas d'un sentier, au bout de cinq minutes de marche, j'ai vu la masse sombre d'un étang, large et calme, briller comme la lune à travers le feuillage. Quelques arbres tombés lui léchaient la peau de leurs branches mortes. Au ras de l'eau, des insectes glissaient, faisaient parfois des cercles qui s'étiraient en d'autres cercles légers, à l'infini. André a ramassé une pierre à ses pieds, et puis, tout en marchant, il l'a lancée dans un mouvement souple et latéral, et la pierre a ricoché plusieurs fois. J'ai poussé un cri d'admiration. Il a tourné son visage vers moi. La fierté l'illuminait tout entier. J'ai applaudi des deux mains, sans rien lui dire. C'était comme si nous ne parlions pas la même langue et que les mots ne servaient à rien. Il a jeté ses yeux un peu partout jusqu'à trouver une pierre plate qu'il m'a tendue pour que je la lance à mon tour. J'ai essayé d'imiter son geste, mais la pierre a été avalée par l'étang d'un seul coup, avec un lamentable bruit mat. J'ai entendu alors comme un clapotis, léger, qui s'est amplifié régulièrement jusqu'à finir en hululement. Je n'oublierai jamais ce rire, qui le secouait par saccades, qui résonnait comme un chant misérable et enchanté. Il avait un air si bon et si fragile que je n'ai pas eu l'idée d'en prendre ombrage ; c'était, et ça resterait toujours par la suite, comme un soulagement de voir la joie d'André. On s'y accrochait, de la même manière qu'on surveille un poulain qui vient de naître, on avait le cœur étreint de peur qu'il ne tombe. André m'a tendu une autre pierre et il a accompagné mon geste de la main. Plusieurs fois il m'a aidé, parfois il riait de nouveau, et puis il redevenait grave et sérieux, concentré. J'ai fini par faire trois rebonds, il a applaudi à son tour, comme Françoise le faisait, avec les mains bien à plat. *Et le veau ?* Il s'est souvenu, a repris son air affolé, et nous sommes repartis en longeant l'étang qui déjà redevenait lisse et inerte.

Nous avons quitté le chemin pour traverser un bois clairsemé et sommes arrivés au pré des vaches. André a vérifié une nouvelle fois que le veau n'était pas là. Il m'a montré le travers ouvert, de l'autre côté, sur un bois. La bête avait pu aller n'importe où. Il a décidé que j'irais vers un pré, plus bas, dont on voyait l'éclaircie depuis le travers. Il m'expliquait ça de la main, je crois, toujours sans me parler, quand il s'est arrêté et a posé son doigt sur sa bouche. Je n'entendais rien, mais il est parti soudain en courant. En le suivant, j'entendais enfin le mugissement qui l'avait alerté et qui s'amplifiait entre les branches. Nous débouchâmes sur un pré qui dévalait sans qu'on en voie le fond, je courais derrière André, la pente m'enivrait, ou la course. Les cris se rapprochaient, me faisaient battre le cœur. C'était le veau qui beuglait sa détresse. Quand André s'est approché, la bête a allongé sa tête rousse, le museau en l'air. La lumière à travers ses longs cils lui faisait briller les pupilles, qu'elle a plongées dans celles d'André. J'aurais juré qu'elle pleurait.

André a décroché sa patte du barbelé. Ses gestes étaient rapides et précis, je sentais qu'il l'avait déjà fait, tandis que je fixais le sang qui avait séché sur les poils et qui laissait voir de la chair. Puis André a mis ses deux bras autour du cou de la bête et, d'un geste de l'épaule, il l'a guidée vers le haut de la pente. Le veau boitait légèrement lui aussi, mais le cours ordinaire de la vie reprenait vite. Je détournais le regard de la patte pour le poser au-dessus, sur la tête gracieuse, comme celle d'une biche, les yeux allongés, brillants et tristes. J'ai mis ma main sur son dos. Le poil était rêche et chaud, les muscles vibraient sous la peau, au rythme de la marche. De l'autre côté de l'animal, André avait lui aussi placé la main, et nous avons cheminé tous les trois jusqu'au troupeau. Le veau nous a lâchés lorsqu'il a vu sa mère ; elle a poussé un long beuglement en sa direction, et il a trottiné pour se réfugier entre ses pattes. Elle a tordu son long cou pour poser sa tête un instant contre celle de son petit. Puis elle a soufflé, et elle a recommencé à brouter. C'était fini.

À partir de ce moment, je n'ai plus eu besoin de Béatrice pour venir à Sarget. Je n'avais plus peur du courroux d'Albert, et je n'avais plus à attendre qu'il y ait une lettre à faire passer. J'allais trouver André quand j'arrivais et je le suivais partout. Il avait toujours l'air de m'attendre.

André aimait toutes les bêtes, il traitait de la même manière le chien qui traînait dans la cour, le cochon qui ne quittait pas l'enclos, le rouge-gorge qui passait. André scrutait, tâtait, surveillait. Ses mains fourrageaient dans les poils, les plumes, la peau. Elles résolvaient les problèmes, adoucissaient les peines. Quelques jours plus tard, un midi de plein soleil, je l'ai vu revenir du marché avec sa charrette de poules. La vente n'avait pas été bonne. Il a dû l'expliquer à la vieille, il a dû lui dire avec des mots, sinon, comment l'aurais-je su ? Je n'ai pourtant aucun souvenir de sa voix, et tous les moments passés avec lui sont un long film muet dans ma mémoire.

Il en avait vendu une. Une seule. Il a déchargé les autres. Au fond de la charrette, une poule noire était couchée. Il est monté, l'a prise dans ses bras pour la sortir et la déposer par terre. La poule a piqué du bec, lentement, et s'est écroulée sur le sol, le cou en avant. Une patte légèrement relevée dans l'effort, elle luttait. André est allé mouiller ses mains dans la fontaine contre la grange, lui a passé sur les joues, le front. Elle a secoué la tête faiblement, et l'a laissée retomber. Il a recommencé, les mains humides et patientes sur la bête, le pouce qui caressait la crête. La poule gardait son œil rond, fixe. Elle faiblissait. Elle ne bougeait presque plus. André est parti de son pas calme et irrégulier dans la maison. Je suis resté avec l'oiseau, en essayant d'imiter les gestes de mon ami. Quand il est revenu, il tenait une cuillère remplie de gelée. Il a attrapé la tête de la poule d'un geste doux et lui a trempé le bec dans la confiture. Elle a secoué son cou et piqué elle-même la cuillère, un peu au début, et puis de plus en plus vite. Quand elle a eu fini, elle s'est redressée, fière, ragaillardie, et a claudiqué sur un demi-mètre. André lui a passé la main sur le dos, l'a poussée en avant et a surveillé son allure lorsqu'elle s'est éloignée pour rejoindre ses comparses.

Le lendemain, quand je suis arrivé à Sarget, André était assis sur un tabouret, au bout de la cour. Je n'ai pas vu tout de suite ce qu'il faisait, ses bras donnaient des coups secs, arrachaient quelque chose sur lequel il était penché, comme une mousse noire et blanche. On aurait dit qu'il éventrait un oreiller. Je me suis approché. Il était en train de plumer une poule. Ce n'était peut-être pas la même que la veille – je ne lui ai pas demandé. Mais ça ne faisait pas de différence. La veille, ça n'était pas son heure, à la poule, et il avait fait tout ce qu'il fallait pour la garder en vie. Mais ce matin-là, c'était le moment. André respectait scrupuleusement l'ordre des choses et donnait le meilleur à chaque étape.

Durant ces jours de juillet, je ne me souvenais même plus de La Boissonnière telle que je l'avais connue auparavant, quand j'allais d'une pièce à l'autre, d'un livre à un bureau, quand mon corps errait dans les pièces minérales, rejeté dans le silence et la fraîcheur de la vieille maison. Tout mon monde avait changé. La Boissonnière devenait un simple point en marge d'un univers vaste et merveilleux, chaud et vivant, où les regards des bêtes et des gens vous traversaient pour vous parler, où les respirations étaient bruyantes, où l'odeur du foin coupé, celle du sang des animaux, de la transpiration des hommes s'unissaient pour vous revigorer. C'était comme le goût de la confiture sur le bec de la poule, tout me raffermissait, m'électrisait, mon corps s'ajustait à chaque geste, dans sa particularité profonde et secrète.

31

Françoise

Sophie vient jouer à la maison. Henri n'est pas là. Tout va bien. Maman les accueille, elle et sa mère, sur le perron, elle porte un chemisier à fleurs très chic, qu'elle a acheté à Bordeaux la semaine dernière, et une espèce de pantalon moulant qui la rend très, très belle. Maman qui se tient droite, comme toujours, ses cheveux sont relevés en chignon, et je vois dans les yeux de Sophie qu'elle la trouve belle comme sa Lilli. Sa mère qui dit deux ou trois mots à Maman, merci à vous de l'accueillir, votre maison est vraiment magnifique, vos roses sont superbes. Et c'est vrai qu'elles le sont. Maman qui sourit, qui prend son air que j'adore, un sourire de reine pour dire merci, pour dire que ce n'est pas elle qui s'en occupe mais qu'elle fait très attention à ce qu'on leur accorde beaucoup de soin, parce que c'étaient les roses de sa mère et qu'elle les adorait.

Ce genre de choses. La mère de Sophie frotte nerveusement le côté droit de sa jupe. Tout se passe exactement comme je le voulais. Maman sourit, elle propose à la maman de Sophie de venir prendre une tasse de thé, tout à l'heure, quand elle viendra rechercher sa fille. Je suis au comble du bonheur. Elles vont prendre le thé. Je pense que Maman voudra sortir le service blanc avec les contours dorés, c'est le plus beau.

L'après-midi est parfaite dans les moindres détails et me semble délicieusement courte et sans risque. Nous jouons à la dînette, nous jouons aux poupées, à la maîtresse, à la messe. Sophie trouve que ma nouvelle chambre est immense, et je ne réponds pas pour faire comme si j'étais habituée. Je sais que Paul est avec Béatrice, mais même s'il arrivait, là, au milieu du jeu, ce ne serait pas un problème, car Paul est devenu ce petit frère si normal, qui pleure, m'embête et m'adore tout à la fois. Il n'est pas là et je le regrette presque, je voudrais montrer à Sophie qu'il n'est plus ce petit garçon malade qui faisait parler sa mère et les autres, l'année dernière.

On sonne au portail. Nous regardons par la fenêtre de ma chambre. C'est la maman de Sophie, dont on aperçoit le petit chapeau par-dessus la grille. C'est Papa qui accourt – *Papa !* Je ne savais même pas qu'il était là –, il ouvre la grille, salue chaleureusement la maman de Sophie, lui dit quelques mots que nous n'entendons pas et puis il se retourne pour crier *Chérie, ton amie est arrivée* et je mesure le chemin parcouru, chaque mot est un délice, le *chérie*, la possibilité d'une amie pour Maman qui soit aussi la mère de la mienne, le ton joyeux, et il la quitte aimablement en s'excusant de la surcharge de travail qui le *prive d'une si bonne compagnie pour le thé. Viens, on va avec elles,* je dis à Sophie, et j'espère que le service blanc et doré est sorti, et oui, il nous attend sur la table basse, complet, parfait, avec les minuscules petites cuillères en or, et un petit plat pour des biscuits dorés aussi, en forme de fleurs, luisants de beurre, et c'est l'image même de la perfection, ce n'est même pas seulement normal, c'est beaucoup mieux, la maman de Sophie est un peu gênée, mais Maman lui parle de ses enfants, alors elle se détend, et elles parlent de leurs fils qui sont tous deux en pension, comme elles trouvent le temps long loin d'eux, et je me demande si c'est vrai pour Maman, mais elle prend un air mélancolique qui pourrait tout aussi bien être sincère, et Maman, Maman est impardonnable, elle n'a pas proposé de lait à la maman de Sophie, qui dit que ce n'est pas grave, mais qu'elle en prendrait volontiers, j'ai l'impression d'être dans un grand salon, ah mais non, il n'y a pas de lait sur le plateau, attendez, et Maman sonne la clochette pour appeler Huguette, et je me souviens qu'Huguette n'est pas là, alors je lui dis, je vais aller chercher le lait, *mais non, ma chérie, ce n'est pas la peine, on va demander à Béatrice*, et elle sonne de nouveau la cloche en appelant *Béatrice, Béatrice !*

Elle appelle Béatrice. Avec la cloche. Elle appelle sa sœur avec la cloche pour lui demander de servir le thé. Le monument de naturel et d'élégance que je voulais servir à Sophie et sa mère se fissure, *Maman appelle sa sœur avec une cloche.*

Béatrice répond oui, j'arrive, et elle arrive, elle ouvre la porte : qu'y a-t-il ? Et Maman lui dit : rien de grave, mais il faudrait apporter du lait pour Mme Delmas. Il faudrait veiller à ne pas oublier la prochaine fois, et Sophie examine Béatrice sans comprendre, la maman de Sophie aussi, elles échangent un regard, elles vont poser une question, c'est une catastrophe, et puis c'est la maman de Sophie qui se lance :

— Vous avez une nouvelle bonne ?

Maman reste un moment avec sa tasse en l'air, la bouche ouverte, et je suis suspendue à ce qui va venir. Elle détourne ses yeux des miens :

— Huguette ne s'en sortait plus, à son âge. Elle a besoin d'un peu d'aide.

— Je comprends. C'est bien généreux de votre part de vous en préoccuper, tout le monde ne ferait pas comme vous.

Béatrice referme la porte et je respire de nouveau.

32

Paul

Paul raccroche son téléphone. La vieille Saure voulait aider, André s'est creusé la tête pour retrouver quelque chose, un indice, n'importe quoi, mais aucun n'a été capable de le renseigner. Une chose est sûre : Antoine est parti en 63, laissant André reprendre l'exploitation. Mais il n'a rien raconté à personne, n'a pas expliqué son départ. André a redit la même formule qu'il a utilisée quelques heures plus tôt. *Une querelle d'amoureux*. La vérité désormais se cachera, béante, derrière ces quelques mots qui reviendront se poser sur sa mémoire chaque fois que Paul pensera à Béatrice, à Antoine, et il n'en saura rien de plus. *Une querelle d'amoureux.*

Paul a posé les lettres sur le bureau de son père. Il a pris une lampe dans le salon pour s'aider à la lecture comme le soir tombait. Son père est mort, ce n'est plus son bureau : c'est un bureau, et il appartient à Paul.

Dans la journée, il a rappelé Coussirat. Il a renoncé à lui poser des questions sur Béatrice, sur ses parents. Peut-être le fera-t-il plus tard. Il a refusé l'offre des acheteurs. On trouvera quelqu'un qui accepte un bail en fermage sur les terres, sans la ferme, au moment où André prendra sa retraite. On trouvera une solution pour que les Saure puissent rester, s'ils le souhaitent.

Il ne leur a pas encore dit. Quand Paul est revenu seul à la ferme, ce matin, après avoir laissé André au bâtiment, la vieille Luce rentrait son bois depuis le chargeur du tracteur jusqu'à la porte de la grange, sous un appentis. Elle avait plusieurs allers-retours à faire. Elle ne se pressait pas, elle ne faiblissait pas non plus. Elle aurait pu voir Paul, là où il était. Simplement elle ne tournait pas la tête, ramassée dans son geste, dans la régularité de son pas, de ses mains qui calaient les bûches entre son ventre et son avant-bras, le dos courbé, puis qui les plaçaient sur le tas, les empilaient avec soin pour que rien ne tombe de l'hiver. La précision de chaque mouvement, l'ordre du bûcher ont étreint le cœur de Paul et il a eu une sorte de bouffée d'émotion, dans un frisson. Il a cru qu'il allait pleurer. Il n'a pas compris tout de suite que c'était de la honte. Mais tout de même c'est venu bien assez vite.

Paul épluche les deux paquets de lettres. Il lui faut mobiliser du courage pour lire celles qui sont signées de Béatrice. La première lui soulève le cœur. Ensuite, au fur et à mesure, ça devient comme les mots d'une étrangère. Ils ne contiennent que des rendez-vous, des petits faits sans importance, du quotidien, et se ressemblent tous. Parfois un prénom apparaît et lui noue le ventre : *Jean n'est pas d'accord pour le bal. Je me débrouillerai. Je pense qu'Henri est trop petit pour nous accompagner.*

Paul sent bien que la vérité lui échappe. Béatrice a enfermé quelque chose dans un coffre ; tous ceux qui pourraient lui donner les clés ont disparu. Il prend sa tête dans ses mains, sa nuque ploie. Au milieu des lettres éparpillées devant lui, sur la table de la cuisine, c'est le visage d'Émilia qui lui vient. Il se laisse gagner par les croyances de Cléo, par l'idée d'une malédiction originelle qui frappe à l'aveugle. Faut-il se résigner à ignorer, à penser la suite sans explication ? Les choses n'ont pas été dites ; et Paul craint qu'il ne faille guérir et soulager sans remède.

Et puis, là, au milieu des mots adressés à sa tante, un nom attire son œil. Le sien, dans l'écriture ronde et soignée de Béatrice.

À l'intention de Paul.

Aux bons soins de Maître Coussirat.

33

Henri

Lorsqu'on vieillit, la mécanique du temps s'accélère avec une régularité implacable. Le cours de la vie d'un enfant, lui, est comme l'eau d'un jeune torrent, son débit dépend de son parcours, de ses accidents, tranquille dans le fond calme des vallées, ardent lorsqu'elle chute et tourne dans les coudes. Tels étaient ces jours de juillet. Je me sentais une autre personne, d'avoir tant grandi. C'est même pour cette raison que je n'ai pas perçu tout de suite le changement chez Béatrice. J'étais absorbé par tant de choses en moi, je pensais que le reste du monde était figé pour toujours et que j'étais le seul à en parcourir la vaste surface immobile.

Tu n'as rien vu et tu essaies de la disculper. Elle a voulu ce qui est arrivé.

Je restais à La Boissonnière pour tenir compagnie à Béatrice, lorsque le vieux n'était pas là et qu'elle devait attendre à portée du téléphone. Mais c'était difficile d'anticiper l'emploi du temps de mon père. Un jour, en revenant du parc, j'ai entendu le rire de Béatrice tinter depuis la fenêtre ouverte du salon. J'ai passé un œil depuis la terrasse. Ils étaient tous les deux assis sur les fauteuils, penchés sur des cartes. Béatrice avait sa main sur la bouche, les yeux baissés. Elle avait mis une robe qui dévoilait ses épaules. Le vieux la regardait avec un sourire que je ne lui connaissais pas. Il avait le dos incliné vers elle, comme s'il attendait une réponse. Mais elle riait sans rien dire, a soudain pris une longue inspiration et fait mine de se concentrer sur son jeu. Je n'aimais pas être ce spectateur indiscret. La scène était indéchiffrable. J'ai toussé pour me faire voir. Béatrice s'est redressée et m'a souri d'un air poli. Pire, elle a dit *tiens, qui voilà*, avec la voix attendrie d'un adulte qui verrait un très jeune enfant. Je me suis échappé.

Le vieux était de plus en plus présent, il souriait. Il s'enfermait dans le bureau avec Béatrice, quand il arrivait, pour se faire donner les messages reçus en son absence. Cela durait toujours longtemps. J'approchais mon oreille de la porte ; ils parlaient des études à venir de Béatrice. Il y avait des silences qui m'effrayaient.

Elle l'a bien cherché.

À partir d'un moment, on s'est mis à dîner avec le vieux tous les soirs. Je me souviens d'une fois où l'on s'était habillé, avec Béatrice. Sans doute parce que je m'étais taché à Sarget, j'avais mis un pantalon beige, des chaussures de ville. Béatrice une robe blanche qui lui tombait joliment sur les genoux. Ça lui faisait des formes que je ne lui connaissais pas.

Tu vois bien.

Huguette nous avait vu descendre l'escalier. Elle avait eu un claquement de langue :

— Ah dites-moi, c'est un jour pas fait comme un autre, ça, ils ont fait une toilette de Noël.

Mais ça s'adressait surtout à Béatrice, parce qu'elle avait ajouté :

— Misère, seize ans, c'est le bel âge. Tu deviens une vraie jeune fille, toi. Si tu te mettais tout le temps comme ça, au lieu de tes tenues de garçon de vache, tu aurais peut-être un mari plus vite que prévu.

Béatrice avait rougi. Elle avait relevé ses cheveux comme Maman, elle lui ressemblait un peu. Moins belle à tomber, je sais ce qu'on dit de Maman, moins altière, mais elle avait un éclat supplémentaire, sa peau brunie par le soleil et ses manières d'enfant. Quand j'ai tourné la tête, le vieux était là. Il était entré sans bruit dans le hall et observait Béatrice en silence, comme s'il réfléchissait. Il lui a tendu une main pour l'aider à descendre la dernière marche :

— C'est un honneur, a-t-il dit en souriant, de dîner avec vous.

La formule s'adressait certainement à nous deux, mais il avait tellement l'air de m'ignorer qu'il était difficile de ne pas y voir un vouvoiement empressé et galant à l'égard de ma tante. Elle a baissé les yeux.

Pendant le dîner, je me souviens que Béatrice m'agaçait un peu. Je trouvais qu'elle faisait des manières. Est-ce qu'elle essayait d'imiter Maman ? Et puis elle a mis le sujet du bal du 14 Juillet sur le tapis. Le vieux a laissé passer un silence, puis :

— Une jeune fille comme toi, Béatrice, n'est pas censée traîner dans les rues en pleine nuit. Et même avec chaperon aussi impressionnant qu'Henri, a-t-il ajouté avec un clin d'œil.

Ce ton qu'il a pris, le vieux, tout ce qu'il a puisé au fond de lui de dédain. Il a reposé sa cuillère. Béatrice a tenté la provocation, mais elle s'est protégée d'un sourire enjôleur car la comparaison lui semblait sans doute trop agressive :

— C'est fou comme vous ressemblez à Maman, pour finir. C'est exactement ce qu'elle aurait dit.

Ils ont échangé un long regard qui m'a mis mal à l'aise. J'aurais voulu être ailleurs, seul avec Béatrice, et pas dans cet endroit où les enfants avaient le droit de parler mais où je ne trouvais rien à dire.

Mais elle, elle ne voulait pas. Elle voulait être là.

Le vieux a dîné avec nous tous les soirs, et nous avons répété la scène de l'escalier, de la dernière marche, à chaque fois. Au bout de quelques jours, je n'ai plus fait l'effort de mettre mon pantalon beige, parce que je voulais le garder propre. Mais Béatrice mettait invariablement sa robe blanche.

Parfois un événement insignifiant peut changer le cours d'une vie. Le cours de plusieurs vies. Parfois cet événement ne change rien du tout, il arrive et suit son chemin, il éclate comme une bulle de savon : c'est comme s'il n'avait pas existé. Ce qui me rend malade, c'est de ne pas savoir si la venue d'Albert ce jour-là a détourné la rivière de son lit. Devions-nous forcément en arriver là ? Le matin du 13 juillet, il faisait une chaleur écrasante. Le vieux m'avait promis une pièce pour laver la DS, Béatrice m'aidait. J'entends le cri du gravier sous nos pas, les à-coups de la pression de l'eau dans le tuyau. À tour de rôle, nous nous le passions pour rincer la voiture, on en profitait pour s'arroser au passage. Je faisais semblant d'être surpris dès que Béatrice pointait l'arme sur moi. Elle modérait ses attaques, pas moi : elle était mouillée des pieds à la tête. Elle portait sa robe blanche. Je n'aime pas y repenser.

On voyait tout.

Le vieux ruminait dans son bureau, sortait de temps en temps pour nous demander de nous calmer. Chaque fois qu'il repartait, son ombre réapparaissait quelques minutes plus tard à la fenêtre.

La cloche a sonné au portail. La silhouette d'Albert se découpait contre la grille. Il avait sa casquette, il était de dos, en attendant qu'on vienne lui ouvrir. Béatrice a couru. J'ai continué à laver la voiture, je ne bougeais pas, je ne voulais pas que le vieux voie que je connaissais ceux de Sarget. Béatrice a ri et Albert m'a appelé. Pas le choix, je les ai rejoints. *Eh bien alors, tu dis pas bonjour ?* Aujourd'hui encore, quand je repasse cette phrase dans ma tête, je ne sais pas comment l'interpréter, comment départager cette lutte en lui, ce mélange d'agressivité et de tendresse.

Albert a donné une lettre à Béatrice. Je savais bien qu'elle n'était pas de lui, nous le savions tous. Sauf les yeux qui nous scrutaient derrière les fenêtres du rez-de-chaussée.

Le soir, Béatrice a ajouté un collier de perles.

Et le rouge à lèvres. Tu te souviens du rouge à lèvres ?

Au dîner, la conversation tournait autour des futures études de Béatrice. Pourquoi pas la médecine, à la faculté de Bordeaux. Cette dernière était excellente et avait l'avantage d'être assez proche. Béatrice a bu une gorgée d'eau, a lentement posé son verre et annoncé qu'elle envisageait d'aller à Paris. Je l'observais, ahuri, annoncer un éloignement radical qu'elle aurait pu éviter. Pourquoi Paris ? Le vieux m'a jeté un regard sévère quand j'ai posé la question tout haut. Béatrice m'a dit qu'elle ne savait pas, elle a pris un air lointain. Le vieux a affirmé que la réputation des facultés de Paris était surfaite. Je n'ai pas compris le mot, mais j'ai abondé dans son sens, ce qui a fait rire Béatrice, revenue à elle-même, soudain. C'était comme si une partie de la conversation m'échappait, non parce que je ne pouvais pas la comprendre, mais parce qu'on me cachait quelque chose. J'avais envie de retrouver ma Béatrice, celle des foins.

Au dessert, elle a déclaré qu'elle voulait que j'aille au lit assez tôt. Elle disait qu'elle avait peur que j'aie pris froid, avec l'eau.

— Mais le soleil n'est pas encore couché !

— Il est très tard, pourtant. C'est parce que les jours rallongent que tu dis ça.

Je m'apprêtais à lui répondre qu'elle se trompait, que le maître m'avait appris, au contraire, que depuis le solstice d'été, les jours raccourcissaient. Mais elle a baissé les paupières et plié sa serviette avec une attention outrée, alors je n'ai rien dit parce que j'ai compris qu'elle ne se trompait pas : elle mentait, tout simplement.

Ce sont des coups fracassants qui m'ont réveillé en plein milieu de la nuit. J'ai eu la trouille. Une pétarade qui s'arrêtait parfois, reprenait, m'arrachait le cœur à chaque fois. J'étais un gosse de château, j'ai pensé à une émeute. Puis j'ai pensé à l'armée, à cause de l'Algérie. Les tirs ne s'arrêtaient plus, maintenant, c'étaient peut-être des bombes. J'ai couru dans la chambre de Béatrice. Le lit n'était pas défait. Par la fenêtre, des lumières multicolores explosaient dans le ciel puis fondaient dans la nuit en gerbes immenses. Quand ça a été fini, je me suis approché du bord, et l'accordéon est arrivé jusqu'à moi. Les dates redeviennent précises quand les drames se nouent et qu'on retourne les événements dans sa tête pour leur donner un sens. Nous étions le 13 juillet. C'était le bal, et je n'y avais pas pensé parce que je ne savais pas qu'on le célébrait la veille de la fête nationale. Béatrice m'avait laissé pour y aller seule.

Ce n'était plus la peur qui me serrait le ventre, c'était un nœud de dépit et de colère. Combien de temps suis-je resté devant la fenêtre ouverte ? Je voulais attendre le retour de ma tante. Je voulais qu'elle s'explique, ou qu'elle s'en veuille et me demande pardon. Les échos de la musique me tenaient éveillé. Un coup d'œil dans la cour : le voiture du vieux était là, rutilante sous la lune.

Et si j'étais resté dans la chambre de Béatrice ? Est-ce que j'aurais dévié le cours des choses ? En voyant que le vieux était là, j'ai eu peur de me faire gronder d'être debout à pareille heure. Peur pour Béatrice, surtout, que le vieux se rende compte qu'elle avait fait le mur. Elle m'avait trahi, soit. Mais elle ne méritait pas de se faire prendre, tout de même. J'ai regagné mon lit. À cette époque-là, je m'endormais facilement.

Tu t'es endormi parce que tu te foutais de ce qui pouvait lui arriver.

Ce sont encore des bruits qui m'ont réveillé, plus tard cette nuit-là, des bruits de lutte à l'étage. Le cri de Béatrice. Un seul, étouffé. Je me suis levé, mon cœur cognait dans ma poitrine. Qu'est-ce que j'ai cru alors ? Qu'il la punissait d'être partie ? *Tu savais très bien. Tu as laissé faire.* Je n'ai pas douté une seconde que c'était lui. Quelque chose est tombé dans un son mat. Sur le palier, ma main tremblait vers la poignée de la porte de ma tante. J'entendais des pas, des éclats de voix basses, comme du tissu qu'on froissait. Entrer ? Mais que dire ensuite ? Que je pensais qu'un oiseau s'était introduit dans la cheminée ? Quelle heure pouvait-il bien être ?

La voix de Béatrice, de nouveau comme un cri, m'a glacé le sang. Elle gémissait. Pleurait-elle ? Que se passait-il ? J'ai regagné mon lit. Je me suis allongé tout en long, les mains croisées sur le cœur. J'essayais de ne plus entendre les coups, les plaintes. Même après le claquement de la porte, et les pas du vieux sur le parquet, je ne me suis pas assoupi. J'ai veillé jusqu'au matin, sans aller voir Béatrice qui sanglotait de l'autre côté de la cloison.

Je me suis levé à l'aube pour aller chercher quelque chose à manger. Huguette n'était pas encore arrivée : champ libre dans la cuisine. Je mangeais debout, étourdi de la nuit sans sommeil et sans explication. Posté devant la fenêtre, comme je l'avais fait quelques heures plus tôt deux étages au-dessus, le visage vers le dehors, aspiré vers l'extérieur. Mes yeux se sont posés sur la voiture du vieux. Elle avait des traces de boue sur le capot, au creux des jantes.

Béatrice n'a pas quitté son lit. Je suis entré dans sa chambre en fin de matinée. Elle tournait le dos à la porte, roulée sous une couverture. Il y avait des traces rouges et brunes sur le matelas et quand elle tourna la tête, en entendant mes pas, j'ai vu qu'elle avait un œil gonflé, violacé et fermé, et du sang séché sous le nez. Elle pleurait sans bruit. J'ai quitté la pièce.

On m'a envoyé en colonie de vacances quelques jours plus tard. À mon retour, j'ai appris la mort d'Albert de la bouche d'Huguette. C'était la botteleuse qui l'avait aspiré.

Le soulagement, sur le moment, tu te souviens. Plus d'ombre au tableau.

Maman a prolongé son voyage. Elle est revenue de longs mois plus tard, pour Pâques. Elle avait un couffin en osier à ses pieds.

Béatrice était partie pendant l'été, on ne m'a pas dit où. On ne m'a plus parlé d'elle. Je l'ai oubliée.

Ça t'arrangeait bien.

Quand elle a reparu après des années, l'été où Paul était si malade, elle n'était qu'un souvenir confus. Bien vite, elle a repris sa place dans nos vies. Mais son cœur était à Paul.

34

Huguette

C'est pas tout le monde à qui ça arrive. Est-ce que j'aguichais, moi, quand j'étais gamine ? Non. J'avais la connaissance des choses.

Les hommes ont des besoins. On veut nous faire croire que c'est plus compliqué. Mais je connais mon alphabet, moi. Elle ne faisait pas attention, Béatrice. Le vent lui soufflait dans la tête – pas que dans la tête, si on me demande –, elle faisait ses fredaines : elle réfléchissait après. Les femmes, elles doivent se tenir. C'est pas les hommes qui se tiennent, on le saurait, depuis le temps. Alors faut pas faire l'étonnée.

Je dirais pas que la gamine avait le démon non plus. Elle oscillait. Mais quand même, elle s'y est mise un peu toute seule, dans ses mauvais draps. Elle a voulu faire la dame et l'importante. Monsieur, c'est un homme comme un autre. Faut connaître les faiblesses quand on veut beugner dans cette cour-là. Quand on grandit, on doit faire attention. Le dommage, c'est qu'il y avait personne pour lui dire ça : on fait attention. J'étais pas sa mère, moi. Ou sa sœur, qui aurait dû se méfier. Mais Madame Irène, elle avait déjà perdu les étriers, elle voyait pas le danger de les laisser ensemble, cet été-là.

On peut pas dire que l'incident l'ait aidée à se remettre, Madame Irène. Au début, j'ai cru que oui. Un nouvel enfant, même quand il arrive par la porte de derrière, ça met à la joie. Mais il a fallu qu'elle revienne, Béatrice. Qu'elle fasse ses frasques.

Monsieur aurait pu se mettre dans les ennuis, avec cette histoire. Déjà qu'il en avait. Mais non, il a quand même été très bien, après ça. Il aurait pu mettre son petit dehors, avec elle. On en a connu d'autres. Et au lieu de ça, pas du tout. On s'est arrangé.

C'était pas mes affaires. Huguette ne s'occupe que de ses affaires, désolée messieurs dames. Chacun fait sa peine sur cette terre, j'avais la mienne, moi, de peine. Avec mon Jean-Marc qui venait de nous quitter. Et je venais d'arriver en service dans la maison. Ça faisait beaucoup de travail. Le temps de s'y faire, ça va vite, on ne comprend pas ce qui se passe. On ne connaît pas les gens.

Pourquoi j'aurais dit quelque chose ?

Composition et mise en pages
Nord Compo à Villeneuve-d'Ascq

Cet ouvrage est imprimé sur du papier issu
de forêts gérées durablement.

CET OUVRAGE
A ÉTÉ ACHEVÉ D'IMPRIMER
SUR ROTO-PAGE
PAR L'IMPRIMERIE FLOCH
À MAYENNE EN JUIN 2024

N° d'édition : 67548/01 – N° d'impression : 105087
Dépôt légal : août 2024
Imprimé en France